岩波現代文庫／文芸 306

パリの君へ

自選短編集

高橋三千綱

岩波書店

目 次

I

雷魚

学校から帰るとランドセルを廊下に置いて、縁の下から釣竿とバケツを取り出す。そこから部屋の中で仕事をしている父の肩が見える。物音を立てないよう気を配る。運動靴を長靴に履きかえて、静かに裏木戸を閉める。そして、公園に向かって歩く。それが近頃では武の日課になっていた。公園までは武の足で二十分はたっぷりとかかった。

公園に近づくにつれて、あたりには人家が少なくなり、畑が目立って多くなってくる。人通りもほとんどなくなる。右手に鬱蒼と生い茂った喬木に囲まれた神社を見て、農家の前を過ぎて橋を渡る。そこが公園の入口になっていた。

公園といっても表示は出ていない。小高い丘に囲まれてだだっ広い広場があり、その中心に池があるだけだ。日曜日になると近在の家族が遊びに来て、池にボートを浮かべる。子供達は鬼ごっこをしたり、ボール投げをしたりして遊ぶ。池の周囲を一周するだけで十分ほどかかる。その池の端で、釣糸を垂れる大人達も多い。武はいつでも一人で、大人に混って池に棲む小魚を釣っていた。

だが平日には、ここを訪れる人はあまりいない。ボート場もひっそりと静まり返っている。武が釣糸を池に投げ込むと、澄んだ水音をたてて、浮きが水面に立つ。池の縁には樹木の暗がりが控え目に影を落とす。空気が少しも揺れない静止した世界の中で、武は自分の吐く呼吸《いき》を聞いていた。

武は野原に転がっていた竹の棒を釣竿に使っていた。竹の先に穴を開け、そこに糸を通していた。一メートル程の長さしかないので、池の深い所まで釣針をとばすことができず、かかってくる獲物はいつもだぼはぜばかりだった。竿を上げると、まだ釣られたことにも気付かないように、しっかりと釣針をくわえている鯰の孫のようなだぼはぜが、黒光りした鰓《えら》を小さく動かして天を仰いで糸の先にくっついてきた。そのたびに、武は自分には運がないのだと思って失望した。

武の釣場はいつの間にか決っていた。赤土が踏み固められて水面から三十センチほど高い所に露呈した池の一角で、すぐ横に松の木が傾いて根を張り、池の上まで枝を伸ばしていた。武はたまに気紛れを起こしてその松の木によじ登り、木の上から釣糸を垂れることもある。ただ、腕を回して木にしがみついているため、長い間そうしていると腕が痛くなって、呼吸をすることさえ苦痛になってくる。長い竿さえあればこんなことしなくてもすむのだと思う。武は妙にいじけた気持になって、池に落ちたときの自分の無様な姿などを想像しながら、そろそろと木から降りてくるのだ。

週末になるとその松の木を挟んで、きまって一人の青年が釣糸を垂れる。眼鏡をかけた神経質そうな男で、武が先に来て釣っているのを見ると、片方の頰《ほほ》を細かく痙攣させて首を振る。そして武が釣竿にしている竹の棒を、眼鏡の奥から冷笑するように眺めながら、茶塗りの三本繫ぎの釣竿を取り出して、得意気に糸をつけ始める。その間、武は小さな軀をいっぱい緊張させて、頭の先の色の剝げた木製の浮きを凝視している。

何かの弾みで、青年の釣糸と武の釣糸が空中で交差して絡むことがある。大抵は、武が力まかせに竿を振って釣糸が方向を見失なって、青年の釣糸の所まで飛んでしまうことが原因になっていた。青年はきまって、疲れきった表情で武を上から見下して、縺れた糸をほぐしにかかるのだった。

武がだぼはぜばかり釣り上げるのにひきかえ、青年は口細《くちぼそ》だけをうまく釣っていた。細い軀を左右にはねらせて、銀色の鱗を輝かせて口細は空中を泳いで青年の手元に引き寄せられた。それを見るたびに、武は溜息《ためいけ》混じりに、口細を釣り上げたときの、新鮮でいきのいい魚だけが持つ感触を自分の掌《てのひら》に想像していた。その青年も、たまにだぼはぜを釣ってしまうことがあった。そんなとき、彼は苦笑してだぼはぜを釣針からはずし、ここに入れるよ、というふうに背を曲げた姿勢で武を見つめ、武のバケツの中にだぼはぜをぽとんと落す。武はペコリと頭を下げながら、多少の羞恥心と憎悪が入り混じった感情を青年に対して抱いた。

青年はあたりが薄暗くなる前に、釣り道具をまとめて帰っていく。武は解き放たれた気分になって、青年がいなくなった後も釣糸を垂れ続ける。水面と浮きとの判別がつかなくなるほど暗くなるまで、そこに頑張っている。そして、不意に自分が暗闇の中にたった一人でいることに気付いて、こわさのあまり背骨がビリビリと痺れだすのを感じながら、あわてて釣糸を竿に巻きつけ始める。

バケツを下げて橋を渡っている最中に、浅い川が流れて石にぶつかる音が、暗闇の中で洪水のような不吉な音となって武の耳に鳴り響き、同時にバケツの底や側面にへばりついて、じっと息を潜めているだぼはぜの不快な姿が眼前に大きく被さってきて、耐えられない程気味が悪くなることがある。

武は発作的にバケツの中の水を川に投げ捨て、遠くに見える人家の明りめざして、一目散に駆け出すのだ。風のあるときなど、道の中央まで迫《せ》り出した神社の木々が、上方でサワサワと鳴って、それはまるで何十人もの亡霊が武を取り囲んで啜り泣いているようにさえ思える。武は急な勾配の坂道を目をつぶるようにして駆け上がり、人家が建ち並んだところまで走ってきて、初めて荒い息を吐いて立ち止まる。そのたびに、もう夜まで釣りをするのはよそうと思ってみる。だが、実際に釣りを始めてしまうと、間借りしている八畳の部屋の隅で、電気スタンドの灯りの下で、神経を尖《とが》らせて仕事をしている父の姿が思い浮かんできて、つい家に帰るのがおっくうになってしまう。暗くなって家に帰れば、勤めに出ている母親も戻っているし、武はそれほど苦痛を感じなくても、父と同じ部屋にいることができる。

武の父は小説を書いていた。いつでも気むずかしい顔をしていた。原稿用紙に向かっていないときでさえ、父は目の前に積んである本や、粗末な花瓶に入っている花を見つめて、眉間に皺を寄せてじっとしていた。何かの弾みに武の軀が父の腕に触れたりすると、父は部屋中を揺るがせるような大声を出して武に怒鳴った。そのたびに、武には自分の軀が少しずつ細くなっていくように感じられた。客が来て、武の顔をつくづくと眺めて、おとうさんとよく似ていますねと笑顔で話しかけることもある。その言葉を耳にすると、きまって武は大きな失意に見舞われた。自分もあんなにこわい顔をしているのかと思って、情なくさえなった。ひょっとこでもおかめでも何でもいいから、お面を被って学校に行くことはできないものかと真剣に考えてみたりした。

父の顔が柔和にならない原因を原稿用紙の上に置いた。あれがあるから小説を書く。そのためにこわい顔をする。原稿用紙が悪い。そう思った武は、書きかけの小説が書かれていた原稿用紙を、父のいない間に破り捨てたことがあった。その晩、武は父から顔が腫れ上がるほど殴られた。寒い夜だった。小学校一年を修了したばかりの武は、涙をいっぱいに溜めて、半ズボンのまま裸足で外に飛び出した。武の頭上で、風が夜を鞭打つような唸《うな》り音をたてていた。武は見知らぬ家の門の傍に軀を縮めて坐りながら、こんな暗い所に臆病な自分がよく一人でいることができるものだと思った。涙が口に流れ込んできた。それを舐《な》めながら、鬼のような顔をした父を、胸の中でしきりに呪った。

一時間程して、膝《ひざ》の中に顔を埋めて震えている武を母親が見つけて、父のところに連れて帰った。着物の裾を割って、股引きを丸出しにして坐っている父の前に正座をして坐らされた武は、母親からいわれるままに、何度もおでこを畳に擦りつけて父に謝った。どうしてこんな目にあわなくてはならないのだという考えが、武の頭の中で何度も往復をしていた。

「うちの前を通る乞食は小説家なんだって」

二年生の新学期が始まってまもなくしたとき、授業中に一人の男の子が突然思いついたようにいった。その声が教室中に響いた。その瞬間、教師が武の方を向いて顔を曇らせた。あっ、という顔をしていた。その眼と顔を上げた武の視線が往き合った。

「じゃ、たけしのおとうさんじゃない」

別の子が剽軽《ひょうきん》な声を出していった。教室中がどっと笑った。それ以来、級友達は武のことを乞食と呼ぶようになった。授業が終ってからも、みんなが遊んでいる所に武が行くと、乞食なんか仲間に入れないよといわれる。武はいつの間にか、一人で時間を過ごすようになった。それが楽しいと思ったことは一度もない。ただ、釣りをしていると、気むずかしい父の顔も、いじわるな級友達のことも、すっかり忘れることができた。釣りを始めてひと月もすると、武は自分は一生釣りから逃れられないのだろうと思うようになっていた。

公園の隅の方に釣り堀があった。へらぶな用の釣り堀がそこの大部分を占めていて、その片隅に金魚のいる堀があった。日曜日になると家族連れで、その金魚用の堀は釣り場もないほど混雑した。十日に一度位の割合で、武は貯めたお金を持ってそこに出向いて金魚を釣った。先の細い繊細な釣竿で釣りがしてみたかったし、金魚はだぼはぜのように醜くなく、派手な色彩が釣り上げた武の心を明るくさせてくれるので好きだった。

平日でも釣り人は何人かいて、水面近くに金魚が何十匹とかたまって見える所に、二人三人と肩を寄せ合うようにして糸を垂れている。武もよくその人達に混って釣っているのだが、一度、にきび面の中学生から、まだ七歳の武は、「おいチビ、邪魔をするな、てめえはあっちへ行け」と怒鳴られたため、それからは、一人で離れた所で浮きを深くして深緑に澱んだ水の中に釣針を投げて釣りをするようになった。初めのうちは、こんな金魚の影も見えないような所で釣れるのだろうかと不安に思っていたものだが、それが案外によく釣れる。それも生命力に満ちた大型のものが多い。金魚の姿が水面から見える所で釣っている人の収穫物は、どれも小さくて、バケツに入れている間に腹を浮かせて死んでしまうものもあった。武は誰からも邪魔をされずに、のんびりと浮きを見つめていられる自分の境遇を、信じられないくらい幸せに思った。そして、釣り上げた金魚を店の人にビニールの袋に入れてもらい、家に持ち帰って庭の隅にある防火用水に放した。そこには、やっとの思いで池から釣り上げた口細も入れてあるのだが、口細は何日もしないうちに次から次へと死んでしまう。防火用水の中には口細が少なくて、ほとんど金魚ばかりが泳いでいる。だがそれも、水がにごっているため、金魚の姿は上からではあまり見ることができない。武は防火用水の縁に両肘《りょうひじ》をついて、何時間でもじっと水中を覗き込んでいることもある。元気に泳いでいる金魚の姿を見ると、しらずに微笑みが湧く。自分の釣った口細が水面に背鰭《せびれ》を反射させて泳いでいたりすると、生きていてくれたんだ、と感謝に近い気持を抱く。同時に甘い陶酔に似た力強いものが、微《かす》かに心の底から湧き上がってくるのを感じる。

夏になると、釣り堀の中に、奇妙な魚が登場してきた。いままでへらぶな用に使われていた一角の釣り堀に、その奇妙な魚が棲みつくようになった。その魚を初めて見たとき、武はあまりの無気味さに思わず顔をしかめた。鯰のように胴体が太くて、鰻を思わせるほどぐねぐねと長かった。鱗には毒蜘蛛のような妙な斑点が貼《は》りついていた。

「おじさん、これなあに?」

武はその気味の悪い魚をすでに三匹も釣り上げている男に向かって訊《き》いてみた。

「らいぎょ」

男は浮きを凝視して、前を向いたままぶっきら棒に返事をした。バケツの中でじっとしている三匹の雷魚をみているうちに、武の胸はムカムカとしてきた。金魚も釣ることをやめて、すぐに釣り堀を出た。いつもの池に行った。水面に顔を覗かせている浮きを眺めていても、今見たばかりの雷魚のとらえどころのないぬめぬめとした肌と、悪人面が思い出されて、口の中が苦くなってくるのを感じていた。

翌日、再びその釣り堀に行ったとき、武は雷魚の餌《えさ》は金魚であることを知った。それを聞いたとき、自分の指が雷魚に食われる痛みを感じた。金魚の骨を嚙《か》み砕く鋭い牙を見たように思った。同じ水の中に住む仲間を食う魚がこの世に存在する?! 透明な恐怖感が武の軀を覆い包んだ。許せない、あんなかわいい金魚を食うなんて許せない。武は歯を食いしばってともすれば震え上がろうとする自分の心を叱咤《しった》した。みんな殺しちゃえばいいんだ、武は胸の中で叫んだ。

次の瞬間、深い陶酔感が武の軀に滲《にじ》んできた。憎しみを雷魚にぶつけていたぶることの喜びが、明確な形となって武の心を浸してきた。そうだ、殺しちまえばいいんだ。いじめ殺しちゃえばいいんだ。

武は四角い顔に大きな黒子をつけた釣り堀の親爺に金を払って、長い竿を借りた。雷魚を釣る餌として、小さな金魚が三匹、丸い缶に入れられてついてきた。

武がこれまでに使ったことのない、大きな鉤型の釣針だった。その針の先が、武の親指の皮を破って突き刺さった。金魚のどの部分に釣針をつけたらよいのか迷っているときだった。土の上に落ちた金魚は、腹を黒く汚して弱々しく跳び上がった。武はその金魚を缶の中に戻してから、注意深く針を指から抜いた。白い皮がささくれ立って、その奥に血が滲んでいて、武はその部分に唾液をそっと塗った。

暑い盛りだった。屈み込んで指に唾をつけている武の首筋を、燃えたぎった太陽が容赦なく焦がして、透明な小さい水玉をまばらに浮かせた。すぐそばで、武と同年くらいの女の子が、父親の釣り上げた雷魚を、バケツの上に顔を置いて面白そうに覗き込んでいた。女の子の瞳は純白に輝いて見えた。

再び缶の中から一匹の金魚を取り出して、小さな手の中に握った。金魚は武の掌の中で、柔らかい皮膚をくすぐるようにして暴れた。武は釣針をもって、注意深く金魚の尾鰭に通した。親指と人差指の間から金魚の顔がはみ出して、その眼は脅えきったように白く大きく見開かれていた。苦しそうに喘《あえ》ぐ口が、武の瞳の中に大きな映像となって飛び込んできた。耳元を、茹だった風と共に、夏の中で合唱する蟬の声が横切った。

武は立ち上がって、釣糸の先につけた金魚を、勢いよく堀の中にほうり投げた。いくつかの波紋が広がって、深緑のにごった水面に赤い金魚が浮いた。金魚は三角形の尾鰭を振って、よたよたといった感じで、水の奥深くに泳いでいった。それにつれて、浮きが小さな円周を描いて水面の上を踊った。金魚の姿が見えなくなると、微かな憐憫の情が武の心の中に湧いた。金魚は何も知らない弱い魚なのだと思うと胸の中が熱くなった。釣針を尾鰭に付けられて泳いでいるのは、自分のような気がした。もう、やめてしまおう、と思って竿を引きかけた。そのとき、強い電流が走ったようなあたりが武の掌に伝わってきた。浮きが斜めに水中に沈んでいった。武は力をこめて釣竿を上げた。重い感触と水の中で暴れる魚の振動が、武の腕を麻痺させた。武はどうすることもできずに、汗ばんだ手で空中に振り上げた竿を握っていた。黒いものが水面近くで跳びはねていた。

釣り堀の親爺が網を持って走ってきた。武の背後から太く汗臭い腕を突き出して釣竿を持つと、そうれ、そうれと掛け声を出しながら、釣針に掛かった獲物を水際まで引き寄せた。そして、網で魚をすくうと、大物だ、といって網の中の魚を武の目の前に突き出した。網の中の雷魚は目玉をカッと見開いて武を睨んでいた。武は親爺の言葉に黙って頷《うなず》くと、不意にあわてて、金魚、と叫びざま、ぐねぐねとした雷魚の胴を摑んでその口をこじ開けた。すでに雷魚が呑んでしまっていた釣糸を思いきり引っぱると、白い肉に包まれた雷魚の口の奥から、赤いものが徐々に現われてくるのが見えた。武は再び力を入れて糸を引いた。その拍子に金魚の尾鰭が切れて、鋭く尖った釣針だけがとび出してきた。

「あっ」

武が叫び声をあげると同時に、尾鰭を見せていた金魚の姿は、するすると雷魚の口の奥深くに吸い込まれていった。

「こいつ、金魚を食っちゃった」

四角い顔の親爺は、欠けた前歯を剝《む》き出しにして笑っていた。そして、雷魚を網の中から摑み出してバケツの中に落とし、頑張れよ坊や、といって小屋の方に戻っていった。

バケツの中の雷魚は、耳を澄ましてあたりの様子を窺《うかが》っているかのように、隅に身を寄せてじっとしていた。長さは三十センチくらいあった。武が見ていると、その眼は赤くなったり金色に光ったりした。

武は釣竿とバケツを右手に持ち、二匹の金魚がいる缶を左手に持って、小屋に向かって歩いていった。

「どうした、もうやめるのかい、坊や」

「うん、やめる」

釣り堀の親爺は椅子から立ち上がって武の頭を撫でた。ビニール袋を取って、バケツの中の雷魚を器用な手つきで摑んでその中に入れ、そのあとで三分の一ほど袋に水を入れた。袋の中の雷魚は、じっと前を見ていた。黒い鰓がゆっくりと脹れ上がる。その鰓から暗色の斑点が、三列横隊になって尾鰭まで続いて浮き上がっている。気持の悪い魚だと武は今さらながら思った。

小屋の親爺は残った二匹の金魚を、餌にしなといって、別のビニール袋に入れて武に差し出した。親爺の額《ひたい》には小粒の汗がいくつも吹き出ていた。

「雷魚は金魚しか食べないの？」

「生きた魚なら何でもいい、小さい奴だよ」

「死んだ奴は？」

「だめだ、食べないよ」

親爺は武の使った釣竿に、糸を螺旋状に巻きつけた。それから首にかけた日本手拭で額の汗を拭った。

「どのくらい生きるの？」

「そうだね、大事にすれば長いこと生きるよ。こいつは夏の魚だからね、冬はシーパレスヒーターで水を温めてやらなくちゃ、弱って死んじゃうよ。だが、可愛いがってやれば、来年の夏にはひとまわり大きくなっているぞ、楽しみにしてな」

「本当に生きた魚しか食べない？」

「そうだ。生きた奴しか食べない」

「じゃ、餌をやらなければ死ぬね」

「もちろん死ぬさ。こう、口をカパッとあけて、眼玉をでんぐり返してくたばるよ」

親爺は欠けた前歯を剝き出して、眼を大きく開き、上体を上向けにしてのびた真似《まね》をした。武が笑うと、親爺はごつい手で武の頭を撫でた。

家に雷魚を持って帰って、まず金魚を防火用水の中に放した。二匹の金魚はおどおどした様子で、尾鰭をぎごちなく振って水の奥に沈んでいった。

武は六角形の形をした植木鉢の底の穴を小石で埋めて、中に水を入れた。裏に井戸があったが、武は井戸水を入れずに、わざわざ台所まで水道の水を汲みに入って植木鉢の中に入れておいた。雷魚をその窮屈な器の中に放すとそれでも、植木鉢は雷魚には恰好《かっこう》の棲み家であるように思われた。狭い中に閉じこめられた雷魚は、先にも後にも進むことができずに、ただゆっくりと胸鰭を動かして水の中に沈んでいた。

——あなたが神経質過ぎるものだから、隣の人は引越してしまったのよ。

——うるさい、貴様には関係のないことだ。

——洗面所は間借り人の共同で使うところですから、あまりうるさくいわない方がいいわ。少しぐらい汚したって我慢しなくちゃ。

部屋の中から聞こえてくる両親の会話が武の耳元に響いてきた。武は顔も上げずに、

――だまれ。

夏の光の中でじっと息をする雷魚の黒く光った背鰭を眺めていた。

陽が長いので、池から家に帰る時間は随分と遅くなった。七時過ぎることはザラで、ときには八時近くになってすきっ腹をかかえて家にたどりつくことさえある。木戸を通って庭に回ると、まず、部屋の中から夜の中に流れてくる光を頼りに釣竿を縁の下に置き、バケツの中から釣った小ブナや口細を手さぐりで捜して、防火用水の中へ移す。それから井戸端へ行って手と足を洗い、縁側で母親の用意してくれた雑巾で足を拭いて部屋の中に入る。そして、新聞や雑誌を読んでいる父を横目で見ながら、一人で冷め始めた飯を食べた。両親は、武が釣りから暗くなって帰ってくることについては、何もいわなかった。

夏休みになると、毎朝六時に起きて小学校までラジオ体操に出かけた。帰ってくると、まず雷魚のいる植木鉢を覗く。雷魚はほとんど動こうともしないで、いつまでも同じ姿勢で水の中にいた。武には雷魚が平然と生きていることが不愉快でならなかっ

た。それに、餌を二週間以上も与えていないのに、少しもひもじそうな様子が見られない。身動きのできない鉢の中で、微かに尾鰭を揺らせて息づいている雷魚を見るたびに、武は雷魚に食われた弱々しい金魚を思い出して胸の中が苦しくなった。

水の中に土をばら撒《ま》いてみた。雷魚の頭や背鰭に土が細かく降ってとまった。その間も、雷魚は考えごとをしているかのように、軀を少しも動かさずに落ちてくる土をおとなしく受けとめていた。

昼食を食べてから武はいつものように釣りに行く仕度をする。出掛ける前に雷魚のいる鉢の前に坐って、鉢を揺すったり蹴とばしたりする。気持悪くて、水の中には手を入れる気も起こらない。鉢の中の水が振動して、それにつれて雷魚の軀もゆるやかに揺れる。

武は釣竿を水の中に入れて、雷魚の腹や背中を突っついてみる。雷魚はそれに対して抵抗しようとする様子も見られず、といって驚いたふうでもなく、ただゆっくりと軀を横にずらす。眼のあたりを突くと、軽く頭を振って、二三度鰓を大きく脹らませる。そして、もとのように水に浮いているでもなく、泳いでいるでもない姿勢で静止している。胴に滲んだ暗色の斑点が、水の底から得体の知れない動物が口を開いて獲物を待ち受けているかのように武の眼に映る。

武は雷魚が棒で突っつかれても、少しも傷つかないことに辟易して、腰を上げる。自分のことを相手にしていないのではないかと思って、腹立たしくなることさえある。それでも、こいつの命を握っているのは自分なのだ、と考え直して、何となく得意な気持になって釣りに出掛けていくこともある。

朝起きてみると、雷魚のいる植木鉢に、一きれの麩《ふ》が浮いていた。パンツ一枚の格好で植木鉢の中を覗き込んでいた武は、部屋に戻って父の寝ている脇を用心深く歩いてから、台所で食事の用意をしている母親のところへいって、麩のことを尋ねてみた。

「武はあの魚に餌を全然あげないじゃないの。だから入れておいたのよ」

母親はほつれ髪を掻き上げて、武を見て笑った。

「あいつはフなんか食べないんだ」

「そう。じゃ、何を食べるの？」

「何も食べない」

「あら、何も食べなかったらお魚は死んでしまうじゃない」

「死なない。あいつは何も食べなくて、いいんだ」

「そうなの」

母親は横を向いて小声で返事をした。武はくるりと後を向くと、暗い廊下を通って部屋に入り、服を着だした。庭に出て鉢の中を覗くと、ぽつんと水に浮いている角ばった麩の下で、雷魚はいつものように、静かに呼吸をしていた。麩には少しの関心も寄せているようには見えない。何日かすると、麩は崩れて、水の中に溶けていった。

ザリガニを鉢の中に入れてみた。二本の大きな鋏を持ったザリガニに対して、雷魚がどんな態度をとるか興味があった。もしかしたら、ザリガニが雷魚を鋏で切って、殺して食ってしまうのではないかと思ってみた。ところが、雷魚はザリガニが水の中に入ってきても、いつもの落ちついた姿勢を崩さず、小さく尾鰭を動かしただけだった。かえって、獰猛な顔付きをしたザリガニの方が雷魚を敬遠して、鉢の隅の方に後ずさりをして縮こまり、あげくの果てに、翌日にはふやけて死んでしまった。こいつは脅えることを知らないのだろうかと思って、武はもやもやとした気持を抱きながら、小さな鉢の中で生きている雷魚を見つめていた。

あるとき、雨蛙が植木鉢の縁にとまっていた。武はその緑色の小さな生き物を、ただ何気なく眺めていた。蛙は武に見られていることに気付いたのか、前を向いたまま、黒い目玉をぐりっと動かして背後にいる人物を窺った。その仕種が武の気に障った。仕事をしている最中に父親が武に対して見せる、いやな目付に似ていた。自分では意識しないうちに武の腕が動いた。蛙の背後に指をもっていって、その尻のあたりを人差指でピンと弾いた。不意打ちを食った蛙は前のめりになって、水の中に落ちた。あわてて後足で水を押しながら、植木鉢の縁まで泳いでいって、前足をつけた。そのときだった。水中で黒いものが敏捷に動いたと思うと、波がたって、ぱっくりと開いた雷魚の口が現われた。水面の水が張って雷魚の口の中に流れ込んだ。武は、らんらんと赤い焔を放って輝く雷魚の目玉を見たと思った。同時に、蛙の姿が武の視界から消えた。雷魚は口を閉じるなり、何事もなかったかのように、再び鉢の底に潜って、ゆるやかに鰓を動かし始めた。武は茫然と立ちつくした。雷魚の鱗が、ただ気味の悪いものだけに思えた。

二学期が始まってすぐに、武はクラスで一緒の机に坐っている女の子を誘って、公園に釣りに行った。クラスの男の子達は、軀が小さくて不器用な武を誰も相手にしない。ほんのたまにメンバー不足で野球の仲間に入れてもらえても、武の打つ番になると、打順からはずされた。武は自分がますます惨めになることを恐れて、めったに級友達には話しかけなくなった。

武が釣りに誘った女の子も、武同様クラスの女の子達から馬鹿でうすのろと嘲笑されて、誰からも遊び相手に入れてもらえずにいた。武はその子が何となくいとおしく思えた。この子はバカじゃない、おとなしいだけなんだ、と隣席にいる武はいつも感じていた。それに、武の言うことをきく級友は、その子を除いてはいないように思われた。

女の子は、うん、と一言返事をしただけで、おとなしく武のあとについてきた。そして、武がザリガニを獲って、その腹わたを取り出して餌を作る作業を黙って手伝った。夏休みの間に、武は口細の好物が、今まで使っていたみみずではなく、ザリガニの白く締まった肉なのだということを識った。三本繋ぎの釣竿も買った。武の釣りの腕は、長い竿を買ってから、以前と比べものにならないほど上達した。

その日の出足も上々だった。わずか三十分程の間に、いきのいい口細を三匹とだぼはぜを二匹釣り上げた。女の子は武が口細を釣り上げると、虫の食ったみそっ歯を見せて喜び、小さな掌を力一杯ぶつけ合わせて拍手をした。その音を聞くたびに、武の胸に温いものが充満した。

しばらくすると、松の木を挟んで一人の少年が釣糸を垂れ始めた。背の高い、眼の大きな少年で、野球帽を被っていた。六年生だなと思って武は少年を恐る恐る眺めていた。そのうち、彼が武の何倍も釣りの経験をもった少年だということに気がついた。餌をつける作業も手早くて、武のようにむやみに竿を振ることもなく、軽い仕種で少年は狙《ねら》った地点に釣針を落していた。武は自分の浮きを見つめていることができずに、少年の方ばかりに視線を走らせていた。糸を引くとき、少年はいきなり竿を上げずに、いったん横に軽く振ってから獲物を釣りあげていた。その、糸が水面を切る音が、小気味よく響く。武も真似てみたが竿があらぬ方に逃げてしまって、かえってとまどう結果となった。驚いたことに、少年は二匹の口細を一度に釣り上げてしまうこともあった。

武が少年の動きをぼんやり眺めていると、釣り上げた魚を魚籠《びく》に入れていた少年が不意にふり返った。強い眼差しが武の視線と往き合った。武は思わず顔を伏せた。少年がこちらに向かって歩いてくるのを知ったとき、恥しさとこわさで胸が張り裂けるような気がした。

「釣針をほかにもっているか」

少年が訊いた。武は黙って頷いた。出してみろよ、と少年はいった。言われた通り釣針を差しだすと、彼はしばらく掌に置いてそれを眺めてから、まあ、いいやといって、武の手から釣竿を奪った。武は軀を硬直させてその場に佇《たたず》んでいた。少年は武の存在など眼中にないように、竿を上げると、糸の先端にせっせともう一本の釣針をつけ始めた。短い指に幅の広い爪がついていて、こまめに動いた。またたく間に武の釣糸には二本の釣針が取りつけられた。

「こうすりゃ、いっぺんに二匹釣れるんだ」

そのとき少年は初めて笑顔を見せた。眼が明るく輝いていた。武はすっかり当惑してしまい、ただ黙ってペコンと頭を下げただけだった。何度か餌を変えたあとで、武は二匹の口細をいっぺんに釣り上げた。思わず、やった、と叫んだ。嬉しさのあまり女の子の拍手も耳に入らなかった。向こう側で少年が、いいぞいいぞといって笑った。

それからも少年は時折武の傍にやってきて、細かい助言を与えた。武の竿を引く力が強すぎることも指摘した。重りが重すぎて浮きが鈍感になってしまっていることも教えた。口細が主にいるのは水面から三十センチほどのところで、それ以上浮き下を長くすると餌が水底についてしまってだぼはぜしか食わないと注意もした。それらのいちいちが武の心に浸みた。少年の言葉が武の腹の底まで響いてきて、眠気を催すほどうっとりしてしまうこともある。少年の吐く息が武の額に当って、心地よい気持さえした。いつの間にか武は少年に対して兄のような感情を抱いていた。こんな人がいつもそばにいてくれたらよいと思った。

「いつでもここで釣っているの」

武は少年に思いきって訊いてみた。少年はぶっきら棒に答えた。

「おれは向こうの川だ。アニキと行くんだ」

武はがっかりした。すぐあとで、自分もこれからは川に行って釣りをしてみようと思いたった。だが、何だか恥しくなって少年にはそのことを言いだせずにいた。

薄暗くなってきた。少年は釣竿をしまい始めた。それを見て、武もさっそく帰り仕度をした。釣糸を巻きつけていると、釣針が指にひっかかった。あっ、といって武は肘を引いた。それがバケツに当って倒れた。土の上を口細が苦しそうにはねた。咄嗟に松の根っこに腰を下していた女の子がとんできた。地面を這うようにして、とびはねる小魚を摑んでバケツの中に入れた。武が釣針を指から抜いたとき、女の子は池の端に腹這いになってバケツに池の水を汲んでいた。武はほっと胸を撫で下した。

少年が竿を肩に置いて、ぼんやりこちらを見ていた。武は俯《うつむ》き加減に少年のところまで歩いていった。何といって礼をすべきか、今度はいつここへ来るのか、武の胸は嬉しさと期待で脹らんでいた。少年の吐く息が武の耳に被さってきた。顔を上げて、武は口を開きかけた。そのとき、

「あれはおまえが連れてきたのか」

と少年がいった。えっ、といって武は少年の顔を仰いだ。彼は女の子の方に視線を向けていた。女の子は口をだらしなく開けて、泥のついた下着を丸出しにしてバケツの

中を覗き込んでいた。武は思わず口ごもった。少年は武を見た。彼の眼に嘲りの色が浮いていた。

「なんでえ、アベックか」

投げすてるようにいった。低いくぐもった笑い声が続いて洩れた。少年は魚籠を持ち上げると後を向いて大股に歩き去った。女の子は口を開けて武を見ていた。武は釣道具を無言でまとめると、女の子の先に立って歩き出した。

木立の向こうに夕焼けが見えた。一言も口をきかずに橋を渡っていた武は、不意に振り返った。バケツを下げている女の子を見つめた。バカ、と武はいった。そして、その頬を叩《たた》いた。出てくる声が掠《かす》れがちになった。

「おまえがいたからアベックだなんていわれたんだ。おまえが悪いんだ」

女の子は唇をしっかり閉じて俯いた。そして、流れだした涙を、黙って泥のついた服の袖でぬぐった。

そのとき武の脳裡《のうり》に、唐突に、植木鉢の中でひっそりと棲息する雷魚の姿が浮かんだ。

庭に霜が降りた。その上を歩くと、霜は武の重さに負けて、音をたてて崩れる。登校する前に、武は目につく霜を片っぱしから踏みつけて、自分の力をためして楽しんだ。寒い冬だった。クリスマス近くになると、防火用水の縁に近い方に、薄い氷が張った。水の中にいる金魚達も、ほとんど泳ぎ回る様子が見られなかった。

雷魚のいる植木鉢には、一面に氷が張った。首にマフラーを巻いて庭に出て、武はその氷を指で突いて割ってみる。すると、黒い軀を植木鉢の底につけて、ひっそりと息をしている雷魚の姿が垣間《かいま》見られた。武は雷魚が釣り堀の親爺のいうように、寒さに弱い魚ではないことを識った。そのたくましい生命力に、武は畏怖に似た感情を抱いていた。それに、何より雷魚は自分の棲家を自力で守って生きていた。このままでは、こいつは自分より長生きをするのではないだろうかと、雷魚の静まり返って生きている様子を見るたびに武は思った。妙な焦燥感が武の心に湧いてきていた。

年が明けるとすぐに、武の一家は別の町に引越すことになった。借りている部屋の契約が切れたし、隣家に六階建のマンションが建つことになって、部屋の中の陽当りが悪くなることが予測されたからだ。武の父は軀を悪くしていて、日光に当ることが必要だった。

――なにも、成宗にまで引越すことはないのに。もっと探せば東田町にもいい物件が見つかるわ。

――もういい。決めたことだ。

――武を転校させるのは可哀いそうだわ。近頃やっと友達もできたのよ。

――すぐ慣れるさ。ほっとけ。

引越しが決った日に、両親がそう話しているのを聞きながら武は眠った。寝入る前に、父は自分が嫌いなのだと思って、武はいい知れぬさびしさを覚えた。どうやって生きていけばよいのだろうという考えも、武の頭を横切った。目頭が熱くなった。枕に顔を埋めた。そのうちに、武は背骨を丸めて眠りだした。

トラックが来て、部屋の中の荷物をあらかた運び出した。母親は二年間住んだ部屋になごりを惜しむかのように、畳の一枚一枚を丁寧に拭いていた。その間、武は庭に出て、大きなビニール袋に防火用水から金魚を網ですくって移していた。今度の家では庭に池を作ろうと考えながら、水の中をしきりに搔き回した。

金魚を袋に入れ終って、庭を立ち去りかけた。そのとき、六角形の植木鉢が目にとまった。武はそばに行って、水の中を覗き込んだ。雷魚は、尾鰭を曲げた格好で、ひっそりと鉢の底に身を沈めていた。掃除の終った母親が武の後に立って、しゃがんでいる武を黙って見下していた。

やにわに武は手を水の中に突っ込んだ。雷魚を摑み出すと、叩きつけるようにして地面の上に投げ棄てた。そのまま立ち上がって武は歩き出した。五、六歩あるいて立ち止まった。振り返ると、雷魚はちゃんと腹を下にして、いつもの水の中にいる姿勢で土の上にじっと寝そべっていた。二つの眼が静かに武を見つめていた。広い光景の中に投げ出された雷魚は、武が今まで見ていたものより、ずっと小さく見えた。そして、それは確かに一人で息づいていた。

武は雷魚の所まで戻って、その背中を摑んだ。鉢の中に戻すと、雷魚は勢いよく尾鰭を振って、狭い鉢の中をぐるりと一回旋回した。

「可哀いそうになったのね」

母親が微笑を浮かべていった。

「ちがうよ」

武はかぶりを振った。

「憎たらしかったんだ」

武は金魚の入ったビニール袋を乱暴に振って、後を見ずに走っていった。

木刀

材木置場で火遊びをしていたことが露見し、警官が武の家に調べにきたのは、夏休みも終りに近い頃だ。警官の顔は覚えていた。五歳のある時期、よく交番の前に佇んでは、その警官を見つめていた。そのときと同じ口髭を生やした警官は、家の玄関口に立ち、ぞんざいな眼差を武の上に送ってきた。武は、小学三年生になっていた。

武の両親は不在で、借家の一間を間借りしていた夫婦の若奥さんが初めに応待に出た。呼ばれて武は玄関にいった。警官の制服が、背後から射す光を受けて、異様に膨張していた。黒く角ばった影は、戸口を塞ぎ、庭木の緑を遮っていた。鋼鉄製のロボットを見る思いで武は敷居に佇んだ。

ぶ厚い唇の上に生えた野鼠《のねずみ》の巣のような口髭が眼に入り、武の胸が冷たく緊張した。どろんとした眼に、溝の臭いを嗅いだ気がした。

材木に火をつけたろ、と警官はいった。武は黙って彼を見つめていた。まっすぐに伸びてくる視線に出会って、警官は片方の頰を痙攣させた。一歩踏み込んでいった。革靴の底が鳴った。

——おまえたちが逃げるのを見た人がいるんだ。さあ、白状しろ。火をつけたんだろ。

制服に依存する若さを捨てきれない警官は、勢い込んでたたみかけた。

音楽が聞こえる、と武は全身で感じていた。そよ風の囁《ささや》きのようなものでもあり、ひょろひょろと伸びた細い茎が、空中に揺れて強い陽光の吐息を吹きつけられている心地良さでもあった。大人の顔が眼の前にあり、荒い語調が吐きかけられ、表情が厳しくなる。誘い出しているのは武だった。黙って見つめていれば相手は勝手にもがいている。音楽が、足の裏から、身体《からだ》の芯を流れていく。武は、陶酔に似た気持を味わっていた。

黙ってないで答えたらどうだ。警官の言葉が武の耳に入ってきた。日本語を喋っているんだな。こちらもそれを理解しているのだな、と子供の武は思った。

この子はおとなしい子で、そんな悪戯を働くようなことはしませんけど。若奥さんは遠慮がちにいった。証人がいるんです、とり合わずに、警官は叩きつけた。

——子供なら子供らしく、素直に白状するんだ。ローソクを倒して火をつけたんだろ。おとといの夜だ。吉野湯の隣の空地だ。材木が積み上げてあるだろ。おまえらはそいつを積みかえて中に入って火遊びをしていただろ。そのうちローソクを倒して、

——火事なんかなかったよ。

説教の最中に言葉を投げ込まれた警官は、あんぐりと口を開いて息を飲んだ。武は五歳の頃と変らぬ視線を、造作の大きい警官の顔の上に注いでいた。

彼が詰めていた交番は、交通量の激しい街道沿いにあった。あるとき、構断歩道を渡って国鉄の駅に行こうとしていた武は、背後からきつい語調で呼びとめられた。

——おい、こら、ぼうず。歩道に上がってから信号を渡れ。

振り返った武は、険悪な眼で食いつくように睨みつけてくる警官を、あっけにとられた思いで眺め上げた。いっている意味が分からずにいた。

——ちゃんと歩道を歩け。そのまま信号を渡るんじゃない。やり直せ。

T字路に信号があり、進んできた車は、街道にぶつかるところでいったん停車し、信号が青に変ると、左右に折れる。向かい側に用事のある歩行者は、中央に都電の走っている街道を横断する。

交番はT字路の角にあり、車道から一段高くなって歩道がある。武はその歩道に足を乗せず、車と人の流れに乗って、信号が青になったのを見て、まっすぐに街道を横

切ろうとした。そして、呼びとめられた。

前後して歩いてきた大人たちは、そのまま歩いていってしまっていた。

――ほら早くしろ。なにやってんだ。いったん歩道に上がってから渡れ。

警官のいっている意味を理解し、それが本気らしいと気付いた武は、交番の前を通って来た道に戻った。

警官は片手を警棒の上に置き、顎《あご》を上向き加減にして武に視線を落していた。

武は歩道に上がった。数歩歩くと、歩道は切れて、街道に引かれた横断歩道になった。信号は赤になっていた。背中に強い視線を感じて武は佇んでいた。信号が青になり、足を踏み出した。

中程まで行って踵《きびす》を返し、交番の前まで戻ってかがみ込んだ。警官は、視点を自分に注いだまま動こうとしない武を不審な眼で見つめ返した。

次から次へと人がやってきて、武の前を通り過ぎて街道を横切っていった。わざわざ歩道に上がる人などいなかった。

武は無言でそれらの人の動きと、警官の顔を見比べていた。口髭のある警官が奥に入り込むまでそうしていた。

その後、交番の前にさしかかると、武は思い出したようにしゃがみ込み、同じ警官が出てくるのを待った。彼はほとんど交番の前には立たず、ほんのたまに、気晴し程度に出てきては、あたりを睥睨するように見回し、武には一瞥もくれずに奥に引っ込んでいった。

何週間かすると彼の姿はその交番から消えた。武は救われた気がした。彼の顔を見るのが嫌いであった。その前を、背を向けて通過することは、武の気持をもっと不安にさせていた。

すでに四年近くの時が過ぎていたが、彼の口調も顔立ちも、以前のままだった。薄暗い玄関に立ち尽しながら、四年前に比べてやや頬骨が張りだした警官を前に、武は自分が変装して相手を観察しているような、くすぐったい思いにとらわれていた。

警官の顔が急に険しくなった。

——火事がなかったからって、火をつけなかったことにはならんだろ。おまえの親はどんな生活をしてるんだ。えっ、奥さん、こいつの親はどんな教育をしてるんだ。

矛先を向けられた若奥さんは口ごもった。襖を隔てて寝ている武の耳に、幾度か若奥さんの口から発せられる苦悶の声が入ってきたことがある。夫と小声で話をしている内に、悲鳴を押し殺した声に変る。そのたびに、武は絶望的な気分に陥る。首を締め殺しちまえ、と心の中で唸っている。それが、夫に向って呼びかけていることもある。

――火事にならなかっただけ幸いなんだ。おまえたち四人は、そ、四人だったろ、大火事を起こすとこだったんだぞ。さ、どうしたか、正直にいうんだ。

――ずるい餓鬼だな、まったく。おまえみたいなやつは将来人殺しになるぞ。

――村田弘一を知ってるな。六年生だ。あいつがみんな白状したんだ。一緒にいた仲間の名前をみんな吐いたんだ。

警官は斧を振り下すような勢いで切り札をつきつけてきた。

だめなやつだ、と武は村田弘一の平べったい顔を思い浮かべて思った。餓鬼大将で暴れん坊の噂があったが、武には妙に親切だった。姉の久子に、惚れてるからだと村田の級友は武に耳打ちした。そんなことは分っていた。

――村田弘一は、おまえがローソクを倒して火をつけたといっていた。火がついて、こわくなったのであいつは土を被せたと吐いたんだ。みんな分ってんだぞ。

――はじめからいえばいいのに。

――なに。

――まわりくどいよ。

――貴様。

警官の顔が赤黒く腫れ上がるなり、右肩が盛り上がり、拳がとんできた。頬に当る瞬間まで、武は骨ばった拳を眼に入れていた。

武の身体は弾かれ、廊下に尻もちをついた。大人の力は想像していた以上に強い。頬骨が痺れ、痛みが歯ぐきまで伝わってきた。

ぶつなんて、ひどいことを。若奥さんは自分の頬に手をあてていった。

起き上がってくる武に向って、警官は憎悪を剝き出しにした。

――貴様はやくざだな。火つけだろ。ふざけやがって。ガッコの先生にいいつけてやるぞ。貴様みたいなやつが大きくなって犯罪を起こすんだ。

武が立っていた場所まで戻ると、とたんに警官は背を向け、踵をセメントのたたきに叩きつけて、あっけなく玄関から立ち去った。肩を怒らせて門を出る彼の後姿を見送りながら、制服に隠された、貧弱な裸を見たような気がした。後味の悪いものが胸に残った。

置き忘れられたように佇んでいた若奥さんは、武を見て心細気な声でいった。

――武ちゃん、本当に火をつけたの。

武は若奥さんを見上げて、はにかみ笑いをみせた。

――つかなかったよ。雨で湿っていたんだ。

運動靴を穿《は》きながら、村田弘一の悪童ぶった顔つきを思い出して、あいつはクビだ、と武は思っていた。外ではひぐらしが癇高い声で鳴いていた。昼食をとっていないので空腹だった。ゆだった夕風が武の首筋にまとわりつき、武は頭を振り払った。

庭に出て、縁側の下に潜り込み、隠してある木刀を手に取り、四つん這いのまま後ずさりをして縁の下から出てきた。

木刀を自転車のサドルの後から突っ込み、チェーンとペダルの間にある芯棒のところでとめて、紐で巻いた。

公園まで十分で行く。人気のない道を全速力でとばし、橋を渡り、野原を過ぎ、砂利の撒かれた坂道を登り、雑木林のある小高い丘に入る。

下方に川と、池と釣堀とボート小屋が見える。木刀を自転車から引き抜き、樹木から垂れ下がっている葉や生えている雑草を、滅茶苦茶に振り回して斬りまくる。鮮かな緑にもえた葉や、ふてぶてしい茎を持つ雑草を見ると、武は自分でも訳のわからぬ熱した衝動に突き上げられ、全てをなぎ倒さなくてはとても息をしていられないほど胸が圧迫されるのを感じる。

何十回と木刀を振り回しても、破れる葉や白い膿を出して折れる雑草はほんの周囲だけで、人間社会とは無関係に、自然の中で他の草花の滋養を奪い取ってたくましい面構えで伸びている雑草は、どこまでも続いている。

　武はたまたま足を踏み入れた場所に生えている雑草を斬り倒しているに過ぎないことに気付くと、ますますいらだたしくなり、狂ったようになってしまう。

　腹の中が重い痛みで満たされ、胸が苦しくなり、瞼が曇る。どうして涙が出てくるのか、武には自分でも分からなかった。あっけなく倒れていく雑草が哀れなだけではないようだった。

　動きをとめる寸前に、武はありんこのようにちっぽけになった自分の姿を見る。燃え上がった入道雲の雄姿が脳裡に広がり、腰をおとして、水平に木刀を振り払う。存分に、力一杯、雑草をなぎ倒す。

　まだ眼尻に残っている熱いものを腕で拭い、ばかだよ、ばかだよ、と無意識に呟《つぶや》いている。それからきまって、遠くに生えている雑草や、それらを覆っている樹木や、眼下を流れる河や、池や、ボート小屋や、釣堀でのんびり糸を垂れているおっさん達の姿を、何を思うでもなく眺めている。

　見上げると、昼間の深い海の青色とは違ったすずしげな空が、高いところで広がっている。絹雲が散歩でもするように、夕風に押されて空の下を動いていく。

　腕を伸ばして跳び上がれば、あの大きな空の中まで飛べるのではないかと武は錯覚する。そんなことは夢だと知りつつも、いつの日か、決して夢ではなくなるような気がするのだ。

眩《まぶ》しくなって顔を伏せる。どす黒く濁《にご》った池の面が、眼球に残った光の残像のせいか、ぽつぽつと明るい輪を放っている。

池の中央には、島がある。樹木が生い茂り、鳥たちがその上を羽撃《はばた》く。陽の沈む頃ともなると、何百羽という鳥が、影をおとした樹木の周囲にたむろする。

昨年、武は学校から帰ると、毎日のように池に通っては釣に興じていた。垣根の竹を引っこ抜いて作った釣竿の先に糸をつけ、土手から身を乗り出して釣りをしていた。熱心になりすぎて幾度か池に落ち、大人たちから笑われた。三本つなぎの釣竿を買ってからは、池に落ちることは少なくなったが、それでもどうしたはずみにか、まるで下から引きずり込まれでもしたように、ずるずるとずり落ちてしまうことがあった。

冬になる頃には、武は釣りをしなくなった。野球をする仲間ができ、身体を動かして汗をかく遊びの方が面白くなった。

池の左手に釣堀があり、その向こうには水田がある。青々とした水稲のきれた先は高台になっていて、ところどころの崖が崩れて、赤土が顔をみせている。瀟洒な家が一軒建っていて、武の立っているところからでも、屋根の色が赤いことや、崖に張り出したベランダが白く輝いているのが判別できる。

周りは樹木や赤土や雑草、それに離れたところに藁ぶき屋根の農家が一軒あるきりなので、緑がかった光景の中で、その家はひどく目立っている。

その家が目にとまるたびに、深見くん、いるかな、と武は思う。深見徹は武の級友で、仲のよい友人だった。野球をするようになってときどき話すようになり、ずば抜けて運動神経の発達した徹から、捕球の仕方や、ボールをバットでとらえるときの要領を教えてもらう内にますます親近感を持ち、雪の降った日でも、二人でキャッチボールなどして過ごすようになった。

三年になった新学期には、途中の道で待ち合わせて学校に行くことが多くなった。それが疎遠になった原因の一つには、クラスの女子たちに、徹が愛想をつかしたことがある。

いつ頃からか、武が校門をくぐると、校門の陰で待ち伏せをしていた女子たち数名に、とり巻かれるようになった。その数が日を追うごとに多くなった。武の名を連呼し、歓声をあげて駆け寄ってくるなり、もみくちゃにする。

ランドセルはなくなり、髪はくしゃくしゃになる。胸が押され、何本もの腕が身体を撫でたり叩いたりしてくる。校門から校庭まで続くなだらかな坂を登ろうとするのだが、武は身動きがとれず、胸の内で悲鳴をあげる。

ときには本気になってまとわりついてくる女子を押したり殴ったりするのだが、一人が脱落してもすぐに隙間は別の女子の身体で塞がれる。ほとんどの女子は武より背が高く、歓声と共に開かれた口から吹きかかる吐息で、喉が詰まる。押しつけてくる身体の厚みにつぶされ、歯を食いしばってしまう。

一緒にいる徹は女子の中から弾きとばされる。初めのうちは、おい、よせよ、といって女子の輪を崩してくれていた徹も、日が経つ内に、校門まで一緒にくるなり、そっと武の傍を離れて先に坂を登っていくようになった。

ポケットに手を入れて歩いていく徹の姿を女子の顔の間から垣間見ながら、おーい深見くん、たすけてくれ、と武は叫ぶ。すると坂の途中まで行きかけた徹は、よし、といって戻ってきて、女子を引きはがしにかかる。その隙に武は女子を押し上げるようにして坂を登りきる。女子たちは、武が校庭に足を踏み入れると、興ざめたように散っていく。校庭には、始業前の少ない時間を、少しでも楽しもうと遊んでいる子供がたくさんいた。

押しくらまんじゅうをするように校庭に入ってくる一団を上級生たちはあきれた顔で眺め、その中央にいるのが男子一人だと知ると、なんだあいつ、といって蔑《さげす》んだ眼で武を見る。そばにいる徹も同じ眼で見つめられる。

その内、徹は校門をくぐり、女子に引っかき回されている武を尻目に、一人で先に行ってしまうようになった。武が呼んでもふり向かなくなり、待ち合わせの場所にもいないことが多くなった。武が早目に来て待っていても、徹は別の級友とやってきて、武を見ても軽く顎を振って傍を素通りしていく。武は正門から入るのをやめ、十分ほど大回りをして裏門から校舎に入るようになった。女子の姿はなくなったが、武を避けるようにする徹の姿勢は変わらずにいた。

池の面と、徹の家とを見比べながら、武は徹と二人で筏を作り、池に浮べたことを思い出していた。

五月の連休のとき、二人は林に入り、丸太や板などを捜して集め、なんだかんだと言い合いながら三メートル四方ほどの筏を組み立てた。終ったときには学校が始まっていて、処女航海は人気のない平日の夕方になった。

丘の上から見渡せる池なのに、武はその筏に乗れば、どこか遠い異国にたどりつけるような気がしていた。

二人は丸太や板ぎれがつぎはぎだらけになって組み立てられている筏を、林の中から担ぎ出し、くそ重いな、浮くかな、と口々に騒ぎたてながら池の端まで運んでいった。

池の面に筏が浮いたとき、二人は思わず顔を見合わせ、ばんざいをした。見てくれは悪かったが、重量感のある筏は、黒い池の面にどっしりと浮いていた。みずすましがあわてて四方に散っていった。

二人は池の中央にある島にいって探険することに決めていた。徹が筏を端に寄せ、武がその隅を持ち、まず、徹が乗り込んだ。ボート小屋から親爺が出てきて、二人に向って怒鳴り声をたてていたが、二人には少しのききめもなかった。

徹がへっぴり腰で筏の上に立った。筏は少し沈み、隙間から水が入り込んだ。徹は運動靴が濡《ぬ》れるのも気にせず、お、いいぞ、いいぞ、おまえもこいよ、と上ずった声でいった。

武は徹に向けて、板と棒をつなぎ合わせて作った櫂を手渡した。腰をふらつかせながら櫂を使って、徹は筏を岸辺まで近づけた。武はその瞬間、とび移った。

筏が傾き、バランスを失った徹は四つん這いになり、ばか、動くな、とわめいた。武は危うく池にほうり出されそうになった。同じように四つん這いになって、浸水してくる水を不安気に見つめていた。二つの小さな身体は、筏の上で石像のように動かず、筏にあふれ込んだ池の水で、くるぶしまで浸《つか》りながら、やべえ、やべえ、と声をたてていた。不意に、筏はぶくぶくと沈み出した。

先に徹は岸辺まで跳んだ。残された武は四つん這いのまま、大きく揺れる筏の上で、何をなすすべもなく、沈んでいった。とべ、とべ、と徹が叫んだ。やけくそになって、犬のように武は跳んだ。ほんの一メートル足らずの距離しかなかったのだが、岸辺まではいけず、武の身は泥水の中に沈んだ。その不様な姿を見て徹は笑った。武も笑い出した。

ボート小屋の親爺がやってきて、こんな汚いもの池に浮かべるな、と怒った。二人は水を吸ってたっぷりと重くなった筏を引き上げ、野原まで運んで棄てた。道々、やっぱ腐った丸太を使ったのがいけなかった、と二人は反省をした。今度は材木置場から新しい木を盗んで作ろうと武は提案した。心当たりがあった。

徹は賛成し、すぐにも作業に取りかかりたい様子を見せた。それはいつしか伸び伸びとなり、武は話し出すきっかけを失っていった。夏が終りに近づいた今も実行されてはいない。

帰りに徹の家に寄せてもらい、武は泥だらけの足を拭いた。徹の家に上がったのは初めてのことだった。身ぎれいにした徹の母親が紅茶とケーキを運んできてくれた。

白いブラウスを見て、武は自分の母の着ている古びた和服や、膝のあたりが丸くなった薄布のスカートを思い出し、気持に酸っぱいものが混じるのを感じた。ズボンが汚れていたので、武はテーブルの傍に佇んだまま紅茶を飲み、ケーキをご馳走になった。食べ方が分らなくて困った。何度か、徹の器用な食べ方を盗み見て、それを真似た。

一人っ子の徹の部屋には、ベッドときれいな立ち机があり、壁には学校からもらった優秀賞という表彰状が幾枚もかけられていた。それを眺めている武の耳に、おとうさんは、と尋ねる徹の声が聞こえてきた。

きのうは夜勤だったから眠っているのよ、と母親が答えていた。別の部屋で眠っている徹の父を思い浮かべ、こういう家に住んでいる人は何の仕事をしているのだろうと、武は漠然と思っていた。

帰り際に、これからも遊びにきて頂戴ね、と母親にいわれ、徹も何やら得意気に、また来いよな、というのを聞いて武は黙って頷いた。またケーキが出るのだろうかと思っていた。武は、二度と徹の家に行くことがなかった。

丘の上から眺めている光景が、青味がかった風の中に覆われ始めていた。深見の家にも灯りがついていた。

西空が血のような橙色に染まり、雲が大きく移動をしていた。武は木刀を自転車にさし込み、紐でしばった。倒れた雑草の折れ口から、透明な露が覗いていた。武は自転車に跨がり、ペダルを踏んだ。砂利の坂道を勢いよく駆け下りた。じきに、夕飯になるだろうと思い、こぐ足に力が入った。腹が背中にくっついているような気がした。それから、夕方来た警官や、上級生の村田弘一の顔が眼に浮かび、唐突に、燃え上がった材木置場が脳裡に映った。

二学期が始まってひと月程たった頃、武は奇妙な男と知り合った。秋晴れの土曜の午後だったが、林の中はひんやりしていた。武はいつものように闇雲に木刀を振り回して雑草を叩き斬っていた。

いつの間に忍び寄ったのか、額ににきびの多い男が背後に佇んでいて、なっちゃねえな、と武に声を放った。

武は動きをとめて男を見据えた。若いような、若くないような男だった。長袖の下着一枚を着て、首には色のあせた手拭いを巻いていた。

もともとは五厘刈りほどの短い髪だったものが、無精をしているうちに伸びてきたような中途半端な坊主頭をしていた。

男はよれよれの黒いズボンのポケットに両手を突っ込み、武の前に歩み寄ってきた。

穿き古した下駄を穿いていた。額から吹き出た汗が武の頬に落ちた。

──かしてみな。

男は武の手から無造作に木刀を奪い取って、右手で二度、振り下した。それからまじまじと木刀を見つめ、あっけにとられたようにいった。

──きたねえ木刀だな。

木刀の切先から柄までを、口を半開きにして眺めていた。木刀の切先は相当以前に折れたものらしく、茶色に変色していた。背から腹にかけての大部分は、虫に食われていた。

まるでミミズを彫り込んだような食い跡が何十箇所とあり、粉をふいた白い窪みを見るたびに、武は不快な気分に陥る。柄だけが、武の手垢のせいもあり、艶をもっていた。

──こんなのどこで拾ったんだ。

──縁の下。

──縁の下？　おまえんちの親父は屑屋でもやってんのか。

白眼を剥いて男は声を高めた。男の生真面目な言い方がおかしくて、武は吹き出した。

――ちがうよ。書き物をしてんだ。

――かきもの？　なんだそりゃ。

――小説を書いたり、いろんなものを書いてんだ。

――小説か。へえっ。アタマいいんだな。

興味なさそうに男はいった。父の職業を知ると、相手は必ず名前を尋ねてくる。答えると、相手は首を傾《かし》げたり、少し調子のいい人は、聞いたことあるな、といったりする。そのあとで、どんなものを書いているの、と子供の武に訊く人もいる。知らない、と武は答える。

眼の前に立っている男は木刀をひっくり返してあきれ顔をしている。武は男に対する警戒心をすっかり解くことができた。

――それにしてもひでえものだな。

虫の食った所を指でなぞって男は口元を歪めた。若い素顔がのぞいた。

――木刀ってのはな、こうやって使うんだ。

男は左手に持った木刀を脇腹に置き、口をきつく結んだ。ン、と絞った声を出したと思うと、右手で木刀を抜き、チェーッ、と叫びざま、下からすくい上げた。

その声の大きさに武が驚く間もなく、男は切先が空に向いた木刀を、斜め下に斬りつけた。今度は、トヤーッ、と叫んだ。

——どうだ。

——大きな声だった。

——声だけじゃないだろ。おまえみたいにやたらに振り回しちゃだめなんだ。武道というのは、やると決めたら、一刀のもとに倒すのが大事なんだよ。やってみろ。

顔面が充血した男は、荒い息を吐きながら武のベルトに木刀を通した。

——こうやって、刀を差しているときは、刃の方を上に向けておくんだ。抜くときには、こうひねって、刃を下にする。

男は武の左手をひねった。いて、と武はいった。男は教えることに夢中だった。武の右手を柄に当てさせ、力を込めて腕を引っぱり木刀を抜かせようとした。十センチほどがベルトに残り、木刀は抜けずにあった。腕を伸ばせ、もっと伸ばせ、と男はいって引っぱり続ける。腕の付け根が引きちぎられる思いだった。

——もう伸びないよ。

——あと少しだ、伸ばせ。

武は腰を引いた。拍子に木刀が抜けて男の膝にぶつかった。乾いた木を叩いたような、小気味よい音が鳴った。男は派手な叫び声をあげて蹲った。

――おじさん、ごめん。

男は眼を剝いた。

――おじさんだと。冗談じゃねえ、おれは十九だぞ。おにいさんといえよ。

おにいさんという単語は、武の頭の中には存在していない。現実に兄はいないし、友人の兄のことを君のおにいさんは、と使っていても、中学生以上の他人に対しては、おじさんとしか言い様がなかった。

――だいじょうぶ？

――だいじょうぶじゃねえよ。

男はズボンの裾をまくり上げ、唾を掌に吐き出し、膝にこすりつけた。それでも足りずに、舌を使って直接舐めだした。武は笑い声をあげた。

――おっ、笑ってるな。笑うかなあ。

男の口調には妙な訛りがあり、怒っていってもユーモラスに響いた。

立ち上がった男の顔からは怒気は失せていた。眼付きに鋭いものがあったが、人の好い男なのだろう。切先を下から一気に上にすくい上げる形を、自分が納得するまで教え続けた。

これは、示現流というんだ、と男は得意気にいった。じげんりゅう？　と武は訊き返した。一刀両断、肉を斬らせて骨を断つ、と男は胸を張り、遠くの畑を眩しそうに見ていた。

——おじさん、強いのかい？

——おじさんじゃないだろ。

——名前知らないもの。強いの？

男は不思議なほど狼狽した。強いさ、といったが、たいしたことないな、と武は思った。武は続けて男に名前を訊いた。大人に名を訊いたのは初めてのことだった。

——教えない。

ぶっきら棒にいった。それから武の名を訊いた。武は自分の名をいった。男は頷き、教えない、と同じことをいった。武は男をおいて、教わったように、伸びている雑草めがけて、木刀を突きあげた。腰が泳いだ。その腰を、男は両手で押しつけた。ここをおとすんだよ、といって二度叩き、おれの名は西郷隆盛、と気取った口調でいった。ふざけているのだと思って、武は男を見上げた。男は笑っていなかった。唇を尖らせて公園を見下していた。

——ボートにのってみるか。

男は誘うともなくつぶやいた。池には何そうかのボートが浮き、子供たちの嬌声が聞こえてくる。武は頷いた。一度も乗ったことがないのだ。

——ぼうず、カネもってるか。

——ないよ。

——あっさりいうな。十円くらいはあるだろう。

——ないよ。

けっ、といって男は唾を吐いた。草をむしり、口にくわえて動かした。

——今度はもってこいよ。

——だめだよ。

——小遣いもらってんだろ。

——もらってないよ。

男はまた、けっといって草を吐き出した。以前に武は母親の財布から百円札を盗みだしたことがあった。徹に、今度はボールを買ってこい、そうしたら試合に出してやるといわれたからだ。百円札を取ると、残りは数枚の十円玉だけになったが、気にとめずにいた。その晩、母親が夕食の用意をするのに難儀していたという話を姉から聞かされ、武は腹立たしさと恥しさで身体がバラバラになるように感じられた。母親はひと言も武を非難しなかった。それまでもたまに小銭を盗んでいたが、その日を境に、盗みの習慣をやめていた。野球の試合場への足も遠のいた。

　所在なげに突っ立っていた男は、ふいに立ち去った。武は男の姿が林の中を通っている砂利道に出るのを見届けてから、男のいったことなど無視して、やたらに木刀を振り回して草の頭を払った。周囲の雑草が一通り打ち倒れると、今度は木刀を腰に差して、男のいった通り、木刀を抜いて切先を突き上げた。なめらかには木刀は腰から抜けずにいたが、回数を重ねる内に、引っかかりは少なくなった。

　疲れて武は草の上に坐り込んだ。遠くの高台に徹の家が見える。その左手にある坂道を、首に手拭いを巻いた男が、そっくり返るようにして歩いていく。武は木刀を自転車に差し込み、サドルにまたがると、力一杯こぎだした。


　学校から帰ると、珍しく父親が縁側に坐って陽を浴びていた。寝巻き代わりの夏衣の上に薄手のスウェーターを着て、晴れ上がった空を眺めていた。顔色は悪かったが、気分はよさそうだった。ただいま、といって庭に入ってくる武を眼にとめて、おう、と父親は窪んだ頬を向けた。武はランドセルを廊下に置いて、父親に並んで坐った。

　——起きていていいの。

　——ああ、このところ具合がいい。

ぼさぼさの固い髪を掻き上げた。濃い眉毛の下にある眼はどんよりしていた。心臓が悪いため、坐っていても、父親は背中を丸めて胸をかばうようにする。

——冬になったらまた引越しするのかな。

縁側から武は足をぶら下げていた。父親は武の足元に視線を落して、いや、そうはならんだろう、と気の抜けた声でいった。

——もう一年いられるはずだ。かあさんがそんなことといっていたからな。

——近くに越すんならいいけどな。

——この庭にアパートを建てるようなことを大家がいっていたそうだ。うるさくなるな。

——日当りが悪くなるね。

——なるなあ。

気に障ることがあると、誰彼かまわず怒鳴り散らし、暴力を振るうことの多い父親だが、仕事の終ったあとや、筆を休めて散歩に出るときなどは、武でも驚くほど穏やかになる。縁側で父親と話すのは何年ぶりだろうと武は思った。

眩い光を腹一杯に吸い込んだ雲がゆっくりと流れていく。そうだ、と父親はいった。

——今日は金曜だったな。また頼むぞ。

――田川さんとこ。

――そう。

嬉しそうに頷いた。

父親はプロレスの大ファンなのだ。毎週金曜日の夜は、そわそわと落ちつかない。近くのソバ屋は八時になるとソバを売ることを一切やめて、客の注文は飲物しか受けつけなくなる。テレビ観たさに集まってきた人たちは、飲みたくもないジュースを一本百円で買わされる。それだけ出せば、たぬきソバが三杯食えた。

父親も一度武を連れていったが、ジュースの値段の高さに驚いて二度といかなくなった。その替り、三キロほど離れたところにある質屋まで行って観るようになった。それだけの距離を歩くのは困難なので、子供用の武の自転車に和服の裾をまくってまたがり、後から武に押させる。

道路に段差のあるところはゆっくり押さなくてはならない。スピードが出ると父親は気持よさそうに胸を張って夜を見つめている。出発が遅れたときは気が気ではないようで、そら急げ、と父親は激励する。武は精一杯足を跳ね上げて自転車を押して走る。途中で疲れることがあると、がんばれ、がんばれと声がかかる。休む間もなく、武は押し続ける。

どのように身体の調子が悪いときでも、プロレスだけは欠かさない。雨が降っても、自転車に坐って傘をさしている。武はびしょ濡れで走る。心臓の発作が起きて倒れたときは、近所の農家からリヤカーを借りてこさせ、蒲団を敷いてそこに横たわり、観戦に出かけた。バランスをとるのがむずかしくて、引いている武の身体が何度か空中に浮かび上がった。

質屋の主人も奥さんも一緒に観る。客が来て、その人がプロレスを横眼で窺いつつ、こんなのはショーなんですよ、ほらね、あんな空手チョップで大の男が倒れる訳がないんです、としたり顔でいう。すると父親は本気になって怒る。他人の家に来ていながら、貴様、出ていけ！と怒鳴る。田川という質屋と父とどのような関係があるのか武には分からなかったが、少くとも、相手が父親を歓迎しているわけでないことは態度で察知できた。

そういうことには父親は無頓着な性格らしく、銭湯に行く小銭がないと、武を連れて、さほど親しくない人の家でも、平気でもらい湯にいく。迷惑がった相手が、仏頂面をして、いま入ってんだけどねえ、というと、じゃ出るまで待ってる、と答えて、台所で二十分ほども坐っている。帰ろうよ、と武がいうと、しかし、入らなくちゃ、困るだろ、と何が困るのだか分からないことをいって懐手をして俯いている。お茶を出されるときもあるが、出されないときの方が多い。

もらい湯にいくときのことを思えば、プロレスの観戦にいくことの方が武には気が楽だった。それでも、武のような子供にすら信用できかねるプロレスを、蒲団に寝ているべき人間が、何故あれほどの思いまでして、質屋にまで観にいきたがるのか、武には理解できない。武には、それまで元気で暴れていた男が、テレビの時間切れ寸前になって、おこりにでもかかったようにコテンと倒れてしまうのが合点がいかなかった。

母親が質屋へ行く場合は、正式な客としていく。家にいるときはほとんど和服の縫い物をしていて、よく疲れないものだと武は感心する。明日の朝までにと頼まれたから、といって、細い灯りの下で一晩中眼をショボつかせて縫っている。寝ている武の耳に、糸を張る琴の音のような音が響いてくる。その徹夜の仕事が、頼まれたものでないことを武が知ったのは、昨年の夏のことだった。

一晩で仕上げ、風呂敷包にくるんで大事そうに抱えて玄関から出てくる母と出会った武は、はしゃいで一緒にくっついていった。途中で何度も母親は、大事なお客さんなんだから帰りなさい、と厳しい口調でいった。武は甘えたい気分で離れずにいた。かなり歩いたところにある寺の角まできて母親はふいに足をとめ、帰りなさい、と一言いった。頬が粉をふき、白く緊張していた。有無をいわせぬ口調だった。どうして、といって武が見上げると、母親は視線を落してまばたきをし、いい子だから帰りなさい、といってくるりと背を向け足早に歩き去っていった。

寺から流れてくる線香の匂いを嗅ぎながら、武はその場に立ちつくした。母親の姿が二百メートル程先の小路を曲がると、全速力で走った。小路につくと、丁度母親は、一軒の家の中に入っていくところだった。そこまで歩いていって、武は母親の行き先が質屋であるのを知った。一晩中かかって縫い上げたものを質屋に入れる母親の気持を察して、武は自分の身体を火あぶりにしたいような衝動にかられた。その質屋が、父親がプロレス観戦にいく所ではなかったのが、せめてもの救いだった。

そのことを父親は知らないのだろうか、と武は思う。母親に向って罵声を放っている父親を見ると、知らないと思えるし、こうして陽なたぼっこをしている父の傍にいると、知っていても何もできずに黙っているのだという気にもなる。

風が縁側に吹き込んできて、父の髪があおられ、額に落ちた。じきに死んでしまうのかもしれないと武は思った。

——今夜はすごいのが出るぞ。南米の山の中にいたやつでな、満員のバスを平気で引きおるんだ。

――化物じゃないの。

――そんな面はしている。

――力道山、あぶないな。

――空手チョップがある。

――きくかな。

――きくだろう。でも、本当はカワラを二枚くらいしか割れないそうだ。

悄然といった。庭木の向こうで人影が動いた。父親は顔の前で手刀を作り、武に向って、だめ、というように左右に振った。素早く立ち上がり、家の奥に風船玉のような足取りで入っていった。

玄関に回った武はやってきた集金人に、家の者はいない、と慣れた口調で断わり文句を述べた。憮然とした表情で立ち去った男を見送りながら、カワラ二枚か、と武はひとりごちた。それでも、熱狂してプロレスを観にいく父親がやはり不思議だった。

翌年四月の新学期にクラス替えがあった。武は四年生になった。深見徹も同じクラスにいた。徹は中心となって野球チームをまとめ、他のクラスとの試合日を決めていった。卒業までの三年間、彼等は級友であり、チームメイトとなる。

武は野球チームに入るのをやめるつもりでいた。仲間割れがあるのは眼に見えていた。どういう種類の人間が力を握るのかが分っていた。楽しむことが少なくなる。失望するのにはうんざりしていた。

入らない、というと、まず隣の席に坐っている者が反対した。学級委員なんだから、と半ば冗談のように誘う者もいた。武はその冷やかしともおだてともつかない言葉をまともに受け、参加することを了承した。

試合当日は、胸がへこんだような気持を抱いて野球場まで出向いた。武はそれほどうまくはなく、グローブも持っていなかった。

集まったのは全部で十一人だった。六大学のホームラン王の長嶋が巨人軍に入り、野球少年のアイドルは川上から長嶋に移りつつあった。プロ野球でどのような成績を納められるか未知であるのに、誰しもサードを守りたがり、背番号の3をつけたがった。

車座になり、十一人が徹を中心にして口々に希望の守備位置と打順を述べていた。徹が鎮めようとしたとき、おい深見、おまえんちの親父はおまわりなんだろ、と太い嗄《しわが》れ声が一同の中に響いた。みなは声の主を見た。

剝き出た眼に鼠色の鈍い光を漂わせた柄の大きい子が、片方の頰を歪めて笑い、徹を見下していた。徹はあいまいに頷いた。

——おれんちの親父は刑事なんだぜ。

勝ち誇った顔で小野という男子はいった。別のクラスにいたので武にも徹にも馴染みは薄い。以前、武の近所の子が、いじめっ子がいる、といって泣いているのを見て武が仲裁にいくと、道の中央に何やら血なまぐさい様子で棒きれを持って立ち、ヘラヘラと笑っている男子がいた。それが小野だった。そのときは喧嘩《けんか》にならずに済んだが、小野に対する印象はよくなかった。

——おまわりなんかより、刑事のほうがえらいんだぜ。

——うちのおとうさんは警察官だよ。

——だからおまわりじゃねえか。交番の前にぶっ立っているだけだろ。おれの親父は犯人をつかまえるんだぜ。

——おとうさんは部長だよ。

——なんだよ部長ってのは。おまわりはおまわりじゃねえか。そうだろう。

小野は武を見つめ、合槌を求めるようにいった。武は黙って見返していた。相手チームの者が早くやろうぜ、といってきたので、小野の話はそれきりになったが、武は徹の父が三年の夏休みのときに家に来た警察官であることを大分前に知っていた。

三年の二学期が始まって間もない頃で、公園からの帰り路、自転車で坂を登りきろうとした武の眼の隅に、人影が映った。見ると、徹が家の小路に出ていて、石段脇をシャベルで掘りながら、大声で喋っていた。傍に、サンダルを穿いた男が寝起きのむくんだ顔をして、所在なげに立っていた。

男の顔を一目見て、武の頭の中に火がついた。徹とはクラスでもほとんど話さないようになってはいたが、足下の崖が、音をたてて崩れるような失墜感を抱いた。五歳のとき出会った陰険な眼差しと、その年の夏に目の前を塞がれた鋼鉄のような制服姿が、不快な風をともなって立ち現われた。

ふと男が顔を上げた。一瞬だが、寝ぼけた男の眼と、武の眼が往き合った。徹が、おとうさんは、といって男に話しかけた。男は気を徹に奪われた。その隙に、武は自転車をこぎ出していた。

何週間もの間、武はあの男と徹とは別個のものなのだ、関係がないのだ、と呪文のように唱えていた。木刀を振って雑草を倒しているとき、徹の家が眼に映り、武はさらにくやしいものをふっきるように、力を込めて草に斬りかかった。今では、ほとんど忘れかけていた。

試合が始まり、徹はピッチャーをやった。小野は借りたグローブをはめてサードを守っていた。大きな声がサードから発せられ、それは徹が四球を相手チームに与えると、なおさら激しくなった。

　武は、小野にグローブを貸し与えた子と並んで試合を観戦していた。小野のサード四番がまず決まり、そのあとで出場する選手を一人一人指名していた徹は、九番は、といって残った者の顔を見回した。徹の視線が武の上にとまり、瞳が厚ぼったい硝子《ガラス》をはめ込まれたようになった。次の瞬間には視線は転じられ、小山内、と名が呼ばれた。武は控えになった。

　武がクラス委員に選ばれたとき、女の人気だよ、と徹は聞こえよがしに叫んだ。教室内に笑いが起った。振り返った武の視線と、中腰になって武を見た徹の視線が、笑っている生徒の顔の間を縫ってぶつかった。強い光を反射させる眼だったが、中身は枯れていた。指名する最後の選手を選ぶとき出会った徹の眼には笑みもなく、瞳に映る対象がいなかった。

　久しぶりに投げたせいか、徹は乱調だった。四球が続き、うんざりしていた内野にとんだボールはエラーを誘った。三点リードされたところで、小野が出てきて徹に交代するよう迫った。

　いつもは他人の意見など無視する徹は、あっさりとマウンドを降りた。背中を屈めてサードの守備位置に向かう徹を、武は一塁側に坐って見つめていた。武には、徹が初めて見る少年のように思えた。

小野は徹に増してひどく、十球投げてやっと一つストライクが入る有様だった。それでも誰も文句をいわずにいた。やっとチェンジになったときには、八点リードされていた。ベンチに戻ってくる徹は、武と顔を合わせると、突き刺してくるような攻撃的な眼付きをした。次に視線を合わせたときは、鼻白んで俯いた。

次の回も小野は乱投で、たて続けに四球を六つ出した。内野陣は茫然としていた。小野のふてぶてしい態度は変わらなかった。七人目の打者がレフトを抜いたとき、武は大声で怒鳴った。

――ピッチャーかわれ！

内野に緊張が走った。ランナーが塁間を走っているにもかかわらず、小野は血相をかえて武に向って走ってきた。てめえ、といいざま殴りつけてきた。武はとっさによけたが、小野の気性の激しさには驚いていた。

――かわれっていいやがったな。

二発目は殴ってこなかったが、小野の右肩は怒りで盛り上がっていた。

――補欠のくせに、なまいきいいやがって。

――かわったほうがいいよ。

――なんだと、じゃあ、てめえが投げてみろ。

意外な成りゆきに、武はたじろいだ。小野が再び挑発したので、いいよ、といって武は立ち上がった。ライトが引っ込み、彼からグローブを借りて、武はマウンドに立った。サードからライトに回る徹は、仰天して武を見ていた。武は笑っていた。徹は白い横顔を向けた。

マウンドに立ったのは初めてであり、ピッチャーの練習などもしたことがない。だが、ただの一回でいい、ピッチャーをやってみたいと永い間願っていた。投げるまでは足が震えていた武も、練習ボールを三球投げて落ちついた。ランナーは全員生還していた。

ところが、武の投球も小野に劣らずひどいものだった。第一打者の一球目にデッドボールを食らわし、打者は脇腹を押さえてうずくまった。第二打者にはストレートの四球、三人目も危うく頭にボールをぶつけられそうになり、悲鳴をあげた。四人目はやけくそになって高いボールを大根斬りで打ち、センターにライナーで弾き返した。センターがボールを後逸し、結局満塁ホーマーの形となった。しきりにヤジをとばしていた小野は怒鳴り声をあげて近づいてきた。

武はライトを振り返り、深見くーんと徹の名を呼んだ。徹は動かなかった。小野の足音が背後に聞こえ、かわってくれよー、と武は叫んだ。ためらいがちに徹は走ってきた。

試合は大差で負けたが、徹が再び投げてからは拮抗したゲームになった。武と徹はほとんど話をしなかったが、帰り際に見た徹の顔は紅潮していて明るいものが広がっていた。

武はチームメイトと別れて、西郷隆盛と名乗る男の所に行った。

初めて出会った日に、公園から続く坂道を上りきったところで男に追いつき、武はさよならをいった。男は返事をせずに武の乗った自転車の荷台を摑み、おれんとこまで乗せてけといった。その後、何度か武は男の寝泊りしている所を、訪ねることになった。

農家の裏手に建った二間の小さな家で、一間は板敷で手製の細長い机が三つ並べてあり、正面に黒板があった。畳が敷いてある部屋は四畳半で、男はそこで寝ていた。

家の片側は硝子戸になっていて、向かいは畑だった。男はそこが学習塾であると教え、おまえも習いにこいといった。勉強しないと偉くなれないぞ、という男の言い方がおかしくて武は笑ってしまった。男は何がおかしい、といって本気になって怒っていた。

初めのうちは、男もそこで教えているような口ぶりだったのだが、何度も行くうちに武にも事情が分ってきた。塾の経営者は男の郷里の先輩で、行くあてのない男は、留守番役の形で住まわせてもらっていたのだ。

経営者は別に家を借りていた。一度武も会ったことがあるが髪にパーマをかけ、ぶ厚くて赤い唇をしたにやけた男だった。パーマを見たとたん男はみじめなほど狼狽して、どうも、どうもと連発しては、何度も頭を下げていた。パーマは、コーイチ、まだぶらぶらしとんのか、と怒鳴りつけ、塾に上っていった。その後姿に向って、男はどうも、どうも、といって愛想笑いを送っていたものだった。

男が塾の先生ではないことは、分数の問題を訊いたときから分っていた。簡単な問題だったが、男はうんうん唸って考え込み、最後まで解けずにいた。今度までに考えておくよ、といったとき、武は男にいいようのない親しみを覚えた。

武が訪ねるときは、男は寝ているか、飯を作っているかのどちらかだった。いないこともあったが、待っていると、じきにどこからともなく現われてくる。

塾の中にも小さいがガス台と流しのついた台所があったが、男には使用が許されていないらしく、家に接して建っている物置の中に七輪を置いて、飯を作っていた。

そういう時に武がいくと、男は一人分しか炊いていない飯を、武にも半分分けてくれた。男の作る料理は決っていた。

初めて男が小屋の中で飯を作っているのを見たとき、男は小さな底の平たいフライパンに、水に醬油と砂糖をとかしたものを入れ、かきまぜた卵を浮かせていた。フライパンの柄に手拭いを巻いて握り、鼻水を啜っていた。

——おじさん、何作っているの。

武が訊くと、玉子丼だ、と答えた。

——だけど、たまねぎが入ってないよ。

——これが正しい玉子丼なんだよ。

次に見たときは、たまねぎが入っていた。その次には、皮をつけたままのさつま芋の細切りが、沸騰したフライパンに浮いていた。頃合を見計って、男は卵を入れた。

——なんだい、これは。

——薩摩《さつま》丼。

食べてみるとうまかった。

——芋は甘いからな。砂糖抜きでいけるんだ。

母親の手料理は味付けがうまく、食事時が楽しみだったが、男と食べる丼飯も武には魅力だった。男のところで食べた日でも、家ではいつものように食事をとった。

自転車を押して農家の庭を横切り、男のところへ行くと、タイヤのない自転車を仰向けにして、男は修理をしていた。油のついた顔を向けて、よう、といった。立ち上がって膝をはたき、ラーメン食いにいこうか、と珍しいことをいった。

——こいつは直んねえなあ。先輩に頼まれたんだけど、芯棒が折れちまってんだ。屑屋行きだ。

男は顔と手を洗って、汚ない手拭いで拭いた。武は男と並んで、自転車を引いて歩いた。

——ものすげえまずいラーメンなんだよな。靴紐食っているみたいでよ。東京の人間はよくあんなの食ってられるよ。

道々男は、そのまずいラーメンで、いかに二杯の丼飯を食うかと説明した。その通りひどい味のラーメンだった。男は、な、まずいだろ、と食べながら同意を求め、二杯の丼飯をペロリと平らげた。

外に出ると暗くなっていた。パチンコでもしにいくかな、と呟いた男は、自転車に目を落して、今日は木刀は持ってこなかったのかといった。

——野球の試合だったから。

何か質問を期待していた武は、男が、そうか、といったきり口を閉ざしたので拍子抜けする思いだった。広い割には暗い通りに出たところで、示現流、やってるか、と男は訊いた。やってるよ、と武は答えた。おれも真面目にやってたらなあ、と男は武にいうでもなく呟いた。ソバ屋から持ってきたマッチを、せわしなく掌の中で鳴らした。

男に教わった方法だけではなく、武は一人で色々と木刀の使い方を試していた。本屋で剣道の本を立ち読みし、図解してあった面打ちや、胴打ちといったものを、連続して打つ練習をした。雑草を倒さなくても、気持を張りつめて空気を打てば、熱気が身体中から湧き出た。打てば打つほど、頭の中が澄んでくる思いがした。

公園に行けないときは、庭の隅で木刀を振るった。縁側の前の広い庭にはアパートが建ち、四人の独身者が住んでいた。武たち一家が寝る部屋は、一日中陽が射さなくなり、湿気に満ちた。武は壁と垣根の隙間で木刀を打ち下していた。

木に叩きつけることもあり、木刀は以前にも増して不自然な形になっていた。樹液を吸って刃が緑に染まっている部分もあり、へこんでいるところもある。背には数センチ罅《ひび》が入ってきた。

二年生の終りに木刀を縁の下から見つけたとき、これは父がかつて使っていたものなかった。

なんだ、と武はとっさに思った。引越してきて間もない頃なので、それはありえないことだったが、武には何故か、それが若い日の父親の木刀であるような気がしてならなかった。

昔の父親の写真にも、木刀を構えているものがある。それが出現したと思った。武は無性に懐しい気持になり、木刀を振り終ると、縁の下の元あった場所に置いたものだった。そこが、いつの間にか隠し場所になった。

——きっと何かどでかいことをやってカネをつかんでやるよ。きっとだぜ。

男は圧し殺した声で呟き、歯ぎしりをした。暗い路地に入っていた。左右には落着いた人家が建ち並んでいた。

——このままじゃどうしようもないからな。やるしかねえのよ。ぼうず、おまえだってそうだろ。

男はそういいざま、手にしていたマッチを擦り、人家の庭先に向けて指で弾いた。火が闇を走った。

——火事になるよ。

——かまうこたねえよ。

男は前を向いて歩いたままマッチを擦り、たて続けに左右の家に弾きとばした。慣れた手つきだった。闇の中で、男の眼が火のように燃えるのを武は感じた。

——うちは昔大阪で米問屋をやっていたんだけど、火事になって燃えたんだってさ。

男が武の方を向く気配がした。つけ火か、と訊いた。

——しらない。ぼくが生まれたばかりの頃さ。野次馬がたくさんきて、そのうちの一人が、金庫、金庫ってわめいたんだ。おかあさんは火の中にとびこんで金庫をつかみ、その男に渡したんだ。

——で、どうした。

——それっきりさ。いろんなところへ払うお金が全部入っていたんだって。

男は唸った。うまいことやりやがった、といって、また唸った。その間にも、男は何本かのマッチを擦って、どこかの家の庭先にほうり込んでいた。ふと武の胸に、徹の家の情景が映った。赤く輝いた屋根の家だ。暗がりの中で、襲いかかってくる想像に苦しくなって、武はうめき声をあげた。大人が出すような声を聞きとめて、男がどうした、と訊いた。武は黙って頭を振ったが、男にその仕種が見えたかどうか、分からなかった。

野球の試合はほぼ毎週あったが、武の足は自然に遠のいた。小野を中心とする勢力と、徹を中心としたグループができ上がり、小野派は威勢がよく愚連隊ぶり、徹たちは遠慮がちだった。小野たちがいないところでは、徹もお山の大将となった。二つのグループから離れて、武は一人で行動していた。

徹が急に元気づいたのは、五月下旬、写生にクラス全員が出かけてからである。給食後、生徒は先生に引率されて、武がいつも行く公園まで画用紙を持って出かけた。途中で道路掃除をしている労働者たちとすれ違った。男も女も、頭から手拭いを巻き、シャベルやほうきを持って道路のすみにゴミを集め、清掃をしていた。

何気なくそれらの人々の様子を眺めていた女子生徒の一人が、明るく驚いた声で、あ、小野君のおとうさん、といった。前を行っていた生徒は振り返り、後からきた生徒は、はっとしたように顔を上げた日焼けした男をまじまじと眺めた。武は最後尾にいた。男の充血した大きな眼と無精髭がとび込んできた。反射的に武は視線をそらせた。小野の父の鼻の脇に大きな黒子があり、武の父親も同じところに目立つ黒子があった。男はどぎまぎしたように顔を伏せた。

前の方にいた徹は後に戻ってきて男の顔をのぞき込むようにした。それから首筋の血管が脹れ上がるほどに大声をあげた。

――刑事ってのはドブさらいもやるの。

徹の取り巻きが引きつったように笑い、つられて無邪気な生徒たちが乾いた笑い声を上げた。

小野は頬を引きつらせて徹に組みかかった。男子生徒の列が乱れた。武は二人が組み合っている傍を黙って通り過ぎた。徹にいつもくっついている男子の一人が、目玉を動転させ、唇を尖らせていった。

——委員はとめなくていいのかよう。

——うるさい。

武は彼を一瞥して歩き過ぎた。先生は後を振り返って、みんな早く、とだけいった。公園での写生会は、徹たちはまるでピクニックにでもきたようなはしゃぎ方をした。小野は潤んだ眼で木の切り株に腰をかけ、頬杖をつき、考え込むようにしていた。小野派の者たちはその周りを遠巻きにして、ヒソヒソと話しては所在なげにしていた。武は何度か徹の方を見つめたが、一度も視線が合わなかった。

一週置いた日曜日に、武は男のところに遊びにいった。朝は小雨模様だったが、昼から晴れた。男は柵を修理していた。武を見るなり、おう、かぼちゃを入れるぞ、といった。かぼちゃ、と武は訊き返した。

——かぼちゃ丼を作ってみるのよ。こいつはいけるぞ。

火のついたマッチを民家に投げ込んだときとは、打って変ってひょうきんな表情があった。あれは偶然のことだったのだ、と武は安心した。男の心の底にあるものと、雑草をなぎ倒す武の気持の底に潜んでいるものに、何か共通のいらだちがあるのを、武は感じていた。キャンデー売りの声が表の通りから聞こえてきた。汗まみれの顔を向けて、男はいった。

——アイスキャンデー買ってきてくれよ。

武は頷き、手を差し出した。けっ、と男はいった。

——一本五円だぞ。それもないのかよ。

——おじさんは？

男は首を振り、小屋に入って昼食の用意をしだした。ふと武は、今日も野球の試合があったことを思い出し、覗いてみる気になった。男にすぐ戻るからと告げた。早く帰ってこねえとみんな食っちまうぞ、と威勢のいい声が小屋の中から聞こえた。

野球場までは自転車で五分ほどで着いた。土手の上に自転車を止めて見下した。これから試合が始まるところらしく、各自勝手に練習をしていた。武は土手を下りて、ぶらぶらと近づいていった。

小野はバットを振っていた。必死の形相で歯を食いしばっている。すごい顔だな、と遠くから見た武は思った。その小野のところへ、徹が数名の男子と共に、何事か喋りながらにやにや笑って近寄っていった。小野の目には入っていないようだった。一歩踏み込んだ徹の腹に、小野の振ったバットがめり込んだ。徹は腹を押さえてうずくまった。

武がそばまで行ったとき、徹はしかめ面をしてはいたが、ちゃんと立ち上がって小野を汚ない言葉でののしっていた。どぶさらいのくせに野球なんかしてさと叫んだあとで、グローブもないくせに、と嘲笑した。小野は徹の腹のあたりに手を伸ばし、ごめんよ、ごめんよ、と泣きだしそうになってあやまっていた。

徹の傍にいた男子が、ごめんですむかよ、入院したらどうやって金を払うんだよ、といっていた。小野はひたすら、ごめん、ごめんとくり返していた。武は小野の横に立った。小野の横顔はくしゃくしゃになっていた。

――ごめんは一回でいい。

抑揚のない声で武はいった。弾かれたように小野は武を見上げた。武は徹に向って笑いかけようとした。脇腹を押さえていた徹は、眼尻を吊り上げて武を睨んでいた。周囲の男子たちは無言で徹と武を見比べていた。武はそのまま振り返り、自転車を置いてあるところまで戻った。早く男のところへ帰らないと、本当に飯を全部食われてしまうと思ったからだ。

　翌日、教室へ行くなり、武は徹たち数人の男子に囲まれた。徹は昨日武を睨みつけた眼とまったく同じ吊り上がった眼で、武に嚙みついてきた。

　――おまえ、なんでごめんは一回でいいなんていったんだよ。

なぐっちゃえよ、やっちゃえよ、と周りの者が徹にいった。徹もその気でいたようなのだが、怒りのあまり、腕が固くなっているらしかった。

　――いっただろ。ごめんは一回でいいっていっただろ。

　眼の中のナイフを剝き出しにして徹は伸び上がってきた。いった、と武は答えた。徹は歯ぎしりをしたが、手を出さなかった。どうしてやんないんだよ、という男子の声が席に戻っていく徹たちの間から洩れた。そのとき武は、一年前、徹と二人で筏を作ったときのことを思い出していた。

　二日後の国語の時間で、教科書に出ていた小説のことを先生が話していると、唐突に、はい、といって徹が手をあげた。何だ、というように先生は徹をさした。奇妙にベタついた笑みを浮かべて徹は立ち上がった。

　――小説家っていうのは、小説を書いて暮している人のことをいうんでしょ。

まっすぐに先生に顔を向け、徹ははっきりとした声でいった。刹那的に先生の視線が武の頭上をよぎった。そうだよ、と先生は注意深く答えた。

――じゃ、失敗したらどうなるんですか。

武は息を呑んだ。身体中が熱くなった。先生は少しあわてていた。失敗したら、それは、そのままでしょうね、といった。徹は笑いを浮かべ、教室内を舐め回すように見渡し、着席した。

休み時間になって、徹が武の席の脇を二人の男子を連れて通りかかったとき、思い出したように、武、おまえはいつでも同じ服を着てるな、といった。夏でも冬でも同じなんだから便利だ、と別の者がいった。そういわれるあい間にも、武は、深見くん筏を作ろうという言葉が喉まで出かかっていた。が、いえずにいた。

――夏は薄着でもいいけどよ、冬はつらいよな。

――だから人の家を燃やすんだろ。みんな知ってるよ。

もうだめなのか、と武は思った。ずっと徹とまた話したいと思っていたのに、もうだめなのか。武は徹たちの笑い声を、寺の鐘の中に頭を突っ込まれたような気持で聞いていた。

その日の放課後は学級委員会があった。終ると武は用務員に帰るようにいわれるまで鉄棒をしていた。帰りの路はランドセルが重く感じられた。家に父がいて、胸を抱き込むようにして仕事をしていると思うと気持が塞がれた。その傍には、いつでも裁縫をしている母親がいた。

俯いて歩いていると、おっ、いたぞいたぞとはやしたてる声がした。住宅街の一角にある畑から、徹が三人の男子と一緒に現われた。いやな予感がした。

聞いたぜ、聞いたぜ、と徹はいった。道路より一段高くなった畑に立ち、両腕を脇腹に置いて舌なめずりをするように笑った。

——おまえんちはガスがとめられて、炭でメシ炊いてんだってな。そいでもって、酒屋も米屋も、金払わないから全然運んでくれないんだってな。おまえんちのかあちゃんはさ、永福町の米屋にまでいって、ほんのちょびっとだけ買ったんだろ。こいつの親戚があそこで米屋……

武は歩きだした。おっ、逃げんのかよ、といって徹たち四人は畑から降りて道路を塞いだ。武が横脇から行こうとすると、その前に立ち塞がった。

——おまえんちに金貸してくれるやつなんてもういないんだぞ。

——どいてくれよ。

母親が近所の人に借金を申し込んだことはなかった。それができる人なら、何日も徹夜して縫った大切な服を……。武は下唇を噛みしめた。

——どいてくれだってさ。人間みたいな口きくじゃないか。おまえんちはみんなこうもりなんだろ。おまえんちだけがよく停電するんだろ。まっ暗な中でさ、生きてるんだってな。

武はまっすぐに進むことをあきらめて、畑に入った。住宅と接した脇道を歩いた。抜けると向こう側の道に出る。

徹たちは成長したキャベツの植わっている畑にずかずかと入り、背後から言葉を浴びせてきた。徹の声だった。

——おまえんちの親父はよう、おまえをダシに、あっちこっちの家でもらい湯してんだってな。小説が失敗したから、風呂にも入れないんだろ。

武は歩みを止めて俯いていた。徹たちも足を止めていた。武は下を向いたままいった。

——失敗なんて、関係ないよ。

——じゃ、なんでもらい湯してるんだよ。ガキをダシに使ってさ。新宿のガード下にいる乞食と同じだぜ。おありがとうございますって、子供を使って金とってんじゃないか。

武は振り返った。四人の顔をしっかりと見つめた。

——そんなんじゃない。

——そうだよな。乞食だってもらい湯なんかしないよな。うちのおとうさんもさ、おまえの親父みたいなのが一番ダメなんだっていっていたよ。人殺しもするかもしれないってよ。

武は頭から徹の胸に突っ込んでいった。徹はキャベツ畑に仰向けに倒れた。武の上体は徹の身体の上で伸びきった。三人が武を引きはがし、馬乗りになった。下から武はしゃにむに腕を振り上げた。誰かが泥を口の中にねじ込んだ。眼を閉じて武は唾を吐いた。髪が引っぱられ、顔を殴られた。

大人の怒鳴り声がして、四人は足早に逃げた。走ってくる足音がして武は襟首をつかまれ、このガキ、という声と共に、頬をげんこつで殴られた。泥が眼に入っていて開けることができずにいた。武は気が遠くなりかけた。もう二度と畑に入るんじゃねえ、と男はいい、武を垣根に投げ捨てた。永い間のような気がしたが、実際には数十秒だったのかもしれない。武は土の上から起き上がり、少しずつ眼を開いた。涙が泥を押し出した。眼が見えるようになると手足についた泥を払い、家に向った。

ランドセルを縁側に置いて、武は縁の下に潜り込んだ。木刀は、ひんやりと湿った土の上でたしかな重量感をもって寝そべっていた。刀身をつかみ、縁の下から這い出した。

主に父が使っている部屋で、痰を切る音がした。つい先日、原稿用紙の上に外から泥を投げ込まれた。とっさに窓の外を見た武は、走り去る子供たちの後姿の中に、徹の姿を見て暗い気持になった。その時の茫然としていた父の姿を思い出し、武は腹わたが煮えくり返るようなくやしさを覚えた。

斬ってやる。あいつをぶっ叩いてやる。玄関を塞いだ警官の制服が脳裡に浮いた。みんな、ぶち殺してやる。

自分なんかどうなってもいいと思う衝動で身体が震えた。自分のしでかしたことをあとで知って、父はどうするだろう。恐らく殴りとばされ、家を出ていけといわれるだろうと武は思った。小さい頃のように。もっと小さい頃のように。

木刀を左手に持って、一本の木めがけて力一杯斬りつけた。鈍い音が木刀から洩れた。手がしびれた。しびれた手で柄を握りしめた。

薄暗くなりはじめた道を、武は全速力で走った。商店街を、人を突きとばす勢いで駆けぬけ、公園に一直線に続く道を走った。

あんな奴等に、おとうちゃんのことが分ってたまるか。笑われてたまるか。それじゃ、おかあちゃんが可哀いそうだ。ぶち殺してやる。頭を叩き割ってやる。

全身が憤りでしびれていた。走るのがもどかしかった。空をとべたら、とさえ思った。やらせてくれ、絶対にやらせてくれ。武は空を覆った灰色の雲に、祈った。おい、と呼びとめる声も耳に入らず、武は駆けていった。木刀を握る手が汗ばんでいた。おい、ぼうず、という声と共に、武の襟首がつかまれた。武の首だけが後にもっていかれた。

——どうしたんだよ、まっ青になって走っちゃってよ。

——おじさん。

——おじさんじゃねえだろ。西郷隆盛だろ。

男は自転車にまたがり、右手に四角いものを下げ、人なつこそうな笑顔を見せた。夕暮の中で、男の眼が黒い輝きを放っていた。

——なんだよ木刀なんか下げてよ。あれ、なんだこりゃ。

男は武の手から木刀を奪い、初めて会ったときに見せたあきれ返った表情をした。木刀は、半分に折れ、柄から先は二十センチほどの胴身しか残っていなかった。

——これじゃ、おれんとこの薪にしか使えないな。もらっとくぜ。その内新しいのを買ってやるよ。

——おじさん。

――見ろよ、この服、結構似合うだろ。

男は白いコック服の上下を着ていた。

――ラーメン屋の出前持ちよ。昨日からやってんだ。あのクソまずいラーメン屋でもよ、注文するアホがいるんだよな。

武は胸がいっぱいになっていた。張りつめていたものが音をたてて溶けていくように思えた。

――その内あの店を乗っとってやるからよ。そしたら、とびきりうまい薩摩ラーメンてのをやってやるのよ。

――おじさん。

――よせよ、おれはまだ二十歳《はたち》だぜ。これからめ一杯女とやって楽しく生きるんだぜ。子供を作るのは……。

武はサドルに坐った男の腹に思いきり顔をぶつけ、声をたてずに泣いた。男の上衣の裾をきつく握り、鼻がぺちゃんこになるほど顔をつけ、眼をこすりつけた。男は武の肩に手を置き、指先で強く肉を絞り上げた。それは父を憎みはじめていた武の心をひねり上げているように感じられた。自分も父に対して嘲笑をぶつけていた一人なのだと思うと、耐えきれなくなり、泣き声をたてた。とめどなく涙が流れた。肩の肉に、男の指が、さらに深く喰い込んできた。

——よう、顔をこするのはいいが、どさくさに紛れてキンタマに嚙みつくなよ。まだ使ってないんだからよ。

男は笑い声をたてた。顔を男の白い上衣に埋めていた武は、少し顔をはずし、そんなことしないよ、と涙声でいった。男はひきつったように笑った。嚙みつきやしないよ。武は男から離れ、自分の腕で頰を拭い、怒ったようにいった。

馬

馬は野原で草を喰んでいた。柵はなく、口輪から伸ばされた革製の乗馬索《さく》の端が、地中に打ち込まれた鉄の輪に巻かれていた。乗馬索の長さはおよそ三メートル程で、馬はいく分窮屈そうに草に向けて首を曲げていた。

永い梅雨が明けて、陽光は爆発するような力を持って地上を照らしつけてきた。大根の植った畑は、雨を充分に吸い、強い光を受けた葉は、午睡でもしているかのように時折吹く風の中で心地良げに揺らいだ。

野原は畑の隅にあり、砂利道を隔てて林が続き、小高い丘に通じていた。馬のいる野原は狭く、手入れをされないまま放置されていて、畑にして耕したところで、大した収穫は期待できそうにない。私鉄の駅からそのあたりまで徒歩で二十分もあり、国鉄の駅からとなると一時間も要する。それでも、畑を潰して宅地とされた土地に、瀟洒な住宅がぽつぽつと建ち始めていた。建坪で五十坪がやっと建てられる程の野原も、いずれは宅地用に売りに出されることになるのだろう。目先きのきいた農家の中には、畑を潰して木造のアパートを建てる者も出てきていた。

雨のために、夏休みに入っても一週間もの間、武は外で遊ぶことができなかった。寸暇をおしんで熱中していた池での釣も中断された。そのうっぷんを晴らすべく、朝食をすませるとすぐに釣竿を持って家を出てきたのだ。

目的地に近づくにつれ、武の首筋から背中にかけて汗が吹き出した。坂道を下り、畑が広がり、池のある方向に目を移した武は、唐突に出現した馬を見た。雨が去り、それまでの湿った暗い部屋での暮しをなぐさめるように、夏の光は躍動する生き物を武の前に披露してきた。武は新鮮な胸のときめきを覚えながら馬に近づいた。そして釣竿を傍に置き、草の上に坐って、馬を眺めた。

体重が五百キロ程もある堂々たる体格をした馬だった。首が長く、胸骨についた筋肉は盛り上がり、力強い前肢でしきりと土を掻いていた。腰が高く、後肢の筋力の張りは、最近まで現役の競走馬であったことが想像された。黒鹿毛の馬体は埃で汚れ白茶けてはいたが、埃を拭い取った下には、艶のある皮膚が隠されているのが窺えた。

武には、その馬がどのような種類の馬であるのか分からなかった。それに、馬をそのような近くから見るのも初めてだった。水田の中を耕して歩く背の低い太い足を持った馬を何度か見たことはあったが、たいして興味を魅かれなかった。馬に対する憧《あこが》れより、使役に使われるものへの同情が働いたせいだろう。泥まみれになって進む馬から、むしろ、目をそむけた記憶が武にはある。

目の前にいる馬には、輝きが秘められていた。のんびりと草を喰んではいるが、佇んだ姿や全体の筋肉の張りに、それまで見た馬とは全く異質の風格と力強さが潜んでいる。すごい馬だな、という思いで、馬の前から武は動けずにいた。

草を嚙みながら、馬は時々おやという表情であたりを眺めた。風の吹いてくる方角に耳をたて、大きな目で遠くを見つめた。それからまたのどかな様子で草を嚙んだ。武が野原の隅に坐ったときだけ、不思議そうな顔で見ていたが、すぐに武の存在など全く気にせずに下顎を小刻みに動かしだした。草を食って、どうしてあんなに大きな体ができるのだろうと不思議に思いながら、焼けつく光の下で武は馬を見続けた。

食っている草が短かくなると、馬はのったりと体を移動させて葉のついた草に向けて首を伸した。鼻息を吹きかけ、雑草に咲いている花までむしゃむしゃと喰った。心地よい思いで武はそれを見た。

乗馬索の届かない外に、葉の細い柔かそうな草が茂っていた。馬はそちらの方に首を伸ばしかけ、索に顎を引かれ二、三度頭を上下に振った。それからあきらめて足元にあるすでに一度食いちぎった草を歯でむしった。土が鼻のあたりまで付着した。武は立ち上がり、馬のそばに寄った。

「食わしてやるよ」

声をかけると馬は顔を上げ、二つの黒い瞳を向けた。武は葉のかたまった草を根本からちぎり始めた。両掌にいっぱいになるまで取り続けた。その間、馬は草を食うことを中断して武のすることをじっと眺めていた。

ほら、といって草を馬の口に差し出した。何のためらいも見せずに馬は武の手に顔を伸ばし、厚い歯を剝き出して草を食った。口の周りに生えた毛が武の掌を突いた。またたく間に草はなくなった。馬は小さな鼻息を武の顔に吹きかけてきた。嚙まれるのではないかと思った武は、それが馬の親愛の情だと知ると、大喜びで再び草を集めだした。その間もやはり、馬は尾で寄ってくる虫を払いながら、のどかな表情で武のすることを見ていた。

三度目の草を集めていると、大根畑の中を男と少年が何か言い争いながら近付いてくるのに気付いた。男はややガニ股に歩き、少年の腕を引っぱっていた。いやだよ、いやだったら、と少年は泣き声まじりに叫んでいた。馬と武は、前後に並んで、二人に顔を向けて佇んでいた。

野原に来ると、男は首にかけた手拭いで汗の吹いた顔を拭い、片方の腕で少年の手を強引に引き、ほれ、こわがらずに触ってみろと怒鳴った。少年は泣き声をあげたが、涙は流していなかった。男は綿の野良着を着て地下足袋を履いていた。馬の前に押し出された少年は、そこではっとしたように叫び声をとめ、馬を茫然と眺めた。馬は首を振り、足元に生えた草に向けて首を伸した。

突然少年は、やだよ、と声を張り上げ振り向き様駆けだした。男はとっさに被っていた麦藁帽子で少年の頬を払った。ワッ、と呻いて少年は屈み込んだ。

「おめえがほしいというからもらってやったんだぞ。おめえがいいだしたことなんだぞ」

「もういいよ、乗らないよ、もういらないっていってんだよ」

少年は顔を真っ赤にさせて男を見上げた。涙が目尻に滲みはじめていた。男は溜息をつき、視線を落した。それからそばで草をつかんで立っている武を眺めた。汗まみれの顔の中にある男の目は、泥水で汚れた池のようだった。

少年は地べたに坐り込み、土をつかんでは捨てていた。すねた表情で上目遣いに男を見上げ、男の視線に出会うと唇を尖らせて土をいじった。馬は無関心に草をあさっていた。黒鹿毛の馬体に汗が染のように黒く滲んでいた。

「乗りたいっていったのは、おめえなんだぞ」

男は呟いた。声に力がなくなっていた。少年はなおさら唇を尖らせ、掌にある土を投げ捨てた。

「だって、こんなでけえし、嚙みつくしよ」

「嚙みつくもんけ」

「ほんとだよ、こいつ、手綱をとろうとしたら嚙みついたんだよ」

「嚙まれたあとなんかないじゃないか」

「ぱっと逃げたからだよ、あのままじっとしてたら嚙まれていたよ、いったじゃないか」

男は草の上に落ちた麦藁帽子を拾い、被った。少年のよく回る舌に比べ、男は訥弁で表情も固かった。

少年の顔には見覚えがあった。武と同年のようだが、小学校は違っていた。釣をしている武のそばで四、五人の仲間と共に池に石を投げ入れたり、悪戯をすることがあった。武はいつでも無視するように努めていたが、魚籠に入れた小魚を枝で突ついたりする明らさまな挑発には、我慢のならないことがあった。少年は中心になっていたようだ。身体も武よりはるかに大柄で、いかにも小ずるそうな目をしていた。いつか喧嘩になるのではないかと思っていただけに、男に向ってすねている少年の姿は、武には意外だった。

「なにもやりもしねえで、おめえは」

弱々しく呟いた男に対し、少年は目を釣り上げ、はっきりと敵意を剝き出しにして声を張り上げた。

「だったらおとうちゃんが乗ってみろよ。くらもないしよ、口の中に入れる鉄の棒も何もないじゃないかよ、乗ってみろよ、乗れるかよ」

「わしはおめえ……」

「乗れねえじゃねえか、なんでおればかりにいうんだよ、できるわけないんだよ、南洋の土人くらいなものだよ、こんなのに乗るのはよ、そいじゃなかったらインディアンだよ」

「この馬はおめえ、レースに出て、たいした……」

「知ってるよ、何度も勝ったんだろ、でもよ、どっかに売りとばされて、あげくに使いものにならなくなったんじゃねえか」

「おめえはいつだってそんだらことといって。塾にいきてえといったときだってよ……」

「もういいっていっているだろ、うるせえな」

少年はふてくされ、横を向いた。男は俯向き、じっと草の一点を見つめていた。武はおずおずと口を開いた。

「ぼく、乗っていいかな」

男は鈍重に首を上げて、武の方に顔を向けた。男の瞼に銀蝿が一匹とまっていたが、払おうともせずに、澱んだ目で武を眺めた。その向こうで、横顔を見せた少年が荒んだ目を向けていた。

不意に男は肩に力を漲らせ、草を踏みつけ、大股に歩いて少年のところにいき、手の平で頬をはたいた。わっと少年は叫んだ。男は少年の腕を取り、力ずくで身体を持ち上げた。

「乗れといってんだ。おめえがやるといいだしたんだ」

少年は足を泳がせ、男の脛《すね》を蹴った。急に泣き声になった。

「やだよ、やだよ、やだっていってんだろ」

「このばかたれの弱虫が」

今度は拳で殴った。少年は悲鳴をあげた。

「あいつに乗せりゃいいじゃないか、乗りたいっていってんだろ」

「おめえが乗るんだ」

「やだよ、死んじまうよ」

男は少年を横抱きに担ぎ上げた。口の中で何事か呟き、男は馬のいる所に向って歩いた。少年の暴れる足が男の背中を蹴ったが、意に介さずにいた。日焼けした肩幅の広い足の短い男を、武は麦藁帽子を被った将棋の駒を見る思いで眺めていた。

男が少年を抱えて馬の横に立つと、馬は横にずれ、首を左右に振った。男は再び馬の腹に近づき、暴れている少年をかかえ上げて、背伸びをしながら無造作に馬の背に置いた。男の背丈は馬の背骨までもなかった。男は何もいわずに後ずさりした。

背に乗せられた少年は、無意識に鬣《たてがみ》をつかんだ。それから思い出したように、わあと叫び、泣き面を男の方に向けた。馬は耳を後にそばだててじっとしていた。尾でまとわりつく虫を払い、その先端が少年の首筋を打った。少年は馬上で腰を浮かせた。足の内側を虫に刺されたのか、不意に馬は片方の足を上げ、地面に向けて蹴り下した。拍子に、ころりと少年が馬から落ちた。地面は柔かかったが、それでもどすんと音がした。少年は悲鳴をあげた。とっさに武は駆けだした。

痛えよ、骨が折れたよ、と叫ぶ少年の脇の下に両手を入れて起き上がらせようとした。男が武の肩を引いた。武は尻もちをついた。

「大丈夫だ、折れてやしねえ」

男はいって少年を抱き上げた。折れたよ、折れたよ、だからいやだといったんだ、と少年は泣きじゃくった。男は少年を抱えて、畑の中を戻っていった。その姿を、武は馬の腹の下に出来た四角い空間を通して眺めていた。馬の臭いが鼻をついた。武は起き上がり、そっと馬の鼻面に向けて手を伸ばした。馬は鼻をすり寄せ、二度熱い舌で舐めた。笑って武は手を放した。五年生のクラスの中でも小柄の方の武に向けて、馬は首を曲げ、顔を服にこすりつけた。痒いのだろう、と思って武はじっとしていた。馬のすり寄せる力が存外に強く、後に倒れそうになった。馬は何事もなかったようにあたりを見回し、草をむしりはじめた。その姿をしばらく眺めていた武は、やがて釣竿を拾って、池に向った。すでに、陽は頭上に来ていた。

「馬を見た」

その晩、夕食のときに武は両親にいった。どんな馬？　と母親が訊いた。

「大きいやつだ。レースで走っていたとかいっていた」

「どこにいたの？」

「池の近くの野原」

「近寄ると危ないわよ」

「平気だよ。乗りたいっていったんだけど、だめだった」

母親はただ笑っていた。なんだか、皺が多くなったな、と思いながら、笑顔にもやつれを感じさせる母親を武は見ていた。父親が心臓を悪くして床に伏せるようになってから、急に家を訪れる人たちの人相が険悪になってきた。むつかしい顔をした陰険な男たちが、黒鞄を持って来ることも多くなった。母は外に働きに出ることにしたようで、父親にそのことを相談しているのを武は小耳にはさんだ。家を建てるために買った土地のことも、両親の口にのぼらなくなった。武も口にしなくなった。

「明日、もう一度乗せてくれって頼んでみるんだ」

飯を口に運んでいた父親の片方の目が、微かに痙攣を起こしたように動いた。武は母親に顔を向けた。

「かわいい目をしてたよ。毎日馬に乗っていられたらいいな」

「まさか騎手になるわけじゃないでしょ」

「なりたいな。うん、やってみたい」

「ばかもの」

父親が暗い眼差しで武を見ていた。えっ、と武は口の中で呟いた。

「あれは賭博師と同じだ。ヤクザだ」

言い放つと荒々しく音をたてて飯を食った。武は言葉を失っていた。昼間、少年を強引に馬に乗せようとしていた男の顔と、そげ落ちた頬を向けて机に向っているだけの生活をしている父親の顔が、頭の中で交差して炸裂を起こしたように思えた。

この人は、自分のやることに、いつでも反対をする。胸の内では憎しみに似た気持が湧き起ってきていたが、武は黙って食事を続けた。友人たちと一緒に塾へ通いたい、と言いだしたときも、塾なんかくだらん、と父親にいわれて断念したことがあった。何がくだらないのか、父親は説明しようとしなかった。

「明日、絶対乗ってみる」

静かな食事と、圧迫してくる空気に耐えかねて、武は思いきっていってみた。頭を母親の方に向けたので、父親の表情は分らなかった。母親を通して、父親に意志を主張している格好になった。

「だって、だれかの持ちものなんでしょ」

「百姓やってる。でも、乗せてくれるよ」

「だめだといわれたらあきらめなさい」

母親の言葉は父親を指してのものか、馬の持主のことか、不明瞭だった。武はうなずくことなく、言い張った。

「好きだと思ったら、やるんだ。そう決めたんだ」

武の意外に強い口調に母親は目をみはった。父親はくちゃくちゃと飯を噛んでいた。

食事を終えると、武は自分の机の前に坐って、昼間見た馬の姿を色々に思い出していた。部屋は一軒家の内二間を間借りしていたが、一室は父親の書斎に使われていた。書斎に入ってプラモデルを作っていた武は、父親からひどく怒られたことがある。書きかけの原稿用紙や書籍で埋まった部屋は、足の踏み場もない程だったが、そこにいると不思議に落ちつくことができた。母親も、ときには勝手に掃除をするな、と父親から怒鳴られることがある。武はこの頃では、めったに書斎には入らない。

食事の後片付けをしながら、母親は不動産屋のことを父親に話していた。あの人があんな真似をするなんて、と溜息まじりに母親は呟いた。不意に父親の声がとんだ。

「もうそのことはいうな」

父親は蒼い顔をしていた。母親は黙り込み、それでも我慢しかねて、でもね、と口を開きかけた。

「とられたものはいまさらいっても仕方がない」

低い声だったが、武の耳にははっきりと届いた。ちらりと母親は武をふり返って見た。

武は太股《ふともも》にたかった蚊を叩いた。怒鳴ってばかりいる、武は胸の内でそっと呟いた。自分では何もしようとしないくせに、怒鳴ってばかりいる。

掌に白と黒の縞模様の蚊がつぶれてついていて、吸われた血が小さな赤い点となっていた。武は蚊を捨て、赤い点を見つめた。それをがむしゃらに、しゃぶりつくように舐めた。

三日後、武は生まれて初めて馬に乗った。次の日も野原に馬はいた。近くの畑にいた男に、乗せてくれと申し入れたのだが、男はうさん臭げに、あっちへ行けという仕種をしただけだった。武は馬に草をやることも、近づくこともできずに家に戻った。

その次の日は、午後遅くに夕立ちが降った。激しい大粒の雨で、公園のいたるところに、みるみる内に水溜りができた。馬は、雨に打たれて悄然と佇んでいた。あたりに人の姿はなかった。武は馬に近づき、地中に埋められた鉄の輪にくくられた乗馬索をほどいた。

武の身体もずぶ濡れになっていた。ほどいても、馬は佇んだままでいた。遠くに人影が現われたので、武は急いでその場を離れ、雨の中を走りだした。大分走ってから振り返ると、馬は同じように首を下げ、草を喰うでもなく雨に打たれていた。武は走るのをやめ、痛いほどに大粒の雨を身体に受けて家に向った。

その日、武は釣竿を持っていかずにいた。なんとかあの男に頼み込んで馬に乗ってやろうと意気込んでいた。父親には弟が一人いたが、二人は折り合いが悪く、行き来が途絶えていた。道々、かつてその叔父が話してくれた馬の乗り方を思い出していた。

「手綱を引いて、馬の腹を足で締める。背中をのばしてぽんと蹴ると歩き出す。右へ曲がるときは右手を引く、左のときは左。それだけだよ。あとは馬の動きに自然に合わせていればよい」

叔父は軍隊で馬に乗っていたという。武は叔父の話したことを正確に覚えていたわけではない。乗ればなんとかなると思う気持の方が強かった。

広い畑の隅にある野原に、馬がいた。そして持主である少年もいた。武はいやな気分になりながらも誘惑に勝てずに近づいていった。

初め少年は武がそばに来たことに気付かずにいた。馬の四肢が届かないところに屈み、馬に向けて小石をほうり投げていた。馬は白眼を剝き、険悪になっていた。荒い鼻息を吹き、前肢で土を叩いた。

「やめろよ」

しまったと思ったが、声が出ていた。少年は肩を大仰にビクンと動かし、驚いた様子で振り返った。武を見て、目が三角になった。

「おれんちの馬だぞ」

「知ってるよ」

「あっちいけよ」

武は動かずにいた。少年は武を睨みすえて立ち上がった。眉が濃く、目は父親に似てどろんとしており、鼻の大きさが目立った。三日前に泣き叫んでいたことなどすっかり忘れて、肩を怒らせた。

「おまえこいつに乗りたいんだろ」

武は黙って少年を見返していた。

「乗りたいんだろ」

う、と武はいった。少年はニヤリとした。

「乗せてやらない」

二人ともその場を動かなかった。いやな奴だと武は思った。しかし、その向こうには馬がいた。最前までのいらだちは薄れ、目が明らかに柔和になっていた。馬は草を喰み始めた。

「おまえ、おれの子分になるか」

「いやだ」

「なら乗せてやらない」

武が背伸びをしても少年の背丈までは届かなかった。見つめている内に、暗い気持になってきた。少年は唇を歪め、ニヤニヤとして武の身体を見回した。

「おまえ、まえに池のボートをこわしただろ」

「あれはこわれていたんだ」

「おまえがこわしたっておやじがいっていたぞ。見つけたらふんじばってやるってさ」

そういえば武がこわれたボートに近づく前に、少年たち数名がわいわい騒ぎながらボートの中で遊んでいた。武はそれが初めから穴のあいていたボートだと思っていた。

「おれのいうことをきくか」

「いやだ」

「じゃあっちへいけよ。ここはうちの土地なんだぞ」

あきらめて武はその場を離れた。少年の前にいると気持が窮屈になり、自分がつまらないもののように思えてくるからだ。林に続く道に出た武を少年が追いかけてきた。

「おまえよう、仲間になんねえか」

「なんの」

「そしたらよう、馬に乗せてやるよ」

「なんの」

少年はこずるそうな笑いを浮かべ、前歯の隙間から息を強く吸い込んだ。変な音が出た。

「あっちによう、朝鮮部落があるんだよ。あいつらをみんなで退治するんだ」

雑木林のきれたところに幅五メートルほどの河が流れていた。少年はその向こうを指さし、ひねた顔で笑った。

「ちょうせんぶらく？」

「知らねえのか」

「知らない」

「ほんとか!?　おまえ朝鮮部落を知らねえのか」

「知らない」

素頓狂な声で叫び、少年は笑い声をたてた。聞いたことがあったが、それがどんなものだか忘れてしまった。だが、聞いたときの印象はよいものではなかった。同時に、瞳に青錆の浮いた目で嘲る少年の顔を、醜いと武は思った。額に汗が浮いているのを感じながら、武は少年を見上げた。

「あいつらよう、悪いやつらでな、家に火はつけるし、人を殺すし、馬でも何でも食っちゃうんだぜ」

「馬……」

「ああ、汚ねえとこに住んでいてよ、まわりを変な柵で囲ってやがってな、とにかく汚ねえんだよ。あいつら泥棒のグループなんだぜ」

「そんなものがあるわけないよ」

「あるんだよ。おまえ何も知らねえんだな。だからみんなでやっつけようっていってんだよ。今度やるときよ、おまえも入れよ」

武は黙っていた。直感的に少年が嘘つきであると見透していた。

「な、そうしたらよう、馬にいつでも乗っけてやるよ。そうだ、馬に乗ってよ、わあってやっつけてやりゃ驚くぞ」

少年の口調にはいつの間にか、妙に大人びた作戦的な説教がましいものが混じっていることに武は気付いた。

「泥棒だったら警察にいえばいいよ」

「警察はよ、あいつらには手ェ出さねえんだ。だからおれたちがやってやるんだ。

顔をふろしきで巻いてよ、月光仮面みたいにしてな」

汚れた風が目前にいる少年の周囲に吹いていた。一瞬、武は溝の臭いを嗅いだ気がした。目を転ずると、馬がいた。広い光景と強い光の中にぽつんと一頭置かれた馬は、少年の態度には無関心に、自分の世界に佇んでいた。あの素晴しい馬が、こいつらに飼われていると思うと、腹立たしさで胸がムカついた。武は背中を向けた。

おい、待てよ、と少年はいった。

「おまえ、あいつに乗っていいよ」

「……」

「なあ、乗ってみろや」

少年の腹の底にあるせせら笑いを感じた。こんなやつに屈するのはごめんだ、と武は思った。馬は悠々と佇んでいた。少年はそそくさと歩き出し、乗馬索の届く前でぴたりと立ち止まり、武を振り返り、顎をしゃくった。武は一瞬ためらった。それから、少年を無視して、馬に近づいた。

馬の顔に手を伸ばした。馬は顎を振り上げ、それからそっと鼻面を武に伸ばしてきた。柔和な目があった。黒鹿毛が汗で光っていた。

武は草をむしり、馬に与えた。馬は大急ぎで食べた。

「なれてんな、おまえ。馬に乗ったことがあるのか」

「ないよ」

「乗れんのかよ」

「わかんない」

武の顔の前に、馬の腹があった。いざ乗ろうと思うと、馬の背はとてつもなく高く、山のように聳《そび》えていた。どこにつかまれば乗れるのか見当がつかない。馬はのほほんと立っていた。

「よう、持ち上げてくれよ」

「いやだ」

「これじゃ、届かない」

「とびつけばいいだろ」

少年は馬の届かないところにいながら、後ずさりをしていた。女のくさったような、と先生がよくいっている言葉を思い出した。

あたりには踏み台になるようなものは何もない。武はもう一度少年に声をかけた。

「四ッン這いになってくれよ、そいで乗るから」

「ばかいえ」

悲鳴に似た声をたてて少年は怒った。武は思いきって馬に跳びついた。両腕が馬の首に巻きついた。馬は横に揺れ、前肢をばたつかせた。武の身体と馬の皮膚が密着した。燃えるように熱い体温が伝わってきた。首は汗ですべった。ずり落ちようとする身体を、右手で鬣をとっさにつかんで持ちこたえた。それから必死でよじ登った。馬はその間、四肢をしきりに動かしていたが、暴れる様子はなかった。やっとの思いで武は馬の背に坐った。

「やった！」

武は大声でいった。下で驚いて見上げている少年がひどく小さく見え、遠くの畑や池がすべて手の届くところにあるように思えた。馬の背中は広く、熱く、そして、とても安定感があった。

「やった」

もう一度小さく武は呟いた。高い所に坐っていると、懐しいものに出会ったようにも感じ、それは過去にも経験したことのように思えた。馬はおとなしく立っていた。

武は何度も少年にいって、つないである乗馬索をはずさせた。馬に馬銜《はみ》はつけられておらず、固い布製のベルトのような項ひもがかけられてあった。武はふてくされる少年にもう一度いって革ひもの先を項ひもの輪に巻きつけさせた。おちるぞ、おちるぞ、と少年は半ば期待する顔付でいった。

手綱が長すぎたので、短かく途中で結んだ。馬の背に坐っていると、どのようなことでもこわがらずに、大胆にできる気が武にはした。馬は頸を横に向けて、武のすることを眺めていた。いいぞ、と武はいった。それから、そっと馬の腹を蹴った。

のそ、と馬は歩き出した。歩いた、と少年が叫んだ。武はすっかりいい気持になっていた。馬の背中はゆったりとしていて、大きな船に両足を跨いで乗っている気分になれた。武は畑の中の道をゆっくりと歩かせた。あてもなく、困ったように馬は歩いた。茹った風が汗の吹き出した額と髪をすくった。ぼくは今、馬と一緒に歩いているんだ、武は何度も確認するように胸の内で呟いた。見慣れた景色が新鮮に見えた。新しい世界を見る思いだった。胸の中でざわついていた憤りや猥雑な出来事が、とるに足らないものである気がした。馬の歩みは遅く、駆りたてられるように、武は腹をポンと蹴った。馬と走った先には、寡黙で、穏やかな人々の住む村が待っているような気持になっていた。左手を手綱から離し、額の汗を拭い、背筋を伸ばした。

もう一度、武は馬の腹を蹴った。馬は鼻を鳴らした。不意に景色が上下に揺れた。ひづめの音が耳に入った。

嬉しかった。

II

兄の恋人

春一番の吹く前に、一瞬、風が軽くなるときがある。

冬の冷たい、鉛の粉を吹きとばしたような重い風から、取っ手《ブーム》を握る手にほとんど手ごたえを感じさせない軽い風が、帆《セイル》に吹き込んでくるのだ。

風に明るさがある。天使の風の訪問を受けて、ボードははねるようにすべり出す。波と接触することさえもどかしげに、海の上をサーフボードは飛びだしていく。真弘の胸は空に向って一気に開き出す。

陰鬱で重くねばっこい風の下で歯を食いしばって練習していた日々の苦しさが、その瞬間に蒸発していく。

嬉しくなってボードの上で足踏みをし、腰を振る。大声を出してわめきたくなる、喝采《かっさい》を叫びたくなる。海を走ることの喜びが、全身から湧き上がり涙がにじむ。

だが、それは本当の春風ではない。

翌日からもとのように重く冷たい風がセイルの腹をふくらませる。春が海の上に漂うまで、さらにふた月待たなくてはならない。

――この重い風だからこそ練習になる。みろ、海岸には誰もいない。海にいるのは、おれ一人じゃないか。

真弘はそう自らに言いきかせてセイルを立てて走った。そうして、心の底に巣食っている、暖かい風を恋しがる気持に、無理やり蓋を閉じた。

今、季節は初夏になった。

南太平洋を感じさせる風が、今日、初めて吹いた。

胸がウキウキする。足が踊り出してくる。信号を待つ間にも、自分の身体が波の上をすべっている錯覚に陥り、セイルを力いっぱいに引き込んでいたりする。ボードの向こうサイドを押して沈め、舳先《ノーズ》がぐいぐいと風に蹴上っていく様が、身体いっぱいに感じられる。

二月の海で、一瞬だけ吹き込んできた、気紛れで気楽な風を受けたときのような嬉しさが湧き上がる。

だが、真弘はすぐに息苦しくなった。こんないい風が吹いている日に、埃の舞うビルの谷間を歩いていることが、とても悔しかった。その理不尽さを歯を食いしばって耐えていると気が遠くなった。

知らない内に右足が舗道から一歩車道に踏み出していた。体内に充満した不満分子が、神経を刺激して真弘の筋肉を勝手に動かしてしまったのだ。

ズボンの裾に何かが強く触れた。ブレーキの音がけたたましく響き、スクーターが横転した。

とっさに真弘は倒れた婦人に駆け寄った。自分の踏み出した右足を避けようとして、運転者がハンドルを急に切ったために起った事故なのだと、ヘルメットを被った婦人を抱き起こしながら考えた。

——怪我をしていたらどうしよう。リトルキャットを買うどころじゃない。

抱え起こした婦人がぐにゃりとなり、しゃがみ込んでしまうと、真弘は心の底から寒くなった。

「だ、大丈夫ですか」

婦人の肩に手を置いてヘルメットの中をのぞき込んだ。そうしながら、自分の足が震えているのを感じていた。

「今の倒れ方だと足を折ったかもしれんな。救急車を呼んだ方がいい」

信号が変わり、歩き出した歩行者のなかから五十がらみの男が現われてそういった。

救急車と聞いて真弘は血の気が引いた。今度は、古いウインド・サーファー艇を売る幻想が頭をよぎった。

「ほら、あんたはそこに坐って」

男はうずくまっている女の肩を抱いて舗道の敷石に坐らせた。女は低いうめき声を出している。

「おい、そのスクーターを立てないか、車に引っかけられちまうぞ」

男にそういわれて真弘はスクーターをあわてて立てかけた。そのとき、痛みをこらえている女も立ち上がろうとした。

「あんたは動かん方がいい」

男は無造作に女のヘルメットに手をかけ、それをすっぽりと脱がした。

短髪で小さな目をした痩せた女の顔が現われた。おどおどとしたように目をこまめに動かして俯き、すみません、と小声でいった。

あ、いや、といって男は立ち上がった。それまで元気よく筋肉を盛り上げていた男の肩が、急に丸味を帯びてしぼみ込んだ。それから病院で診てもらった方がいい、と言い残して立ち去っていった。

男のえらそうな表情は、じつは好色な性癖を隠すための面造《つらづく》りだったのだな、とその広い背中を見送りながら真弘は思った。それから野鼠に似た女に視線を戻した。

「すみません。ぼくが足を出したばっかりに」

「いえ……」女は唇を噛んだ。

「歩けますか」

女は頷き、立ち上がろうとした。よろめきかけたとき、女の小さな手が真弘の肩に置かれた。見ると、女は顔の中央に向けて皺を寄せ、痛みを耐えていた。

「病院に行きましょう」

「だ、大丈夫です。すみません」

立ち上がると女は真弘より頭一つ小さかった。その貧弱な容姿を眺めながら、この女は、いつだって、すみません、すみませんといって生きてきたのだろうと思った。それから、この女相手なら医療費の心配をしなくてすみそうだと考え、安堵の息を洩らした。


兄は製図板を前にして坐っていた。兄の前には緑色のスーツを着た女が、心持ち製図板に寄りかかるようにして佇んでいた。

女の後姿を見たとき、何故だか真弘の背中が熱くなった。すぐに痛みをともない、後頭部が痺れてきた。

その理由は、兄が真弘を見てオーといい、合わせて女が振り返ったときに分った。普段使ったこともないのに、エキゾチックという言葉が胸に浮いた。

女の肌はこんがりと狐色で、切れ長の強い目の下に少し緩んだ下唇があった。白い歯が覗くと女の表情に知性が加わった。

真弘の頭を熱い光が貫いた。

この人は、兄貴に惚れている、そう思った。

兄の恋人と自称する女には、これまでに十人以上会っている。あの女がこんなことをいっていた、とあとで兄に電話で話すと、兄はいつでもそうかといって笑う。否定もしない。弁解もしない。ファッション雑誌から抜け出してきたようないい女や、厚化粧が奇妙に似合う派手な女や、謎めいた微笑を頬に浮かべる白痴美っぽい女と様々だった。

年齢《とし》もいろいろで、真弘より年下の十九歳の女から、兄より六つも上の三十四歳の女までいた。そのいずれの顔もこのひと月間は見ていない。

この人は本命だ。

真弘は直観した。兄の女を見る目がこれまでと違って情熱的だ。女の白いブラウスから出ている二つの突起を見て真弘は気後れして俯いたが、兄は目の底に牙を宿してそこを見つめていた。女の方でも、見つめられていることを充分に意識して、ゆるやかに上体を揺らし、緑色のフラットシューズのつま先を立てた。

「遅かったな」兄は快活にいった。まだこの女とは寝ていないと真弘はそのとき思った。

「そこでちょっと事故に遭ったものだから」

「事故？　そんなふうには見えないぞ」

いや、といってから真弘はあらましを説明した。そうしながら、二十万円の使い途をどの手で弁明すればよいのかと焦っていた。

「ふーん、まあ、ともに不運だったな。ともかく、明日にでももう一度その人を見舞っておけよ」

病院に連れていって診察をさせたと真弘から聞いた兄は、少し真面目な顔でそういった。真弘は頷いた。もし再び顔を出して、治療費を請求されたら元も子もなくなると考えていた。

ほれ、といって兄は茶封筒を投げて寄こした。へっぴり腰で真弘は受けとった。つかんだとき、確かな札の肌ざわりがあった。思わずゆるめた顔の先に、女の黒い大きな瞳があった。

「弟の真弘です。こちらは、杉本美貴子さんだ」

「日に焼けていらっしゃるのね」

はあ、と真弘はいった。それから日焼けの理由をるる説明しようと息を吸い込んだとき、兄の声が耳に入った。

「それで、今度は何だ。また誰か女をハラませたのか、それとも鮫にでも食われたか」

それを聞いて、気負いこんだ真弘の気持はいっぺんにしぼんだ。高校時代からつき合っていた由利を産婦人科に行かせて手術台に乗せるために、世話になっている先輩の彼女だと嘘をいって兄から手術代をせしめたのだ。

ウインド・サーファー艇を買うときは、友人が風呂場で転んで尾骶骨を打ったためカンパするのだと偽った。もっとも、その嘘はすぐにバレた。当の友人が、その二時間後に家に現われてしまったのだ。兄は腹をかかえて笑っていた。

「どうした？　ちゃんとした理由があれば貸してやるといっただろ。いってみろよ」

真弘は手にした茶封筒をそっとズボンの尻ポケットに入れた。もうこっちのものだと思った。

「理由は今度兄さんが家に寄ってくれたときに説明します。たまには帰って下さい。お袋がさみしがってます。失礼します」

真弘はそういうと踵を返した。二人の事務員と一人の助手の前を通り、事務所のドアに自分の姿を映して見たとき、兄の声が響いてきた。

「おーい、その封筒の中味は二十万円の目録だけだぞ。そんなんじゃ、新しいサーフボードは買えないぞ」

真弘はつんのめり、それからうらめし気に兄を振り返った。兄は製図板を叩いて笑い転げ、杉本美貴子は上体をくねらせて声をたてていた。膝から下の長い脛が床の上で小気味よくはねた。女豹のようだと思った。そのとき、真弘はそれまでに抱いたことのない強い羨望と怒りが、一本の火柱となって、胸の内で炎を吹き上げるのを感じた。


一生の内に奇蹟が三度訪れるものならば、その内の一度は、確かにあのときだ、と真弘は思う。

逗子の農家の艇庫《ていこ》にボードを立てかけてしまいこみ、それから後輩の女子が一人、まだ戻っていないことを思い出して、何気なく浜に戻った。

夕陽が林の上まで来ていて、海の奥は青黒い色に沈みかけていた。風は五、六メートルの微風で、まだ冷たかった。この程度の風でも、ステファン・バンデンベルグとかロビー・ナッシュは5平方メートルのセイルで滑走《プレーニング》してしまうのだな、と寒々とした気持で考えていた。

浜にボードが一枚転がっていて、ぼんやりしたまま真弘は歩いていった。そこに、ファナック社のリトルキャットが置いてあった。セイルにサムタイムのステッカーが貼ってあった。

――ワールド・カップだ……。

それに出場した日本人の名前を上から順に真弘は思い浮かべた。いや、そんなことしなくても、ファナックのボードに乗っているプロとワールド・カップをつなげれば、答えは簡単に出た。

真弘はその場に立ち尽していた。潮を含んだ重い砂を踏んで持ち主が戻ってきたことも気付かなかった。

「気にいったか？」

目を上げると不精ひげを生やした眉毛の濃い男が立っていた。

「はい」真弘は素直に頷いた。

「譲ってもいいぜ」男は抑揚のない声でぼそりといった。ほ、ほんとうですか、と真弘は叫び出しそうになりながらいった。心臓がいきなり陸に上げられた魚の尾鰭のようにビシビシと叩き出した。

「だ、だけど、これは本屋敷さんがワールド・カップでレーシングしたものでしょ。ぼく見てました。興奮しました」

「七十八位だぜ、誰かと勘違いしてんじゃねえのか」本屋敷は苦笑した。

「ぼくはなんというか、本屋敷さんのファンなんです。どうしたらフリーであんなに艇速が出せるのか。それに、スタートのタクティクス《陣取り戦術》でも、すごいです。完全に不利なのにフレッシュつかんでるし、落としても、ダーと伸びてボンとタック打って。ジャストじゃ、誰も本屋敷さんの前切れませんよ」

真弘は自分の声がますます上ずるのを感じながら、身体の底から響いてくる震えをとめることができなかった。

「あんたは学連の人だな」

夕陽はすでに落ちていた。薄暗くなりはじめた浜で、本屋敷は真弘を下から覗き込んだ。

「二十メートルの風の中でやっているの見たことあるよ。真剣に取り組んでいたな」

「はあ」

真弘は胸が熱くなっていた。そうなのだ。孤独でいることが好きな奴がいるはずがない。無慈悲にぐいぐい突っ込んでくる冬の風と戦い、ヘドロのように鈍い波の上を走るのだ。負けてまっ黒の海に叩きつけられたときの痛みは、悲しすぎて誰にも話すことができない。

「あんたならこいつをうまく走らせてくれるだろう。カネが必要なんだ。コンプリートだぞ。四日以内にキャッシュで二十万、どうだ」

「ください」

即答した。全てそろえるなら四十万以上はする。それにプロ用だ。いま使っているのは、何年も前に売り出されたウインド・サーファー艇だ。学連の大会ではそれ以外の艇は使用できないことになっていたのだ。

少しずつ技術を小出しして艇に改良を加え、毎年のように学生に新しいボードを買わせようというのが協会の狙いだった。だが、学生の反発が大きくなり、ついに、二年前にルールを改正せざるを得なくなった。その結果どのメーカーの艇でも大会に出場することが可能になった。

裕福な学生はそれっとばかりに艇速の速いアメリカのメーカー品を購入し、コース取りはスピードがあれば勝てるということを証明したものだった。

真弘はそれを練習につぐ練習でカバーしてきた。数秒の内に風は微妙に強さと方向を変える。その風の振れる練習をくり返し行なってきた。

だが、スタートに差がつく。重い艇はいくら有利なポジションについても、エアホーンが鳴ると同時にとび出せる軽い艇に前を切られてしまう。それに底部がシャープで波を切るようになっている艇に対しては、いくら風が吹いても追いつかない。スタートで優勝をあきらめざるを得ない真弘は、何度悔しい思いをしたかしれない。バイトで得る金は逗子までの交通費と食費、宿泊費に消えてしまう。とても新しいボードを買う余裕などはないのだ。

「ほう、金持ちなんだな」

「金持ちじゃないです。でも、本屋敷さんのファナックなら、泥棒をしてでもほしいんです」

「おい、ぶっそうなことというなよ」

「でも、それ、スポンサーの提供ではないんですか」

「ああ。だが話はついている。しばらく日本を離れるんだ」

「フキーパですか」

マウイ島のフキーパは、サーファーの天国だ。全てのサーファーはフキーパを目指し、そこで修練を積む。そこでは、波と風が偉大なる教師となる。

本屋敷はニヤリと笑って真弘を見た。

「いい年をして、遅すぎると言いたいんだろう」

「とんでもないです。正直嬉しいです。ぼくもいつか、ウェイブがやりたいです」

白波《リップ》へ斜めに進み出て《アプローチ》、破れた《ブレイクした》波しぶき《スープ》に乗って波底《ボトム》に降りる。そんなフローターライディングの映像が、真弘の脳を叩いてきて痺れさせた。

「そこのショップに預けておくからな。カネを置いておいてくれ。ウエストハーネスもつけてやるよ」

「わあ、ありがたい」

「それに、5・6もプレゼントしてやるよ」

「ほ、本当ですか⁉」

5・6平方メートルの小さめのセイルもつけてくれるというのだ。真弘の目に涙が溜った。

「ああ。それじゃあな」

ひょいとボードとセイルを本屋敷は担いで真弘を見た。

「あんた、名前は？」

「佐野真弘です」

「クローズ《風上に向って》で走るとグイグイいくぜ。こいつは上り角度が最高にいいんだ」

本屋敷はそういって道路下のトンネルに向って歩いていった。その歩き方は、セイルに風を送っているため、まるで空中を走るように軽いものだった。

どうしたんですか、といわれて真弘は振り返った。後輩の女子がキョトンとした表情で突ったっていた。

「奇蹟だ、奇蹟が起ったぞ！」

真弘は夢中で叫んで女子の肩を抱いた。氷のように冷えきった彼女の身体が、熱い胸に快かった。


「どうしてこんなおばあちゃんを誘ったの？」

「おばあちゃんじゃないです」

「あなたいくつ？」

「は、二十歳です」

「あたしはもうすぐ二十六になるのよ、六つも年上だわ」

「とにかく、おばあちゃんじゃないです」

真弘は美貴子の肩に腕を回し、がむしゃらに唇を寄せた。

美貴子の薄く開かれていた唇から覗いた歯に、真弘の上唇が当った。

「だめよ、そんなにムキになっちゃ」

ベッドの端に美貴子は坐り直した。

「あなたは、こんなことする人じゃないでしょ」

「じゃ、どうして来たんです」

「お話がしてみたかったからよ」

「兄貴のことですか」

「いろいろ」

「やっぱり兄貴のことなんだ。ぼくから情報を得て、兄貴をモノにするつもりなんだ。兄貴とまだ寝てないのも、じらして自分を高く売るつもりなんだ、そうなんだ」

真弘は壁に向ってわめいた。横を見ると、美貴子は奇妙なほど静まり返った表情で真弘を見つめていた。

「そうよ」

とてもやさしい口調で美貴子はいった。

「あなたのお兄さまが好きよ。あたしの兄は地上げ屋よ。まともなことではお兄さまは相手にしてくださらないわ」

「とんでもない。あんたの兄さんの会社のビル設計で、兄貴は三千万円も稼ぐんだ。相手にしないはずないじゃないか」

「義隆さんがお金に興味をもっても、私に好意を示すとは限らないわ。あなたの協力が必要なの」

「汚ないよ。そんなのおれの知ったことじゃないよ。おれは、あんたが、あんたが、欲しくてさ……」

真弘の髪にやわらかい指が触れてきて、そっとまさぐった。一瞬、ふわっとした気分になり、尖った神経が丸くなった。

「女はね、いつでも好きな人に一生懸命なの。その人に好かれたいって、必死で考えているの。祈りは何の助けにもならないわ。必要なのは自分に目を向けさせる方法と手管《てくだ》。分かるでしょ。あなたが私を欲しいと思うように、あたしも義隆さんが欲しいの」

「そんなのずるいよ。あんたは、おれを一回だけなぐさめて、一生兄貴を自分のものにしようとしているんじゃないか。そんなの、ないよ」

「女のあたしに、他にどうすればいいっていうの。強引に義隆さんを押し倒せばいいっていうの」

美貴子の指先が真弘の首筋に落ちてきた。まるで羽衣でくすぐられているようだった。

「そうだよ。兄貴だって心待ちにしているさ。そうすればいいじゃないか、あんたには似合っているよ」

「ひどいことをいうのね。あたしだって女なのよ、女の気持が少しも分からないのね」

「あんたにあるのは自信と策略だけさ」

「ではあなたは何？　どうしてあたしをホテルに誘ったの？」

「分っているくせに、シラジラしいことというなよ」

真弘は美貴子を突きとばし、ベッドにうつぶせになった。その震える肩に美貴子はそっと手を置いた。

真弘は顔をベッドカバーにこすりつけた。息が苦しくなったがそれでも顔を上げることはできなかった。涙が流れ出していたからだ。

「あなたは、お兄さまが嫌いなの？　そうなのね」

真弘は頭を横に振った。何回も振った。どうして女はこうも無神経なのだろうと怨めしく思いながら、美貴子の手を払った。

「だからあたしのことも邪魔にするんでしょう。あたしが嫌いなんじゃなくて、お兄さまを嫌っているからなんでしょ。あなたの目をつけた女をお兄さまにあげたくないからでしょう」

「うぬぼれるなよ！」

「そら、顔をあげた」

美貴子は、横を向いて自分を睨み上げている細面の、漁師のように日焼けした青年の頬の下にそっと手を差し込んだ。

「あなたは、何故そんなにイライラしているの？　それとも、お兄さまに恋人ができるのがそんなにイヤなの」

「そんなんじゃない。そんなんじゃないんだ」

真弘はベッドカバーの上を芋虫のように転がり、いったん床に足をついてから素早くシーツの中に潜り込んだ。そうして二分間近く泣き声を洩らしていた。

「兄貴は、兄貴はすごくいいやつなんだ。八つも上だし、ライバルとか好きとか嫌いとかいう感情なんて、てんであてはまらない。おれに見えるのは、兄貴が残してくれた足跡だけなんだ。それはすごく眩しくて、とてもおれなんか同じ道はいけないっていうのに、兄貴はそれすら大したことじゃないと思っているんだ。まさか、おれが、学歴だの、運動神経が兄貴より劣っているっていうことを苦にしているなんて、少しも疑っていない。そんなものに気をとめない程、あいつはやさしいんだよ、前を見ている人なんだよ、ずっとずっと偉大な人なんだよ」

真弘の頬に美貴子の冷たい掌が当てられた。その指先が、眼尻から流れている水滴をすくった。

「中学で陸上をやったとき、先生にいわれたんだ。おまえの兄貴はすごい奴で、百メートルと二百メートルで区代表になって都大会に出たんだぞ。水泳大会では部のやつを負かしてしまったんだぞ、成績は学年一で、卒業まで譲らなかったぞ」

シーツが持ち上げられ、真弘の傍に美貴子が横たわるのが感じられた。真弘は枕カバーで瞼を拭い、胸の下に腕を置いた。

「兄貴と同じ高校に必死で勉強して入ったら、野球部の監督さんがやってきて、君が佐野君かというんだ。そして……」

角ばった顎を校庭のはずれにあるいちょう並木に向け、君のお兄さんは、あのいちょうの木の上をはるかに越えるホームランを打ったんだ。百四十メートルは飛んだ。

あんなすごいパワーは初めてだといった。

　真弘は勧められるままに野球部に入り、夏の合宿後に肩をつぶしていた。いかがわしいものを見る目で真弘を眺める監督や部長に背を向けて、こっそりと退部届を提出したのはクリスマスの前のことだった。

「スキー場では、兄貴は王子さまだった。小学生だったおれを肩車して山からすべり降りたときなんて、ゲレンデ中の人の注目を浴びていた。おれもそのときは得意だったけど、あとになって、ずい分恥しくなった。だってよ、肩車されてすべり降りて得意になっているなんてバカみたいじゃないかよ」

「義隆さんて、昔からスターだったのね」

「大学だってストレートで理工科入って、大学院まで行ってさ。年が離れているから直接比べられはしなかったけど、兄貴のつけた足跡はでっかくてさ、おれにはぶかぶかすぎたんだよ」

「そうだったの。男の人って、大変ね」

「夏は海の王者でさ、スキューバ・ダイビングを楽しみ、水上スキーは一本スキーですべるんだ。兄貴は何でもできるし、何をやっても一流なんだ」

「それで、恋人はどうなの？　どんな人と付き合っていたの？　いま意中の人はいるの？」

真弘は仰向けになり、ホテルの白い天井を眺め上げた。新鮮な空気が胸に入り込んできた。

「ねえ、隠さないで教えてほしいの。いじわるをしないでさあ」

美貴子のしなやかな指先が真弘の顎の裏側を這いずり回った。真弘は天井から目を離さずにいた。

「ただ一つ、兄貴が手をつけなかったマリンスポーツ、それがウインド・サーフィンなんだ。だから、おれは、おれは、海がこわかったけど、絶対こいつをやろうって……大学に入ったら、こいつをやって大会に出て優勝するんだと、決めたんだ。高校一年の終りに、そう決めたんだ……」

「かわいそうね」

美貴子の溜息が耳にかかった。横を向くと大きな目が脂っぽい光をためて見つめていた。人間のものとは思われない気が真弘はした。

「あんたはどうしてそんなに……」

そこまで言ったとき、真弘の指が生まあたたかいものに触れた。美貴子の乳房が掌の中からこぼれた。

下肢がからみついてきたとき、いつの間にかズボンを脱がされていたことに気付いた。下腹部のふくらみを美貴子は強く押しつけてきた。熱い息が真弘の顔にかかった。

「あんたは、こんなことをする人なんですか」

「そうよ。こんなことをする人なのよ」

口を開き、顎を前に迫り出した。真弘の上で美貴子の浅黒い身体がうねり、からみついてきた。

トレースペーパーの上に身を伸ばしている兄をそのとき想像した。下腹部に突き抜けるものを感じたとき、勝った、と真弘は思った。


高い空が広がっていた。途中に浮いた夏の雲がゆっくりと北西に向って流れていった。

サークルのほとんどの者は、もうセイリングに出ていた。波打ち際にボードを置いて、真弘は空を見上げた。

「一緒していいでしょうか」

振り返ると一年生の女子が心細そうに立っていた。

今日は三週間後に行なわれる由比ヶ浜でのレースを想定して、ひとりでタクティクス《陣取り戦術》

の練習をするつもりだった。

真弘は小太りで足の短い女子に向って頭を横に振った。

「悪いけど、今日は……」

まさひろ、と大声で呼ばれた。どこから声が出てきたのかわからなくて、真弘はキョロキョロした。

あそこに、と女子がいって指さした先に兄がいた。砂浜から一段高い道路に佇み、手を振っていた。

真弘はそちらに向って歩き出した。二日前の美貴子の顔が脳裡をよぎり、そのたびに足が凍りついたようになった。それでも、吸い寄せられるように、兄に近づいていった。

「あれが新しいサーフボードか」

二十メートルまで近づいたとき、兄がそういって波打ち際にあるボードを指さした。

真弘は黙って頷いた。

兄は車を振り返り何か言った。道路際のガードレールの向こうで黄色いスカートの裾が翻るのが真弘の目に映った。細い脛がその下に見えたとき、頭の中がひび割れるようなきしみが起きたのを感じた。平衡感覚が崩れ、佇んでいるのが困難になった。

そこに、晴れやかな美貴子の顔を見たと思ったからだ。

「ここがあいつの海なんですよ」

兄は傍に寄り添った女にそう言って笑った。真弘は黄色いワンピースの女の顔をじっと眺めた。なかなか目の焦点が合わなかった。

「あいつはあのサーフボードがほしくて急いでいたんです。許してやって下さい」

さらに十メートル程近づいて真弘は目をしばたたいた。それから、首を傾げた。そこに、野鼠に似た女の顔があるのを発見したからだ。

「斎藤さんだ。やっと元気になってくれたぞ」

兄は笑っていた。輝きだした夏空の下で、小さなおどおどした目をした女は、さらに恥しそうに首をすくめた。

「すみませんでした」

そういってあやまる女の声が、向かい風の下をくぐり抜けて真弘の耳に届いてきた。はあ、と頭を下げた。

「おまえが見舞いをさぼってくれたおかげで、おれはいい思いができた」

兄は海に向って笑い、女は俯いて身をすくませた。

真弘は口をあんぐりと開けた。じゃあな、といって車に乗った兄と女が真弘の視界から消えてしまったあとも、真弘の頭の中は空白になったままだった。

「先輩のお兄さんですか。素敵な人ですね、先輩にそっくりでした」

「そうか……」

女子が自分の両手をうしろで握り合わせて傍に来た。それから真弘に合わせて、先程まで二人が立っていた道路のあたりに顔を向けた。

「あの人、お兄さんの恋人ですか」

「こい……」

「とっても可愛い人ですね。目がクリクリしていてリスみたい。あたしも痩せたらあんなに可愛くなれるかなあ」

女子は見るからに太った身体を、悪びれた様子もなく、まるで少女がだだをこねるそぶりで左右に揺すった。

顔をあげていた真弘の目が痛くなり、その内、なぜだかとても胸が熱くなった。青い空が硝子を通して見るように白濁してきたとき、瞼から水滴が一つこぼれて頰を伝わった。

真弘は顔を下げずに、空に向けたままにした。それから、落ちついた気持で、おれはこの頃、涙もろくなってきたようだ、と思った。

妹の感情

1

年が明けた初めの日に、ぼくは蜘蛛を殺した。

そのことを思い出したのは、ロサンゼルス発のバリグ航空機が成田空港に向けて着陸態勢に入ったときで、足元の方から重い鉄板の触れ合うきしんだ音が響いていた。それはたぶん車輪を出すための扉が開けられていたのだろう。

だが、ぼくはとても落ちつかない気分になった。坐っている座席の底がすっぽり抜けて、安全ベルトに押さえ込まれたぼくの身体が海面に向けて突き落されてしまうような恐れを抱いた。

八歳のとき、帽子のよく似合う叔父に連れていかれた遊園地でブランコに乗った。中心の鉄製の円柱から魔術師が蜘蛛の糸を真似た白色のテープを投げたみたいに、鎖につながれたブランコが何十と回転していた。

　初めの内は、叔父とその横に佇んで叔父の腕に手をあずけていたよく知らない女の笑った顔が、横に流れる風の中で、そこだけ色つきの絵具で塗り込められたように鮮やかに浮き上がって見えていた。

　それが光の奔流の中に飲み込まれて、様々な色が細い筋となって空中を走り出すと、坐っているブランコの鎖がもげて大気の奥深くに振り払われてしまう不安を感じた。

　本当は胸の中では泣きベソをかいていたのだ。でも、叔父は心から嬉しそうに、面白かっただろ、というので、ぼくは見栄を張ってもう一度乗りたいといっていた。女が変な笑い方をしたのはそのときだ。ぼくの顔を古井戸を覗き込むように濁った赤い目で見て、耳から声を洩らしたみたいな声で、フェッフェッと笑ったのだ。

　飛行機の中で思い出したのは、その女の笑い顔ではなかった。座席の下から響いてくる扉の開く音が、ブランコに乗っていたときのこわい気持を思い出させ、そんなふうに不安になるのは、カールスバッドにあるバーバラのアパートの壁を歩いていた蜘蛛を、殺してしまったせいだからではないかと考えたのだ。

　そいつは水すましのように優雅に床板の上をすべっていた。

緑と黄色のまだら模様の蜘蛛だった。ソファから立ち上がって蜘蛛を近くまで見に行ったときは、殺すつもりなどなかった。日本でよく見る黒一色とか黒と灰色のブチ模様の蜘蛛と違って、床板から壁に足を伸ばしたバーバラ家の蜘蛛は、背中に何種類かの宝石の見本を貼りつけたみたいにきれいだった。

こんな形のカニがいたな、とぼくは思って、そいつの異様に長い手足がピアニストさながら、聴衆を意識して繊細で浮世離れした動きをするのを眺めていた。

——何をしているの?

バーバラが台所のカウンターから首を伸ばしてこちらを見たとき、ぼくの右手がひょいと蜘蛛を摑んでいた。蜘蛛をベランダの外に出してやろうととっさに決めたのだと思う。

もしバーバラが蜘蛛を見つけてしまったら、殺してよ、とぼくに言いつけるだろうと先走って想像してしまったせいもある。

人差指と親指の間から、髪の毛が暴れているようなくすぐったさが感じられてきた。

——なあに、それ。

カウンターに両肘をついてバーバラは上体を伸ばした。灰緑色の瞳がぼくの右手をとらえていた。仕方なくぼくは蜘蛛だよと白状をした。

——殺しちゃ駄目よ。

間髪を入れずに彼女はいった。

——蜘蛛は高等生物なのよ。それに人間を刺す細かい虫を食べてくれるわ。

分ったよ、といってぼくはベランダに向った。指と指の間で蜘蛛は長い足をひくつかせていた。蜘蛛を摑んだのは初めてのことだった。そんな芸当ができると思っていなかっただけに、自分の中にいる新しい人物に出会ったような不思議な気がした。

硝子戸の取っ手に触れたとき、静電気が起きた。びっくりして左手を離したとき、右手の指に挟んでいた蜘蛛をつぶしていた。そのとき、床が抜けて、身体が谷底に落ちていく失墜感に見舞われた。

ベランダに出て、右手をタオルで拭った。暖かかった昼間の風は、夜になると雪を含んだように冷たくなっていた。野原を隔てた向かいの丘にある家の居間に、まっ赤な照明が灯っているのを見て少し救われた気持になった。そのときだけ、右手に走り出した痺れを忘れることができたように思えた。

——明日はどうやって過ごすの？　ローズボウルに興味のない男って、新年は悲惨なのよ。イルカでも見にいく？

蜘蛛を逃がしてやったと思い込んでいるバーバラは、サラダを皿に載せながら明るい目を向けてきた。たぶん、ぼくは砂を嚙んだような顔をしていたのだろう。バーバラはぼくを見て首を傾げた。

――あれは本当に蜘蛛だったんだろうか。

――どういうこと?

――だって、体は直径が二ミリ位しかないのに、手足は三センチもあった。それに、蚊トンボみたいに頼りなくて、動きものんびりしていた。

――蜘蛛よ。以前にここに来たチベット人が同じような蜘蛛を見つけて大騒ぎしていたわ。騒ぎの理由は分からなかったけど。

バーバラは背を屈めて、ガスオーブンからハムを取り出した。上体を戻したとき、バーバラの頬が桃色に染っていて、雪の多い高原の国に住む娘の息づかいを感じた気がして、ぼくはなんだかとても恥しくなった。

――あれはオスだったのかな。メスということはないよな。

――それがどうかしたの?

長いナイフでハムを切り出したバーバラは、いったんハムに向けた視線をぼくの方に戻して頬に笑みを浮かべた。切れ長の眼尻をもった目が細められ、尾の長い鳥が水辺で飛沫をたてるような震えを睫毛《まつげ》に走らせた。

――だめよヨシオ。メス蜘蛛は交尾のあとでオスを食い殺すのだという古い話を持ち出しては。

——そんなんじゃないよ。でも……。

うまく逃げてしまうすばしっこいやつもいるという言葉が頭の中に浮かんだ。だが、そのあとをどう続けて話すつもりなのか自分でも分からなくなって結局言葉を濁してしまった。バーバラは追及をしてこなかった。白いブラウスの肩にかかった茶色の髪が、ナイフを持った右手の動きにつれて揺れていた。

ぼくは蜘蛛を殺してしまったことをいえなかった。もしかしたら、あれはぼくがいない間、バーバラを守ってくれる守護神のような存在だったのではないか、それを潰してしまったのではないか、という思いにとらわれ始めていたせいだ。

続けてバーバラの身の上に起きるいくつかの不吉な出来事を想像してぼくはうめき声をあげたようだ。

——あれは、なに？

バーバラはぼくを見て、それから視線をベランダの彼方に広がる暗がりに向けた。

丘を下ると海があるはずだった。

——演習かしら。こんな夜に、変ね。

地中の深いところから音が響いてきていた。それが空気を震わせると、爆弾が炸裂したような重い波動となって伝わってきた。ドーン、ズーン、と地球が声をたてているような不気味な振動は、ぼくをさらに不安にさせた。

硝子戸から夜を透かしてみた。傍にきたバーバラがぼくの腕を強く摑んだ。瞳は大理石をはめ込んだみたいに白濁して、何も映していなかった。

2

副都心の私鉄駅から快速電車で十五分、さらに各駅停車に乗り換えて二つ目の駅で降りた。子供の頃、駅舎は物置のように小さく、周囲は畑ばかりだった。区画整理されて街づくりが終った今は、大きなスーパーマーケットを三軒持つ商店街ができていた。駅前のロータリィには、団地を往復するバスが絶えず客を運んでいた。

商店街には、まだ正月の名残りが漂っていた。どこの企業でも昨日あたりから仕事が始められているはずだった。商店の店先にはしめ飾りが心苦しい様子で置かれていた。

住宅街に入り、葉をすっかり落してしまった寺の境内にある樹木を見上げながら左折した。急に重く冷たい風がぶつかってきて、ああ、これは日本の匂いだ、と思った。何故だか気持が湿っぽくなった。

門をくぐって敷石を五個踏みしめた。玄関脇の呼び鈴を押すと、昔から変らないジーンという鈍い音が玄関のドアの内側で鳴った。ぼくはひどく居心地の悪い思いがした。それは左手に旅行鞄を下げたまま立っていたことと、自分の生家に戻ったというのに、錠を開ける鍵を持っていなかったせいだろう。

口から吐かれた息が四回白くなった。中から何の反応もなかった。兄貴はもう神戸に戻ったのかもしれない。母は買物に出ているとしても、父がいないのは変だった。十年前から父はいつでも家に居るようになった。その父と顔を合わせたくないためにぼくは家を出たのだ。

もう一度呼び鈴を押した。古い畳と澱んだ空気の上を、錆びついた音が飛び回っている様子を想像して、ぼくは少しだけ陰鬱な気持になった。十代のしまいに、何十回と抱いた、逃げ道の見つからない密林に閉じ込められた閉塞感を思い出したせいだ。

ここ何年も使われたことのない牛乳箱が、石の柱にまだかかっていた。ペンキは剝げ落ちて、木も腐っている。もしかしたらと思って蓋を開けてみたら、底が抜けていた。

ぼくは自分が履き古した靴を売っているセールスマンのような気がした。旅行鞄を玄関の前に置いて門の外に出た。

夏には蟬時雨でうるさい向かいの家の庭に植っている喬木群は、化石になった恐竜のように黒く細い影を灰色の空に映していた。

去年、実家に戻ってきたとき、ここから見る桜は満開だった。気の遠くなるような心地よい風が吹いていて、見上げたぼくの頰に数枚の桜の花弁を降らせてくれた。そのとき、こんなに繊細な季節を持つ日本を、どうしてぼくは離れてしまったのだろうと思って、とても悲しい気持になった。

ぼくは桜の花が散り切る前にアメリカに戻った。たぶん、一週間も日本にいなかったと思う。実家に泊ったのは二日間だけで、覚えているのは小夜子にねだられて、バーバラとの出会いからどのようにして一緒に生活するようになったのかをほとんど全て話してしまったことだ。

小夜子は肌の透けて見える水色のネグリジェを着ていて、その裾が幼児用ではないのかと思える程短かくて、付けている下着がサン・トロペの海岸にたむろする女達が、人目を魅きつけるために好んで穿く、ブーメラン形の扇情的なデザインだったので、ぼくは眼球が酔ってしまったように感じたものだった。

二晩とも小夜子は同じネグリジェを着ていて、二人だけで何時間も過ごしたはずなのに、とうとうぼくは小夜子の胸がどれくらい大きくて、どんな形をしているのか、おヘソは丸かったのか縦長だったのか、分からずじまいだった。

たぶん、ぼくたちはずっと仲のよい兄妹だったのだろう。小夜子も義之にいさんより、ぼくの方が話しやすいといっていた。兄貴の性格はより父に近くて、ぼくと小夜子は母親似の暢気な性格のせいだったからかもしれない。ぼくたちはいつだって、実現できそうにない夢を、お互いに競い合って喋っていたものだ。

小学校二年生の小夜子が、あたしは絶対にジェット機のパイロットになってやるんだ、と両手の拳を固めて頑張ったとき、高校受験を控えていたぼくは負けずに、おれは宇宙飛行士になってやると力んだものだった。そのくせ英語の点数が低くて、ぼくは志望した高校の入学試験に落ちたりしていた。

小夜子はパイロットにはなれなかったが、のんびり屋のわりには決めるときには決めていたようで、優秀な生徒が集まる渋谷区の都立高校に越境入学して通い、大学もカソリック系の倍率が十五倍の、偏差値のとても高いところに難なく入ったようだ。

ぼくは家を出ていたので、小夜子がどのような学生生活を送っていたのかあまり知らない。数ヵ月に一度会うと、ぼくたちは子供に戻ってとりとめのないお喋りをし、ふと、小夜子に女の匂いを感じると、ぼくは妹の身体から目をそむけて冷淡な態度をとるように努めたりしていた。小夜子はぼくの気持の変化に気が付かずに、いつだって軟体動物のように兄の身体にまとわりついてきた。

去年会ったときは大学の卒業式も終わり、編集の仕事をしだしたときだった。詳しい話は聞かなかったが、おおむね満足しているようだった。

男の話もしなかった。二晩の内に何回も電話が鳴ったが、小夜子の表情が仔猫のように丸くなって口元が緩んだのは一度だけだった。彼氏か、と訊くと、あたしの話はいいの、といってふくら脛《はぎ》をぼくの臑にからめてきたので、ぼくは何が何だか分からなくなってしまった。

小夜子の膝から下は細いのに、太ももはバレリーナのようにまっ白い艶があって、別な生き物を見たように生々しかった。

その前に小夜子に会ったのは、それより半年前だった。ロス・アンジェルスに地震騒ぎがあり、おまけに寒波が押し寄せていて、南カリフォルニアのサンジエゴにも季節はずれの雪が降った。

卒論のメドもついたし、バイト先の出版社から休暇をもらって、アメリカ西海岸のツアーに入ってやってきたのだ、と空港のロビーで小夜子は眠たげな顔でいっていた。アメリカに来ると連絡を受けたのはそれより二日前のことで、ぼくの方では妹のスケジュールに合わせる余裕がなかった。日本の銀行協会から派遣されてきた十三人の客を、ニューヨークまで連れていくことになっていたのだ。

だが、早い夕食だけなら一緒にとれそうだったのでそれを伝えると、小夜子は時差ボケのけだるい目を空港の壁に向けて、無理しなくていいよ、すぐに日本で会えるんでしょ、と頼りなげにいった。

結局会ったのはその日だけで、小夜子たちツアーの一行が乗ったバスの後から車を運転してダウンタウンにあるホテルまでいき、そこでコーヒーを飲んだだけだった。同室だという女の子は野鼠みたいにおどおどとしていて、いったんぼくたちと一緒に席についたものの、落ちつかない様子で周囲を眺め、その内少しだけ眠りたいのでといって部屋に入ってしまった。

小夜子の青黒く、少しむくんでいる顔を見ながら、休暇の旅行にしては面白くなさそうだな、と訊いたことを覚えている。小夜子が何と答えたか忘れてしまった。初めてのアメリカだというのに、ちっとも浮き浮きしていないのは、興奮し過ぎて機内で眠れなかったせいなのだろうとぼくは思っていた。ニューヨークから戻ってきたら、小夜子はすでにサンフランシスコに行ってしまっていて、それきりロス・アンジェルスには戻ってこなかった。そのあっけない行動に、ぼくは別人のような気がしたものだった。

今年は八ヵ月ぶりの日本だが、去年の四月に帰ってきたときは、一年半ぶりだったと思う。だからまだ学生だった小夜子とロスの空港で会ったのは、ほぼ一年ぶりなのだ。それがちっともそんな気がしなかったのは、兄妹の親しさだからでなく、小夜子にぼくに会えて嬉しいという感動が欠けていたからだったのではないだろうか。

なんとなく浮かない様子の小夜子に対して、ぼくもその胸の内側に入っていくのがためらわれたようなのだ。それに、ぼくの頭の中もバーバラの喚声でいっぱいになっていて、仕事にも集中力を欠きだし始め、小夜子の弱っていそうな息に力を吹き込んであげる余裕もなかった。

当時バーバラは、ぼくの前に付き合っていた元恋人が、無関係の女を殺してしまったせいで、神経が随分逆立っていた。二人でベッドに寝ているときでも、突然怒りだしたり、裸で抱き合っていて、泣きながらぼくを突きとばしたりして、それはバーバラ自身でも抑えようのない感情の乱れだったのだろう。

三週間後に裁判が始まるとバーバラは次第に落ちつきを取り戻し、八週間後に異例のスピードで陪審員からの有罪の判決が下されると、バーバラは憑き物が落ちたように平静になった。

でも、それからしばらくの間、ぼくたちは極めて慎重に会話を運び、話題が服役中の元恋人のことに触れようとすると、ゆっくりとした回転でワルツを踊るように、話を別のテーマに誘導していった。

　ぼくも親しくしていたバーバラの元恋人は、人違いで殺人を犯したのだろう。だが、彼は裁判では行きずりの殺人であることを主張して、決してバーバラの名前を出さなかった。恋人の心変りに対する怨みも、その恋人に対して自分の費した情熱がどれほど深く、貴いものであったかということも、一切語らずに彼は罪を認めたのだ。

　あれは何故なのだろう。彼はどうしてバーバラの名を口にしなかったのだろう。理由があれば罪が軽減される予測はついていたのに、何故動機を語らなかったのだろう。彼の自尊心がそうさせたのだろうか。ぼくは今でも分からない。グレッグ・オーウェンがほしがっていたのは、明らかにバーバラの命だったのだ。

　どのくらいの時間冬の木を見上げていたのか分からない。ぼくは門柱を背に坐り込んでいて、たぶん、口を半分くらい開けていたのだと思う。

　気がつくと、父の顔が視界に入ってきていた。肉の落ちた頰は尖っていて、獲物をとらえたときの鷹のように鋭い目が、昨年より一回り大きくなってぼくの前に伸びてきた時、明治時代の軍人の亡霊が迷って現われ出たような驚きを覚えた。

　口には出さなかった。でも、ぼくの心の中では、確かに、きゃっという悲鳴が出てしまった。

「君はここで何をしているんだ」

枯木に向って質問するように、父は無表情にいった。ぼくは立ち上がってズボンの尻をはたいた。

「元気そうですね」

「どうして家に入らないんだね」

「キイがなかったので」

父は頷き、先に立って敷石を踏んだ。玄関のドアの鍵を開けると、すうっと中に入ってそのまま敷居に上って奥にいった。その間、ぼくは父の細い背中ばかりを見ていた。

旅行鞄を部屋に置いてから、小夜子の部屋のドアを開けようとした。

「小夜子は病院だ」

薄暗い廊下が巨大なメガホンとなって、父の声がぼくの耳に大きく響いてきた。奥へ奥へと継ぎたして増築された家は、今でも平家《ひらや》ながら床面積は広いのだ。父の目は銀色に光っていた。家の一番突き当たりにある妹の部屋まで、父が立っている所からは直線で十メートル近くある。

その距離をものともせずにガンを飛ばすのは、並の眼力ではないとあきれた。

ぼくが動き出すのを見て、父は居間に入った。

「今度はどのくらいこちらにいるんだね」

父は魔法瓶から急須に湯を注いでいた。

「二週間の予定です」

「君は自分で希望してアメリカで働いているそうだね」湯呑みに茶をいれて父は顔を上げた。「本当はいつでも日本に戻ってこれるのだとあれがいっていたが、そうなのか」

「ええ」頷きながら、父の手に握られた急須が、一人分の湯呑みに茶を満たすと任務から解放されて、座卓に置かれるのを見ていた。

「日本で暮すのがいやなのかね」

「今の給料じゃ、とてもやっていけません。アパートは高いし、それに……」

「みんなそれでやっているんだがね」

それに、アメリカの方が暮しやすいという代りに、父親とこんなふうに顔を合わせているのが死ぬ程いやなのだといったら、老狐の容貌で他人の心を弄ぶのが趣味の父は、いったいどんな表情をするのだろうか。

「親と離れて暮すのが楽しいのだろうね。小夜子も一人でアパートを借りたいといっていたようだがね」

白い紙袋を父はびりびりと破った。湯気と共に出てきたのは肉マンだった。小皿に醬油を垂らして肉マンをつかみ、父は大きな口を開いて顔を傾けた。

「あの」と声を出したとき、タイミングが悪いと分った。しかし、続けていうしかなかった。「こたつのスイッチが入っていないんだけど」

眉間が険しくなった。肉マンを一口ほおばり、二、三度嚙んでから父はナプキンに指先をあて、茶を啜り、右手を後に回してこたつのスイッチに手をあててくれた。

「小夜子の病気はどうなの？」

「もう三週間も入院している」

「腹膜炎だということだけど、そんなに悪いのかな」

「腹膜というのは、生活態度がよくないからかかるんだ。わたしの前では行儀よくしているが、あれで万事にルーズなんだ」

醬油を余計につけすぎたらしく、肉マンを口に入れると顔をしかめた。ああ、この人も人間らしい顔になるのだとぼくは思った。

「お母さんは病院？」

「ずっと付き添っているので困っている。おせちの残り物を食べてくれということなのだ。もう飽きてしまっているのだがね」

おせち料理の残り物なら、ぼくは大歓迎だ。でも、父の前で食べても、ローソクを齧《かじ》っているみたいな味しかしないだろう。

「あとどのくらい入院するのかな」

「初めは二週間くらいと聞いていたけどね。いったん退院したようなことをいっていたが、家に戻る前にまた入院したようだ」

「それはどういうこと？」

「よく分からない。あいつのことは、本当によく分からない」

肉マンを一つ食べ終えて、父はおいしそうに茶を飲んだ。ぼくは残っているもう一つの肉マンから目を離して訊いた。

「小夜子はどこに入院しているの？」

「秋元総合病院」

湯呑みから面倒臭そうに口を一寸離していった。秋元……とぼくは呟いた。湯呑みの上から双眸がまっすぐにぼくを射してきた。

「君が生まれた病院だ」

ぼくは頷き、いってくるよ、と立ち上がった。父は肉マンに手を伸ばしていた。玄関で靴を履きながら、この二年間で、数日しか顔を合わせていない親子の会話というのは、ああいうものなのだろうかと不思議に思っていた。

口の中が甘い唾液であふれていた。旅客機の中で朝食を食べたきりだった。肉マンはまだ許せる、と駅に向かって歩き出しながらぼくは胸の内で呟いていた。

あれは父が自分の恩給で買ってきたものだから許せる。でも……。

父が息子に茶をいれてやるというのは、変なことなのかもしれない。たとえそれが久しぶりに自宅に帰ってきた息子であっても、父というものは「お茶をどうぞ」とはちゃんちゃらおかしくていわないものなのかもしれない。

でも、それが普通の親の態度であれ、またそれは少し父権の濫用だという人がいたとしても、いずれにしろ、ぼくは今までに、父からお茶をいれてもらったことは一度もなかった。

3

病室のドアの横には、三人の入院患者の名札がかけられていた。「橋本小夜子」と書かれた名前は、気のせいか弱々しく見えた。若い娘が何週間も入院するのは、それだけ幸せから遠のいていくように思えてしまう。

　中に入ると、三つの寝台は白いカーテンで仕切られていた。暖房がききすぎていて、すぐに胸が汗ばんだ。ぼくはカーテンの隙間から患者を覗いていった。

　一番手前に寝ている白髪の老婆は、目を閉じながら口を動かしていた。真ん中の寝台にいる人は、上半身を起こして雑誌を読んでいた。視線が合ってしまったので、気まずい思いで会釈をした。五十歳より少し前のその婦人も、十センチ程の隙間を通して目礼を返してきた。

　小夜子は奥のベッドに寝ていた。右手から点滴を受けたまま、顔を横にして目を閉じている。丸い椅子があったが、ぼくは坐らずに、逆さになっている薬瓶の陰から妹の寝顔を見ていた。

　顔色は少し紫がかって、肌の艶も失せている。細い鼻の溝が汗ばんでいる。寝息は整っているが、聞きようによっては呼吸数が早い気がするし、寝苦しそうだ。唇は乾いてしまって白っぽい膜が付着している。首にも汗が滲んでいるようだ。

　小夜子は二十二歳のはずだ。右腕を出して寝ている様子は十六、七歳に見えるほどあどけない。でも、苦し気な表情と細かく痙攣している瞼を見ていると、すでに出産を終えた中年の女のような疲れを浮かべている。かわいそうに、と思った。一瞬だが、幼稚園児の小夜子が高熱を出して震えていたときの表情が蘇《よみがえ》った。

あのときの七歳年上の兄は妹に対して無力だった。今もそうだった。ぼくは妹の首筋の汗をハンケチでそっと拭った。小夜子の口元が動いた。だが、目は閉じられたままだ。ぼくはベッドを離れ、廊下に出て付き添っているはずの母の姿を捜した。

エレベーターの前を通ると、扉が開いて丁度降りてくる母の顔と出会った。母は憂鬱そうに首を傾げて床を見つめていたが、ぼくを見ると満面に笑みを浮かべた。六十歳近くになっても母の顔は整っていた。顎にふくらみがあり、皺の走った目尻が笑うと余計にあたたか味を増した。母の笑顔に出会うと、ぼくはほんとうに気持が安まる。笑顔を見ているだけで、こちらも笑いが洩れてきてしまうのだ。

いつ帰ったの？　お父さんは家にいた？　お腹はすいていない？　仕事はどう？

久しぶりに会う母と交わす会話は、いつもパターンが決っている。中学生のときも、毎日似たような挨拶がぼくと母の間で交わされていたような気がする。

「小夜子に会ったかい？」

「寝ていた。点滴を打ったままだったが大丈夫かな。はずれたりしないのかな」

母は腕時計に目を落した。まだ時間がかかるわね、と呟いている。右手に半透明のプラスチックの容器を下げていた。中で水が踊っている。

これを入れてくるから、ちょっと待っててね、といって母は病室に一人で入っていった。何故、ぼくを置いていったのか分からなかった。再び廊下に出てきたとき、母の白かった顔にほんのりと赤味が射していた。

病室の暖房は調節がきかなくて、ちょっと暑すぎるの、と呟いて歩き出した。

「さっきの水は何？」

「加湿器よ」

「何するもの？」

「蒸気を出すのよ。部屋が乾燥しすぎると喉が痛くなるでしょ」

アメリカでは見たことがなかった。独創性はないが、日本の電気メーカーは、ちょこまかとした細かいものを、本当によくひねり出す。

感心していると母はさっさとエレベーターに乗り込んで一階のボタンを押した。ぼくは小夜子の病状を尋ねた。隣の人がそれとなく聞き耳を立てている様子が伝わってきた。母は唇をきつく結んで、ただ黙って頷いた。何だか厳しいものを感じて身体が一瞬冷たくなった。

喫茶室に先に入った母は、一番奥に空いているテーブルを見つけると、振り返らずに向っていった。パートタイマーのおばさんに母は日本茶と菓子のセットを頼んだ。

空腹だったが、ぼくは我慢してコーヒーを頼んだ。帰国第一弾の食事を、味オンチな病院のコックが作ったラーメンですませるわけにはいかないのだ。

これは、お父さんにも内緒にしてあることなんだけれど、と母はぼんやりとした表情で口を開いた。エレベーターの中で見せた母の表情との違いの大きさに、かえってぼくは不吉なものを感じた。凍りついた道路に、死に神が青光りした鎌を背負って、ニヤニヤ笑いながら寝そべってこちらを見ている情景が胸の中にあぶり出されてきた。

「小夜子は自分で死のうとしたのよ」

母はテーブルに目を落して力なくいった。

性質《たち》のよくない病名が母の口から出てくると覚悟を決めて聞いていたぼくは、剛速球にヤマを張っていたバッターが、チェンジアップを投げられたようなピントのずれを感じた。

死のうとした、という言葉を頭の中でもう一度言い直してみた。恐れていた病名のいくつかを頭の外へ追い出し、母の言葉だけに焦点を絞った。別の恐れが湧き上がってきた。

「自殺しようとしたということかい？」

母は目で頷いた。

「なぜ」

母は首を傾げていた。考えているのではなく、思考する気力がゆるんでしまっているようにとれた。

「分からないのよ。あの子は何もいってくれないし、このところあの子はずっと忙しくて、ほとんど家では食事をしないし、夜も遅かったから……何をしているかあまり話してくれなかったしね。なんだか、卒業してから急に住む世界が違ってしまったようで……あたしにはあやまるだけで、何にもいってくれないんだよ」

茶とコーヒーが運ばれてきて、母は口をつぐんだ。かつて二重瞼だったものが、今は四重になっている。瞼にまで皺を寄らせるほど母を苦しめたのは何なのだろう。

ぼくは小夜子との間にいつの間にかできてしまっていた空虚な溝の原因を、そして、それが作られた経過を思い出そうと努めた。いつの頃からか、小夜子はぼくの妹ではなく、橋本小夜子という女として生きていたのだ。それはいつ頃のことだったのか、思い出そうとしていた。驚きよりも、悲しみよりも、自殺しようとした小夜子の心が、ぼくの想像のつかない違う個体となって成長していた事実に当惑していたのだろう。

「遺書は？」

母は頭を横に振った。

「手首？　何か飲んだのか？」

「筋肉をね、柔らげる薬があるらしくて、それをひと瓶飲んでしまったらしいの。外国に行ったとき買ってきたらしくてね。はじめに睡眠薬を飲んで、それから……」

「筋肉弛緩剤か。そんなもので……」

「危険らしいのよ」ぼくの疑問を受けて母はいった。「致死量に達していたって先生が……警察沙汰にならないですんだからよかったけど。でも、心配してくれてね。翌朝まで気付かなかったら駄目だったろうって」

「というと、腹膜炎ではなかったのか」

「腹膜炎だったのよ。毎晩とても痛んだらしくて、去年の暮はとくに寒かったから……日曜日にあの子は自分から救急病院に行って、その日に入院してしまってね。炎症を起こしかけていたそうなのよ。そこまで我慢して仕事しなくてもいいのにねえ」

「仕事？」

「ほら、四年のときにアルバイトをした会社にね、どうしてもと望まれてそのまま社員で入ってお仕事を続けていたのよ」

「だけどそこはちゃんとした出版社じゃないだろ」

「編集プロダクションというかねえ。女性向きのきれいな雑誌を作っていたようだけど」

　去年の四月、小夜子と話したときは編集の仕事というだけで詳しいことをぼくは何も訊かなかった。当然、大手の有名な出版社に入社したのだと思い込んでいたのだ。

「じゃ、いまは休職ということになっているの？」

「さあ、初めは心配してくれたようだけど、年末の忙しいときに休んだとかで、編集長の人もなんだか怒っているようで顔を見せないしねえ、どうなっているのだか……」

　母は皺の多い目をしょぼしょぼとまばたきさせた。

「じゃ、小夜子が自殺しようとした動機は、その会社にも原因があるかもしれないな。重大な失敗をしたとか」

「それはないと思うんだけど……とにかく、何も話してくれなかったから……あたしさえしっかりしていればね、こんなことにはならなかったのに」

「死んだわけじゃないんだ。かあさんは何も自分をせめることはないんだよ」

「そうかい。でも、もしお父さんが知ったら、大変なことになるしねえ。あたしは……」

「だって、小夜子はもう大丈夫なんだろ。このまま治療を続けていれば元のように元気になれるんだろ」

「先生はじき退院できるだろうっておっしゃっているのよ、でも、腹膜も癒着しているし、退院して、家では安静にしていなくてはいけないらしいけど」

「親父によく内緒にできたな」

「丁度クリスマスイブの日で、お父さんは昔の同僚の人たちと寄合いがあって出ていたのよ」

その晩、去年卒業した仲のいいグループで、クリスマスの集いをすることになっていたらしい。在学中は一晩中ローソクをともして構内に建てられた教会でミサをするのが習慣だったという。

その日、何度か友人から小夜子に電話があったらしい。母は部屋にいるはずなのに応答がないので変だな、と思ったという。夜の十時近くになって友人が男の人の運転で迎えにきた。その子がしきりに部屋を調べてくれというので合鍵でドアを開けた。小夜子はワンピースを着て、ベッドに仰向けに眠っていたという。友達が悲鳴をあげたので、初めて事の異常さに母は気付いた。

「友人というのは、誰?」

「小西弥生さんという人だよ、電話では何度も話したことがあったけど、お会いするのは初めてだったのよ。まさか、あんなときにねえ……」

「その人が病院に運んでくれたのかい？」

「背の高い男の人とね。恋人みたいだったね。二人でずっと病院に付き添ってくれてね。あたしはお父さんが心配で、いったん家に戻ったのよ。いおうかどうしようか随分迷ったけど」

「いわなくて正解だったと思うよ。その二人も他の人には喋っていないんだろ」

「内緒にしてくれているはずだよ。ただねえ……」

母の頬に暗いかげが落ちた。

「小夜子はその小西さんにも何も話さないんだよ。来てほしくないといってね。まるで命を救ってもらったのが不満とでもいう態度でいるんだよ」

仮りに、助けられたことが嬉しいと思えるときがくるとしても、それはずっとあとのことだろうとぼくは思った。

砂を溶かしたような味のするコーヒーを飲み干して、ぼくは母と共に三階に上った。母はそろそろ夕食だからといって配膳室の方に行った。ぼくは一人で病室に入った。

点滴は終っていて、脱脂綿の張られた右手をくの字に曲げ、小夜子は顔を横向きにしてベッドに寝ていた。開かれた目は壁の下の方に向けられていた。

カーテンをよけてベッドの端に佇んでも、小夜子は数秒の間ぼくに気付かなかった。横に回り込んで、小夜子の視界にぼくの靴が映って初めて目を上げた。唇が薄く開かれた。言葉にはならなかった。

ぼくは妹の額に手をあてた。しっとりとした熱い湿気がぼくの掌に伝わってきた。黒い瞳がぼくを下から見つめていた。

「ただいま」

ぼくは笑おうとした。だが、頬はこわばり、ぎこちのない笑みとなった。

小夜子は微かに頷いたようだった。青い湖面を映したような白い眼の部分が波立ち、懐しさをぼくに訴えかけてきた。

ぼくは妹の頬に手の甲をあてた。小夜子の左手が伸びてきて、ぼくの手に指をからめた。唇が微風にくすぐられたように動いた。

ぼくは顔を近づけた。だが、小夜子の声は聞こえなかった。

「お母さんから聞いた。大変だったね」

小夜子の瞳は不意に冷たい透明な膜を張りつけたように遠のいた。

ぼくにあてられていた視線が斜めにはずされると、顔もユリの花弁が項垂れたようにそっと横に向けられた。

「ぼくにできることは、何かないかい」

何もないと知りながらそう訊いていた。小夜子は硝子玉のような反応のまったくない目で壁を見ていた。

生き返った以上、頑張って楽しい夢を見るんだ、とぼくは胸の内では叫んでいた。だが、口に出していうことはできなかった。

「つらかったんだろうな」

ぼくがいえたのは、それだけだった。生気の乏しい頬が微かに震えたようだった。小夜子の目から湧き上がるように涙が脹れてこぼれた。一つは、細い鼻梁から、白衣の人間が身を丸めて谷底にとび込むように、枕の上に落ちた。

もう一筋の涙は、眼尻を伝って枕に吸い込まれていった。

この枕は……とぼくは思った。何百という小夜子の涙の玉を、人知れず吸い込んでいるのだ、と。

ぼくは、再び声をかけることができなかった。ただ、黙って、妹の涙の跡を、ハンケチで拭ってやっただけだった。

小夜子の両目が閉じられた。小さな溜息が洩れた。

女の子が目を閉じるときは、きっと気持のいい夢を見ているときなんだぜ。

わくわくする子供っぽい感情も、どきどきする少女のときめきも忘れて、本当に気持のいい思いをしているときに目を閉じるもんなんだぜ。

悲しい思いを胸の中に抑え込んで、目なんか閉じるなよ。

妹よ。

4

こういう男を典型的な無礼者というのだろう、とぼくは思った。それに、彼が「こんなやつの相手をするんじゃないぞ！」と部屋にいる男女四人の編集部員に向って怒鳴り声をあげ、肩を怒らせて狭い階段を降りていくのを見送ったあとでも、ぼくには彼の怒っている原因が分からなかった。

時差ボケで、多少ぼくの顔がだらしなく仕上がっていたのは否定しない。言葉もろれつの回らないところがあったかもしれない。だが、ぼくが編集プロダクション「プラニングK」を訪ね、先程電話をした者だといって名刺を出し、編集長の方とお話ししたいのですが、と出てきた若い男に伝えたあとは、ほんのカタコトしか言葉を喋っていないのだ。

病院を出て、駅前の食堂でカツ丼を食べながら、もしかしたら、小夜子は仕事でしくじりを犯し、そのために発売元の出版社から苦情がきて、編集プロダクション側の責任をひとりでかぶる形にでもなったのではないかと考えていた。

プラニングKの電話番号は、以前小夜子がロス・アンジェルスに来たときに聞いていた。ぼくは編集部の場所を電話で尋ね、橋本小夜子の兄ですが、ご挨拶に伺いたいと電話口に出てきた女性に伝えたのだ。

そこは飯田橋の駅を降りて、歩道橋を渡った向かいのビルの裏側に位置していた。五階建のビルには階段しかなく、それもセメントを溶かし込んだまま、塗装仕上げをせずに放り出した代物だった。

部屋は四十平方メートルにも満たないところで、机が五つ、真ん中にくっつけて固められていた。壁際にもいくつか並んでいたようだ。

ずい分薄暗いところで小夜子は仕事をしていたのだな、と感じたのが第一印象だった。初めに目を合わせたまだ二十歳を過ぎたばかりの、痩せた細面の人に取次ぎを頼むと、他の三人はそろって表情の乏しい顔をぼくに向けた。

まるで苔むした地蔵さんを見るような陰鬱な目付きを三人がしているので、自分の顔立ちと今日の服装を、頭の中で点検したほどだった。

二人の女は特徴がなく、着ているものも地味で、顔の輪郭に丸と三角という違いがあっただけで、いずれも日陰を好んで歩いてきたような灰色の雰囲気をしていた。

入口に佇んでいるぼくをぼうっと見てはいるのだが、どうぞともこんにちはともいわない。小夜子の兄と名乗ったのだから、なにがしかの反応があってもよいのに、人格を消して二人とも薄汚れた空気の中に立っている。

小夜子も大変なところに勤めていたものだ。何故アルバイトだけで辞めなかったのだろう、と疑問に思っているところへ、隣の小部屋らしいところから出てきた男が、挨拶も抜きに、いきなり「何の文句があるんだ」と怒鳴ってきたのだ。

そのとき、この人は誰か別の人と人違いをしているのだとぼくはたまげながらも自分に言いきかせていた。

「あいつは辞めたんだ。こっちはさんざん迷惑しているんだ。文句を言いたいのはおれの方だ」

怒鳴り声の主は、初めてぼくに正面から顔を向けた。それは、とてもアンバランスな顔だった。

額は狭くて深い皺が数本走っている。眉毛はうぶ毛が寄せ集められた程に薄い。

一重瞼の右目は大きくて、ブリキをはめ込んだみたいに無機質な光り方をしている。

眼窩が異様に突き出しているので、一見すると右目のある横顔を向けて話しているようなのだが実際には正面を向いているのだ。

左目も一重だが、こちらは細くて長い。獲物を呑み込もうとする蛇を連想させる。右目と反対に窪んでいるので、岩陰の中に目が潜んでいるように見える。

鼻は低くて広がっている。小鼻には吹出物が浮いている。唇はぶ厚く突き出している。横から見ると、上唇の方が鼻より高いところに出てしまうだろう。

顔の形はいびつに脹らんでいて、左右の耳の高さが少し違うようなのだ。

彼が妹に対する悪口を並べたてている間、ぼくは不思議な思いで彼の顔を見ていた。これでは女の人に好かれないだろう。妹はとても恋愛の対象としてこの人を見ることはないだろう。そう思っていた。

小夜子は小さい頃から目立つ子だった。おちゃめとか騒々しいとかいうことはなかった。だが、誰でも妹の名前とクラスを知っていた。他の親たちはよくできる子と妹のことをいう前に、可愛いいお子さんという言葉を妹につけて話していた。ぼくにとっても自慢の妹だった。女をいつも斜視眼で見て、屈折した批評をする北村が、高校生だった妹を見て、あとからしきりに、あれはいい、あの子はいいと感心していたものだ。

「橋本のおかげでおれまで信用を失くしたんだ。冗談じゃねえぜ」

それがいくつ目の悪口であったか、ぼくは数えていなかった。だから、一番印象に残っている文句に対して質問をすることができた。

「妹は、おたくの会社にどのような迷惑をかけたのですか」

「どのような？　いっぱいさ」

「ミスをしたのでしょうか」

「病気と称して勝手に休んだろうが。あの月の特集はあいつの担当だったんだ。みんなひっちゃかめっちゃかさ。どうしようもねえやつだよ。最低だよ」

彼はぼくの肩を腕で突いて廊下に出た。そしてその奇妙な顔で睨んでみせた。

「もうくるなよ。二度と顔を出すなよ」

すごみをきかせた言い方に、ぼくは自分の身体が縮んで小さくなってしまうように感じた。小夜子はこの男に、男として恥をかかせたのだろう。人物も部屋も、白黒写真に映したようにくすんでいるこの編集部の中に妹を放り込めば、どんなに目立つまいとしても、自然に色彩を帯びてしまうに違いない。

人は生まれながらに能力に差があるように、見てくれにも美醜がある。それは事実かもしれないが、やはり不公平なことなのだろう。だから、他人の容姿を非難するのはいけないことだと思う。でも、好き嫌いは人の感情の中に自然に存在してしまうことだ。

ぼくは、その男の顔を見ているのが気持悪くなった。醜悪な性格が、そのまま顔に乗り移ってしまったようにぼくには見えるのだ。

でも、女の人は、違う意識で眺めるのかもしれない。ぼくにはできそうになかったが、その顔に慣れてしまうことがありえるのかもしれない。

編集長が足音を響かせて三階から階段を下りていくと、残った四人の編集部員は、墨絵の中の人物のように、影を引きずって机の周りを動きだした。

「どういうことなんでしょう。妹は何故あんな言い方をされなくてはならないんですか、どなたか説明して下さい」

ぼくは四人の顔を交互に見つめていった。二人の女は横を向いていた。痩せた青年は椅子を引いて坐った。残ったもう一人の男がぼくに目を向けていた。

「無駄ですよ」彼は前に出てきてぼくを脅《おど》すように睨み上げた。「編集長がああいったら、みんなは何も言いませんよ」

彼は昔懐しいイガグリ頭をしていて、それがトマトのような形のため、漫画に描かれた火星人が現われたみたいだった。ぼくは少しだけ救われた思いで彼を見ていたのだが、彼はゴリラのように大きな目玉を剝き出しにして睨みをきかせて続けていた。

「でも、妹は病気だったんだ。今でもまだ入院しているんです。みなさんの中で、病院に見舞いに来てくれた人がいるんですか」

石井さん、と女の一人が彼を呼んだ。「帰って下さい。仕事の邪魔です」と彼はいってずんぐりとした背中を向けた。

「妹は仮病で休んだんじゃない。どうしてそんないじわるをいうのですか」

四人はぼくの言葉を徹底的に無視していた。ああ、寒かった、とはねた声が横でした。赤いオーバーコートを着た若い女がたたきに立った。ぼくを見て、こんにちは、と挨拶をした。

「ねえ、村井さんたら、すごいこわい顔して車に乗っていきましたよう。手を振ったらタクシーの窓から、そのまま帰れって怒鳴るんです、何かあったんですかあ」

さし絵はもらってきたのか、と石井が怒りダルマの表情で彼女にいった。はい、といって彼女が部屋に入ると、冬枯れの野原に、たき火が出現したような暖かさが広がった。ぼくはあきらめて階段を下りだした。口紅を引いた女の子が一人いたことで、少しだけ救われた気持がしたのだ。

表通りまで出て、暗くなった空を見上げた。冷たい空気にネオンサインがよく映えていた。小夜子は、何を思い、何を目差して、毎日この夜の中に佇んでいたのだろうと考えてみた。何も浮かばなかった。それ以前に、どうして小夜子はあの会社に勤めていなくてはならなかったのだろうという疑問が解けずにいたからだ。

変な人達だと思った。北村なら、あの会社のことを調べてくれるかもしれないと思った。連中は、どうやら小夜子が自殺をしようとしたことを知らないらしい。その方がいいとぼくは思った。熱い酒が飲みたくなった。

5

痩せた長身の北村の姿は、キャフェテリアの入口に立つと、そこだけ斜めから伸びる光を浴びせられたように立体感を持っていた。片手をあげると、少し猫背になった上体を前のめりにさせて近づいてきた。ぼくたちは握手をした。そのあとで、二人とも奇妙な照れを感じた。

こんなに朝早くから、新宿に来たのは数年ぶりだ、と北村はいった。ぼくはレースのカーテンのかけられた広い硝子窓から、寒々としている外を眺めて、ここいらも数ヵ月いないとどんどん変わるなと呟いていた。

「何時に家を出てきたんだ」北村が訊いた。

「昨夜はこのホテルに泊ったんだ」

「気楽な奴だ」苦笑して煙草に火をつけた。

「政治家の秘書の方が気楽だろ、役得もあるだろうしな」

ぼくは皮肉っぽい顔をしていたと思う。大学で旅行サークルに入っている頃、彼は卒業した高校の社会科教師になると張り切っていたのだ。北村は額に垂れた前髪を指で弾きながら、注文を取りに来たウェイトレスにコーヒーを頼んだ。ぼくは好きだった女の子を二人、北村にさらわれてしまった九年前を思い出した。

「秘書はやめだ」

なぜ、と訊いたが北村は理由を答える代りに、今度はパーケン屋だといった。何のことだか分からないので黙っていると、彼は長い足を組み換えて少しだけ真面目な目をしてぼくを見た。

「政治家先生のパーティのお手伝いをさせていただくのさ」

そのしくみを聞いているとき、ぼくは退屈した顔をしていたようだ。彼は煙草の煙がまだ口の中を漂っている間にコーヒーを流し込み、急に話題を変えた。

「『プラニングK』のスポンサーは総会屋だ。スポンサーといっても本人はたいした金はもっていない。それに編集の下請けなら着実に仕事は入るだろう。雑誌を一本任されているのならなおさらだ」

総会屋と聞いて、同時にぼくはやくざを連想してしまったのだ。小夜子をくりから紋々の並んだ連中の中に置くのは、残酷すぎる想像だった。

「その総会屋、まあ、二流どころか三流の上というとこかな、そいつの後楯に投機筋のグループがある。集金能力もあるところでひと声三十億、動かしている金はその二十倍になるな。当然政治家とのつながりも太いが、詳細ははぶく。おれだって海に浮かびたくないからな」

ぼくは笑ったが北村は普通の表情をしていた。

「その投機グループの中心になっている男が『ジャパンパブリッシング』という出版社をもっている。株関係の業界誌を出したり、変ったデータを集めた雑誌を出版したりしている。『プラニングＫ』というのは、その出版社の傘下に入っている」

「なんだかぶっそうなつながりだな」

「出版文化に情熱を抱いている連中ではないね。なぜ義郎の妹がそんなとこに入ったのか分からないな。あの子ならどこにでも入社できたのに。美人になっただろうな」

「そこで『エレ』という女性向けのレジャー誌を編集しているというのだが、評判はどうなのだ」

北村は頭を振った。「知らんな。聞いたこともない。広告を取るための手段だろ。レジャー誌ならおまえの方が詳しいだろ」

「ぼくはもぐりみたいなものだからな。日本の雑誌のことは分からない」

入口に白いハーフコートを着た女が心細げに立っていた。ほんの微かに残っている記憶を頼りにぼくは立ち上がった。

近づいてきたぼくを首を傾げて見上げて、橋本さん？　と彼女は小声で訊いた。ぼくは挨拶をすませると、小西弥生を北村のいる席まで連れてきた。

「なんだおい、ダブルブッキングじゃないのか」と北村はぼくの隣に坐った小西を興味深い顔付きで眺めていった。彼にしても、小さな顔の中に整った目鼻口を配置させている、かわいらしい雰囲気の娘さんの出現は、悪かろうはずがない。

ぼくは去年のクリスマスイブのときのお礼をいった。それから、昨日、編集部を訪ねたことをいった。

「彼等は妹のことは一切口をつぐんでいるんです。ことに編集長の村井という人物は悪意すら抱いている。何かご存知ですか？」

小西は北村を上目遣いに見た。親友であることを伝えたが、彼女は固い表情を崩さなかった。

「具体的には聞いていないんです。でも、ものすごく悩んでいたことは確かです」

「どんなふうに？」

「去年の夏頃からだったでしょうか、部内だけでなく外からの中傷が多くて、仕事に集中できないというようなことを洩らしていました」

中傷？　とぼくは訊き返した。小西が黙っているので、それは誰かと肉体関係があるというようなことかと訊いた。小西はいやいや頷いた。たとえば？　とぼくは先を促した。

「仕事がらみではライターの方の家によく出入りしているとか、カメラマンと三日間一緒だったというような噂です。それは事実のこともあると小夜子はいっていました。でも、みんながいうようないかがわしいものではなく、仕事だからそうしていたんです。そのうち、旅行代理店の誰々さんと一緒だった。安いチケットを手に入れて横流ししているという噂も流れたんです。もっとひどいのは、会社の大事な人で唐沢さんという人がいて、その人とホテルの部屋から出てきたところを見た人がいると糾弾されて、小夜子はその時ばかりは私と美沙子の前で泣いて悔しがっていました。目撃者は名乗れって叫んだりして……」

「唐沢……」ぼくは北村を見る形になって呟いた。れいの総会屋だ、と彼はいった。

そんな男の名前が出たことで、ぼくはいやな気持になった。

「彼女、文彩社にほとんど内定していたのに、就職しなかったんです。こういう小さな雑誌づくりの方が楽しいっていって。大手では自分のセンスなんか歯車の内で砕かれてしまうからつまらないというんです。もっと魅力的な雑誌にするんだと張り切っていたのに、可哀そう」

横から見る小西弥生の素顔は、すべすべとした白い肌にあどけなさが漂っていて、田舎などないのに、故郷に残してきた大切でささやかなものを思い出させる哀切感をぼくに湧き上がらせた。

北村は煙草を吹かし、横顔を向けて椅子に深く腰かけていた。下劣な人間はどこにでもいる。どこからでも這い出してくる。そいつらは下劣であることに居直って、無《む》垢《く》な心を痛めつけている。だが本当にこわいのは、そいつらが抹殺をされずに、同じ場所でいつまでもとぐろを巻いているということなのだろう。

「なぜいい年をした男たちが、ひとりの女の子をそれ程いじめなくてはならないのだろう」

北村は膝を前に投げ出し、うんざりした様子で耳を掻いた。「自分の自由にならないからだよ」そういってから指先に息を吹きつけた。

「まだアルバイトをしている頃に、部員の誰かから小夜子はラブレターをもらったことがあるらしいんです」

小西がぼくの方に小さな目を向けて眩し気にまばたきをした。

「ずい分、古風なことをするんだね」と、小鳥のような二十二歳の女の顔を眺めながらぼくは合槌を打った。

「小夜子はもう付き合っている人がいるからって断ったようなんです」

いたのかい？　とぼくは訊いた。小西は笹本隆の名前を出した。妹の一年先輩だった男だ。

「みんなでフィリッピンにいったようなことをいっていたな。君も一緒だったんでしょ」

小西は息を詰めて首を伸ばした。当時、母は本当に大丈夫なんだろうかと珍しく心配していたものだ。十九歳の夏は、女の子にとっては思い出に残る季節なのだろう。

すみません、と小西は溜めていた息を吐き出していった。口裏を合わせたのだ。

「じゃ、小夜子はボーイフレンドと二人だけで旅行をしたわけか」

小西は頬を脹らませて頷いた。それじゃあ、その男は立派な彼氏だ、とぼくは胸が焦げついている痛みを感じながら呟いていた。成人してからは、まともに見たことのない小夜子の胸を、どこかのグラビアから想像の中で盗んできて、ぼくはひどく狼狽していた。

「すると、その男が腹いせに変な噂を流したというの？」

部屋にいた二人の男の顔を思い浮かべた。その質問をしたことにも、犯人捜しをしていることにも、ぼくは吐き気を催していた。

「きっかけはそうだったと思います。でも小夜子はその人が誰なのか言ってくれませんでした」

「君はクリスマスイブの日に、ぼくの母に妹の部屋を調べてくれといったでしょ。それはどうして？　あいつが自殺する予感めいたものがあったの？」

小西は拳を握りしめ、両肩をもち上げて緊張した。北村がこちらを見た。強い驚きが目に現われていた。ぼくは黙って頷き返した。

「はっきりとしたものじゃないんです。ただ、腹膜で入院したとき、お見舞にいったら少し様子が変だったし、その前から仕事で毎晩遅くなって疲れていたようだし……」

「様子が変というと？」

「なんていうか、病気にならなかったとしたら、自分で死のうとしたんじゃないかって、そんな気がして……」

「それはあそこでの仕事がつらくなったということですか？」

「そうだと、思うんです」

小西は頷いてからハンケチを小鼻にあてた。ぼくは洞窟のような編集室を思い浮かべた。その入口が、村井という編集長の大きく前歯を剝き出して開いた口のように思えた。

「でも、小夜子はどうしてもっと早くやめようとしなかったのだろう。いくらやりがいのある仕事といっても、そんな中傷されてまで、いることはなかったのに」

ぼくは拭えずにいる疑問を口に出していっていた。小西は黙って聞いていた。

「そもそも、どういうきっかけで小夜子はあんな所にバイトで入ったのだろう」

「谷岡先生の紹介だったんです」小西が勢いよく顔を上げていった。「谷岡幸太郎先生です」

ぼくと北村はテーブルを挟んで視線を合わせた。二人で、谷岡幸太郎のノンフィクション物を、奪い合うようにして読んだ時期があったからだ。『二番手の男たち』と題したスポーツ選手に的を絞って書かれた物語を、ぼくは今でも悔しい程の熱い気持で思い出すことができる。トップには立てない、どんなに頑張っても常に二着にしかなれなかった男たちの人生を、谷岡は激せず、冷ややかにもならず、そしてやさしい眼差しで追っていた。ジュニアウエルター級の日本チャンピオンに四度挑戦して、四度とも敗れた男が、腫れのひどい自分の顔が鏡に映ったのを見て、これで練習場の帰りに、自動販売機で一本百円のジュースをいつでも買える、と思ったという件りは何度読んでも涙したものだ。ぼくは羨しかったのだ。たとえいっときでもスポーツ選手として生きてきた彼等を、それだけの強健な肉体を持った人達を、そしてその男たちの生き様を描き出す筆力をもった谷岡という書き手を、ずっと遠いところに存在している人間として見ていたのだ。

「谷岡をどうして知っているんだ?」

北村が不愉快そうに唇を歪めて小西に訊いた。小西はためらわずに答えた。

「スポーツノンフィクションシリーズというのが東京文化書店から出ていたんです。その中で、南極までヨットで航海したニュージーランドの人の話を谷岡先生が出されて、あたしたち、その下訳をしたんです」

「あたしたちって?」ぼくが訊いた。

「あたしと美沙子と小夜子です」

明るい表情でぼくと北村を交互に見比べた。ほう、と北村は唇を尖らせて低い声を出し、不機嫌そうに、やはり君達は優秀なんだね、と呟いた。

「それで……」とぼくは胸の中で、小人の楽隊がそれぞれ勝手に音を鳴らし始めたような騒々しさを感じながら訊いた。「谷岡さんはどこに住んでいるの？」

小西は窓の外に指を向けた。「あそこです」

6

玄関を入り、さらにドアを開けると、広い応接室があった。ひとそろいのソファセットと模造品の植木が二つあるだけの殺風景な部屋だった。壁にはスコットランドらしい荒涼とした原野に、二人の老人が突っ立っている写真が貼られている。

ぼくは書籍で天井までいっぱいになっている部屋を想像していたので、ちょっと拍子抜けがした。そもそもノンフィクションライターというのは、資料を集めることが仕事なのではないのだろうか。

谷岡はシカゴにいる友人と電話中だという。それを伝えてくれた秘書だという、三十歳を過ぎたばかりの、アイメイクアップに力を注いだ女は、小西を相手に猫のような笑い顔を見せていた。作家の秘書って、どんな仕事をするのだろう。小西は秘書と親し気に指先をからめて、細い胴をくの字に折ってよく笑っていた。

ベランダの向こうは公園になっていた。昼前のせいか人の数はあまり見えない。一つの街がすっぽり抜けてしまったみたいな空間が公園に続いている。その向こうに、ぼくの泊ったホテルがガンモドキの風体で、居心地悪げに建っていた。こんな風景が、谷岡にどのような刺激を与えるのか、想像がつかなかった。

待たせたね、といって谷岡が入ってきた。さっきはまだ眠っていらしたんではないんですか、突然にすみません、と小西は臆した様子もなく喋っている。みんな元気でやっているか、と谷岡はいったあとで、小夜子君はもう退院したのかと訊いた。小西は顔を曇らせ、困惑した目でぼくを見た。谷岡の視線がぼくに向けられた。

短髪で、浅黒い肌の谷岡は、学生時代に写真で見た顔よりいくぶん太っているようだった。だが、じきに四十歳を迎える人だとは見えない。実際の歳より若く見える人を、果して本当に信用してよいものなのかどうか、ぼくには分からない。

応接室に入ってきたとき、体育教師みたいな人だと思ったのが、正面から目を合わせると、まるで黒豹に睨まれたような威圧感があった。そこで初めて、ぼくは会釈をした。

秘書が入れてくれた紅茶を前にして、ひととおりの挨拶をすませたぼくは、谷岡先生の本のファンでしたと背中を赤くして述べた。意外だったのは、それまでワイシャツの袖を肘までたくし上げ、背筋を伸ばして坐っていた谷岡が、トコロテンが容器から押し出されたみたいに、身体中の神経をバラバラにして照れたことだ。ぼくが安心して話すことができたのは、彼のナイーブな部分に触れてしまったように思えたからだろう。

ぼくはプラニングKで受けた不愉快な思いを谷岡には話しをしなかった。代りに、どういういきさつで妹がそこへバイトに行くことになったのかと訊いた。

「小夜子君の下訳が他の二人より劣っていたからだよ。ぼくのところで不必要になり、彼女は出版社に勤めたいという希望があり、では、夏の間の編集のバイトを紹介してやろうということになったんだ」

大ざっぱな説明だったが、明確である感じもした。谷岡の文章は霧が路上を覆うような肌理の細かい、しっとりとした落ちつきがあるが、本人の話し方は、至ってぶっきら棒だった。

「プラニングKを選んだのはなぜでしょうか」

「あそこで人が足りなかったからだよ」

間髪を入れずに答えられて、ぼくは何を本当は質問をしたかったのだか忘れてしまった。何だ、何か問題があったのかい、と谷岡が訊いてきた。いえ、とぼくと小西は同時に声を出した。

「そうか。なんだかさっきから刑事に尋問されているみたいだったのでね」

谷岡はにやりと笑った。人なつこそうな素顔が覗いた。

「お兄さんが心配するのは分かる。色々とうさん臭いところのある組織だからね。そのことは小夜子君にも注意しておいたよ。ただ、短期間で、しかもそれ程責任を負わずに編集の仕事は覚えられる利点はある。小人数で何でもやらなければいけないからね」

「始めは夏の間だけということだったのですか」

「そうだよ。だが向こうでえらく気に入られて秋、冬といることになったんだ。バイトというより、フルタイムに近かったんじゃないのか、担当のページを持たされていたようだしね」

谷岡は小西に合槌を求めるように視線を揺らして送った。小西は頷いた。

「休みも全然なくて、学校にも出てこれない程でした。十二月初めの土曜日、久しぶりに会ってうちに泊ったとき、少しだけお酒を飲んだ小夜子は、みんなと会いたい、学校に行きたいといって泣いたんです」

ぼくは小西の話を緊張して聞いていた。学生であるのを承知で雇って、学校に通う時間も与えない程働かせる会社があるのだろうか。

「なぜそうまでして頑張ったんだろう」

谷岡は腕を組み、天井を仰いで呟いた。そうだ、なぜなのだと思ったとき、やっぱり、といって小西は谷岡を直視した。

「先生に紹介されたというのが大きいと思います。責任をもたされる仕事をどんどん増やされるにつれ、女だから、学生だからといって逃げ出すことができなくなったんだと思うんです」

ホテルのキャフェテリアでぼくにした説明とは違う話し方に、ぼくは納得するより、むしろヘンな感じを持った。それが何なのかをちゃんと考える前に、ぼくは谷岡に向って口を開いていた。

「それより、ぼくが分からないのは、小夜子が卒業後もどうしてあの編集部で働いていたかなのです」

「ああ、おれも小夜子君にいったことがある。就職はもっとちゃんとしたところにした方がいいとね」

「何といっていましたか」

「覚えてないなあ」谷岡は抜けた顔付きで首を傾げた。それから、ひょいとぼくに目を向けた。「そんなことは、本人に直接尋ねたらいいだろう」

小西とぼくは横目で視線を合わせた。谷岡の疑問は素朴であるだけに、言い逃がれじみた弁解はできそうになかった。自殺未遂のことは伏せておきたいと判断したぼくは、そ知らぬ顔で話題を変えることにした。

「あの、先生、初めの話に戻しますが……」

「おい、先生と呼ぶなよ。下訳なんかつけて翻訳しているくせに。このアホンダラ、と腹の中でくさしているくせに、先生というな」

そんなこと、とぼくはいって否定する様子を示したが、内心では肝をつぶしていた。実際に、なんだ、と思っていたからだ。谷岡はニヤニヤしていた。

「この子たちは、おれのいないところでは、幸ちゃま、と呼んでいるらしい」

ご存知だったのですか、と小西は珍しく頬を赤らめて谷岡を睨んだ。彼女が急に色っぽくなったので、ぼくは落ちつかなくなった。それに、ぼくは谷岡のことを、どうしても「幸ちゃま」とは呼べそうになかった。

それで？　と谷岡がぼくに向けて顎を振り上げた。

「谷岡さんは、妹のことを、プラニングKのどなたに頼んでくださったのですか」

「村井浩という編集長だよ」

「永い間のお知り合いですか？」

「ああ。彼が大学を卒業した間なしからだから、かれこれ十年になるね。四年前までは白天出版にいたんだ」

四百人の社員をかかえる出版社といったら、大手だろう。

「あの人が、よく入れましたね」

ぼくは村井のいびつな顔を思い浮かべていってしまっていた。

「おれが推薦したんだ」

ぼくの発言をどのように受け取ったのか分からないが、谷岡はくすくす笑って答えた。

「どうして辞めたんでしょ」

「編集長になりたかったんだろ」

こともなげにいう谷岡に対して、ぼくは用心深く次の質問を出してみた。

「ひと口にいって、村井という人はどんな人なのでしょう」

谷岡は白い歯を見せて笑った。

「厚顔無恥さ」

ぼくは谷岡の言葉を、少し軽く考えていたようだ。

彼のあっさりとした言い方に攪乱されて、その言葉の中に、何か無邪気な意味も込められているのだという印象を持たされてしまったのだ。

それはぼくの錯覚だった。谷岡は、図々しくて恥知らず、という本来の意味で村井を表わし、羞恥心のない人間にはプライドもなく、そういう感情そのものが、村井浩の体の中には存在していないということを言いたかったのだろう。

気付いたときにぼくは傷を負っていた。妹の気持の流れを遡りながら、人と会って話を聞いている内に、自分では気付かなかったが、村井のヘドロのような醜悪な溜りの淵を覗き込んでしまったようなのだ。それは普通の人間の持つ恥部とは違い、彼にとっては劣等意識だけが生存している棲み家だったのだろう。

大阪の本社へ行って半日間副社長に報告を兼ねた打ち合わせをしたあとは、日本での仕事はほとんどなくなってしまった。もともと病院の院長が道楽で始めた旅行会社なのだ。外国で遊びたいために神戸と東京にアンティークの店を開き、外国で雇う通訳に、自腹を切らずにギャラを支払うべくニューヨークに事務所を開き、それがロス・アンジェルスと東京では旅行会社となって生まれたのだ。

兄から、旅好きのおまえにはうってつけの仕事だといわれ、ぼくの意志はほとんど無視されたまま入社させられた。でも、今では兄に感謝している。報酬は安いが、ぼく向きののどかな会社だからだ。

神戸の兄のところに泊って東京に戻った翌日に、井上という人から連絡を受けて会うことになった。彼はプラニングKでぼくが一番初めに口をきいた神経質そうな青年で、彼は編集部を辞めて金沢に帰るので、その前に話しておきたいことがあるといってきたのだ。

ぼくは彼に、あれから何度か村井に電話をしているのだが、全然取り次いでもらえないと伝えた。

「その方がいいです。あの人は特殊な人です。かかわりになる位なら無視されている方がいいですよ」

尖った頬骨を向けて、彼は伏目がちに、眉間に縦皺を寄せていた。ぼくと会っている間中、ずっとその気むつかしそうな表情をしていたと思う。

「橋本さんは優秀過ぎたんです。部員の理解を越えるセンスを持っていたんです。それに美人過ぎました。そういうことが、あの部屋の中では罪悪になるのです。驚かれるかもしれませんが、編集長の体質がそうさせてしまうのです」

部員は村井自らが集めてきた人たちで、自分が優位に立てる人間だけを選んでいたという。拾われた人達は学歴もなく編集経験の乏しい自分をよく選んでくれたと村井をありがたく思う。低い位置でのカリスマ性が、村井の心酔者を作りあげるのだろう。

小夜子の書いた文章は、スポンサーにも喜ばれたそうだ。つられてカメラマンやデザイナーにもやる気が出てきた。小夜子を誉める声が村井には耳障りになってきたという。

「彼は妹の能力に嫉妬したのだろうか」

「村井さんに他人の能力は推し量れません。自分で作った雑誌だって読みません。そんなことに頭がいっていないのです。あの人の生命力は、他人より優位に立ちたい、自分に劣等感を抱かせるやつを見境いなしに痛めつけて、自分の足下に平れ伏させたい、というその一念だけなのです」

では、犠牲になったものは、犬死ではないのか。

「橋本さんは誠実にいい仕事をしていけば編集長にも心が通じると思い込んだのです。ところが、村井さんにしてみれば、おれを無視したというわけのわからない論理になるのです」

部員の前で、あばずれ、と小夜子をけなしたという。それがどれほど人の心を傷つけるのか考えたこともないのだろう。

「けなし、ボロクソにいうことで相手が涙を流せば、おれは勝ったと得意になるだけなんです。人間の感情、たとえば喜び、悲しみ、痛み、感動といったものはあの人の中にはないのです。あの人は橋本さんの心にも、プライドというものがあることを知らなかったのです。それが人間を支えているものだということも分からないのです。なぜなら、あの人の中にはそんなものは存在しないから知りようがないのです。もしあの人に不安という気持があるとすれば、全ての人間が自分より優位に立ってしまうのではないかという恐れだけなのです」

このままあの部屋にいたら気が狂ってしまう、といって井上は唇を嚙んだ。そして、思いきって決心してよかった、これで人の心を失わなくてすむ、と呟いた。そのときだけ、彼の眉間に刻まれていた皺は消えていた。

井上のあとに会った人達も、奇妙な話を残していった。村井のセックスは、女から足蹴にされ、肉体を痛めつけられることでより快感が高まるのだと説明した女は、そうなった初めのきっかけを「あいつが素っ裸で土下座しながらやらしてくれと頼んだからよ。十回目にオーケーしたの。ブタ野郎って怒鳴って蹴とばすと涙流して喜ぶのよ」と語っていたが、聞いただけでぼくは反吐を催した。

村井との結婚を考えたことがあるという女の友人は「彼女の裸が白く人形のように

きれいすぎて抱くことができないといわれ、彼女は泣く泣く別れた」という話をした。

小夜子に連れられて一度だけ村井と会ったためにバイトを棒に振った女の子もいた。別の日、スナックに友人と行った彼女は、村井が同じ店にいることに気付かずに帰った。そのため翌日彼女の会社の上司に、社員教育がなってないとわめきちらす村井の電話が入り、すぐに馘になってしまったという。

ぼくは妹をどうにかして救ってやりたいと思っていたのだ。だが、出てくるのは、人間の気持の通わない世界で棲息する男の風変りな話と、その息吹きにあてられて神経を病んでしまった人達の気の毒な話ばかりなのだ。

再び小夜子を見舞いにいく途中で、ぼくはどのような話をすべきか考えた。結論が出ないまま病室に入ると、母が首を横にして疲れきった表情で坐っていた。小夜子は軽い寝息をたてて眠っていた。

母が立ち上がろうとするのを右手で制して廊下に出てきたとき、小夜子は何のためにあんな回り道をしたのだろうと思い返していた。そして、小夜子が目を覚まさなかったことに、ほっと胸を撫でおろしたのだ。

日本に戻って六日目の夜、ぼくは村井のことを考えるのは、これきりよそうと思いながら新宿駅を降りていった。

彼に関して分ったことは、自分が厚顔無恥であることを自覚する能力も村井には備わっていないのだということだった。村井は世界中のどこにでもいるのだろう。そして、そういう者が、愛情という心を、繊細という薄い膜で包んでひたむきに生きている人間を、無造作に指で潰してしまうのだ。

ぼくが理解できないのは、単に優越意識を持ちたいがために、傲慢な素顔をさらけ出して、他者に手ひどい報復を企てる者の仕打ちを、仕事への情熱が溢れているとみなして、子羊のような人間が集まっている中に、リーダー役でほうり込んでしまう雇い主がいるということなのだ。

叔父だったら、こんな場合、妹をどうやってなぐさめるのだろう。女性の扱いがうますぎて父の逆鱗に触れ、兄弟の縁を切られ、女性の気持を汲みとり過ぎたために、人の妻と出奔して心中をしてしまった叔父は、ぼくに向って、どんなふうに囁いてくれるのだろう。

十三歳のとき、叔父はちょっとだけ立ち寄ったという様子で母に荷物を手渡し、それからぼくを呼んでくれるように頼んだという。

ぼくはカセットテープで聞いていた英会話を中断して表に出た。ぼくを見て、大きくなったな、といった叔父は、大正時代の男が被っていたような、丸くて鍔の広い帽子を頭に載せていた。笑い顔がとても男らしくて柔和だった。

ぼくは実はこの世で君が一番好きだったんだ、と低いところで響く声でいった叔父は、これをあげようといって郵便貯金通帳と万年筆をくれたのだった。

その頃、叔父がどこに住んで、どのような生活をしているのかぼくは知らなかった。ほんのたまに父の口の端に出る叔父に関する話題は、芳しいものではなかった。あいつは女の生き血を吸って生きているのだと父がいったとき、ぼくとまだ幼稚園にも行っていなかった小夜子を振り向いて、母が狼狽していたことを覚えている。

父と叔父では、女性に向ける眼差しが違う。父は何度もうるさくいって自分好みの味付けを母に教え込む。叔父はそうではなかった。

あれは遊園地に行ってから何日もたっていなかった頃だったと思う。叔父に連れられて洋館の広い屋敷に行き、シャンデリアの吊された広い食堂で、夕食をよばれたときのことだった。

子供だったぼくの心の中を覗き込んで小馬鹿にしたような笑い方をした女が、かしこまった様子で料理を運んできた。油ぎった野菜で溢れ返っていた皿に、まず一番始めに箸を伸ばしたぼくは、一口食べて腰を椅子から浮かしかけた。生きている野菜を食べてしまったと思ったのだ。

まるで油だけを食べているような料理を前に、どうしていいか分からなくなっていたぼくは、こっそり叔父に目くばせをして窮状を訴えた。叔父は目元をなごませてぼくを見てから、上唇を噛んで俯いている女にこういったのだった。

——ヨウコさん。とてもおいしいですよ。

それからもう一度ぼくの方を向いて、な、ヨシオくん、といったのだ。あのときの女は、あれ以来どんどん料理がうまくなったと思う。その女が叔父ではない、別の人と結婚したのだと知ったのは、叔父を見た最後の日、ぼくに万年筆をくれた夜だった。その女は表通りの車の中にいて、ドアの前に立ったぼくと叔父を藪の中にいる兎のような赤い目をして眺めていた。あの人と結婚するの？　とそのときぼくは訊いた。

——いや。あの人はもう結婚しているんだ。今夜は少し嬉しいことがあってね、二人で出掛けるんだよ。

帽子の下にある叔父の目に車のライトが反射して、天空の星が散乱して映った。そうっとね、と叔父は囁いた。えっ、とぼくは訊き返した。叔父は息のかかる程顔を近づけてきた。

——そうっと生きていれば、きっといいことがあるよ。ぼくは君を見ながら、ずっとそう思ってきたんだ。

叔父は帽子に手をあて、向こう側に回り込んでドアを開けた。郵便貯金は、明日の午前中に全額おろすんだよ、いいね、午前中だよ。屋根の上から首を突き出した叔父は妙な言葉を最後に残して去っていった。

あのときの叔父と同じ言葉を、ぼくは妹にいうことができるだろうか。

陽気で人なつこくて、機智に富んでいた恋人が、本当は底に秘めていた狂気の精神を徐々に育てていっていたのだと知ったときのバーバラに対して、ぼくはどうしてその言葉をいうことができなかったのだろう。

言葉なんか信用できないという人もいるかもしれない。そういう人は可哀そうだと思う。人と出会い、裏切りに遭ったために言葉をも敵にするようになってしまったのだろう。でも、ぼくは、言葉だって人を救うことができると思うのだ。叔父が一度は救ってくれたように、人の中で生きることが苦痛で、俯くことしか知らなかったぼくを救ってくれたように、ぼくも、妹を救うことができるはずなのだ。

なんといって？

地下道を歩きながら、今しがた会った南美沙子の言葉が、車の起こす轟音と共に、ぼくの胸の中で反響していた。

――腹膜炎になってしまったのは、搔爬の手術が原因だと思います。後遺症です。

骨太の顔立ち同様、揺るぎのない声でいったのだった。表情を変えまいと努力する間、ぼくの頭の中が数回、まっ白に回転してひびが入った。どの位前に？　と訊いたとき、喉が締めつけられて語尾が震えたようだった。

――もう二年近くになります。

――彼は、えーと、小夜子の彼はそのことを……。

――笹本さんは何も知りません。あのとき病院に付き添ったのも私一人です。言わないでくれと頼まれたのです。もし、笹本さんが知ると、自分もこれから彼に対してどういう態度をとるか分からない、それがこわいというのです。憎んでしまうか、怨むか、いずれにしても自分のいやなところが出てしまう。でも、彼とは別れたくないから絶対に黙っていてほしいというのです。

――でも、君にはいった……。

――ええ、あたしにはいいました。

――どうしてだろう。

――一人でも事実を知っていてくれる人、証人みたいな人がほしかったのだと思います。

――友情ではなくて？

――証人です。

ぼくが南美沙子のために注文したサンドイッチには手をつけずに、両手をテーブルの下に置いてぼくを見つめていた。

――今、二人はどういうつき合いをしているか知っていますか？

――つき合いはないと思います。

――やはり、二年前の手術が原因で……。

――理由は知りません。私が知っているのは事実だけです。小夜子が四年生の夏以降、少くとも冬の初めにアメリカに行ったときには、笹本さんとの仲は切れていたはずです。

――よく分からないんですか。

――同じ時期に、谷岡先生がアメリカに取材旅行に行かれていたからです。

南は紫のアイシャドウに包まれた厚ぼったい目を、ためらうことなくまっすぐにぼくに向けていた。濃い眉毛の内側がぴりぴりと痙攣していた。その震えが、ぼくの心臓を感電させた。たぶん、ぼくの神経は、瞬間的に黒焦げになったのだと思う。目をしばたたいたとき、南はすでに立ち上がっていた。

——そのことを私が知ったのはごく最近です。知らせてくれた人がいたのです。あの頃、小夜子は私達に会うひまもないくらいに忙しいと聞いていましたから、最初はとても信じられませんでした。

身体を横に向きかけた南は、頭を戻して、じろりとぼくを見直した。

——お兄さまも、小夜子が不妊症になる危険があるということを、知っておられた方がいいと思います。

あれは、何という言い草なのだろう。今、ぼくには、小夜子の重たい感情のうねりを風通しのよいものにして、南の残した捨てゼリフを木っ端微塵にできる、強くて気持のよい言葉がどうしても必要なのだ。

地下道を抜けて歩道橋を渡ると、足は自然に公園の敷地内に入っていた。枯れ木を通して、谷岡幸太郎の住むマンションの灯が垣間見えた。あそこは仕事場として使っているのだろうか。奥さんや子供は、では、どこに住んでいるのだろう。

砂利石を踏みしめながら、ぼくはコートから両手を抜き出し、右の拳を左の掌にぶつけた。湖面に張った薄い氷を割ったような細い音が弾けとんだ。

そのとき、背後で口笛が鳴った。振り向いたとき、脇腹に重い衝撃を食らった。息ができなかった。人影は二つ以上あったが、数える前に背中から脇腹にかけて、鉄パイプのような固いもので殴られた。腹の中で、牙のある動物が臓物を食いちぎった。次の一撃はどこに来たのだか分からない。眼前に迫った男の口から吐き出された生臭い臭いが鼻をつき、ひどい乱杭歯が覗いているのを見て、ぼくは砂利の上に倒れ込んでしまっていた。

7

痛みが熱を起こしていた。起き上がったとき、これは夢ではなく現実なのだと言いきかせていた。息を吸うと、内臓に骨が食い込んできて、あまりの痛さに再び気が遠くなりかけた。

右足を前に出して顔をさぐった。血は出ていない。もしかしたら内出血をしているのではないだろうか、と思った。それから、そうだ、もっと色々なことを考えて頭を働かせるのだと言いきかせた。頭をやられているのが一番こわかった。

どのくらいの時間倒れていたのだか分からない。夏場だったらとっくに人が見つけて大騒ぎになっていただろう。数歩進んだとき、一組の男女の姿が照明灯の下に浮き上がった。ぼくは息を整えて立ち止まった。二人連れは、夜空を見上げているぼくを一瞥すると、何の反応も示さずに通り過ぎた。

顔は傷つけられてはいないようだった。こういうことになれている連中なのだろう。村井、もっとやるか、といったのが襲撃の終りの合図となったようだ。一人がぼくの髪を掴み上げ、いい気になるな、この野郎、と怒鳴って唾をひっかけた。そのとき、この臭いは玉ねぎではないのか、とぼくはつまらないことに答えを出した。

別の誰かが首の後に足を乗せて押し潰してきた。頬骨に砂利が食い込み、あまりの痛みに目玉がきしんだ。

どうだ、こうして踏みつけられりゃ、てめえだって痛えだろ。これ以上うろつくなよ。

それは犬の鳴き声のように甲高《かんだか》い声だった。いわれなくても、もうごめんだと思っていた。痛みのなかできれぎれに妹の泣いている顔が脳裏に浮かんだ。

十分程かかって通りに出た。シャツは汗で濡れていた。額に当たる冷風が唯一の救いだった。アメリカでも三度襲撃された。一度などは拳銃を突きつけられた。でも、こんなにひどい傷は受けなかった。

谷岡幸太郎の部屋は八階にあった。壁づたいに歩いているとき、部屋から出てくる人がいてうさんくさそうにぼくを見ていた。ぼくは必死の思いで、どうも、と挨拶をした。いつもは嫌いな言い方だったが、初めてその言葉が気に入った。

チャイムが見つからず、ドアのノブをねじった。錠はかけられていなかった。靴を脱ごうとしたが足がもつれてしまい、積木が倒れるように、身体の各部がバラバラになって倒れた。痛さに悲鳴をあげた。応接室から出てきた谷岡が、どうしたんだ、と驚きの声をあげた。

すぐに異変を感じたのだろう。谷岡はぼくの腋の下に両手を入れて抱え起こそうとした。ぼくは絶望的な悲鳴をあげた。谷岡は手を離し、ぼくを横たえてコートのボタンをはずしだした。息がぼくの顔にかかった。先生、とぼくはいった。谷岡は手を止めずにぼくの目を見た。

「小夜子は、あんな男、関係ないんです。あんな自尊心も誇りもない、自分がくだらないと自覚する能力さえない男に、たとえどんなにいじめられたって、死のうとするわけないんです」

谷岡はボタンをはずす手をとめて、ぼくを上から厳しい目で睨んだ。手術をしようとする医者の目のようだと感じた。

「先生なんですよ。あいつは先生に好かれようと必死だったんですよ。あいつはいつだってそうなんです。男のために死ぬほど必死になるんです」

谷岡は立ち上がって奥にいき、濡れたタオルを持ってきた。泥だらけだ、といってぼくの顔を拭きだした。谷岡の手が頬をこするたびに、その小さな振動が内臓の痛みを呼び起こした。ぼくは奥歯を食いしばりながら、舌を動かした。

「あいつはね、五年生のとき決闘をしたんです。あいつの好きだった子がいつもいじめられていてね、あいつは、どういうわけかいつも気の弱い奴を好きになるんです。それで好きな子の代わりに決闘を申し込んだんです、信じられますか、決闘ですよ」

よく喋るな、痛くないのか、と谷岡はぼくの首筋を拭いながら訊いた。痛いですよ、とぼくは叫んだ。

「小夜子はぼくに立会人になってくれって頼んできたんですよ。ぼくは高校三年生ですよ。そんな馬鹿なことはできないといったんです。でも、本当はこわかったんです。高校生のぼくが、妹の戦う相手の小学生を恐れていたんです。情ない兄なんです。そのとき、ぼくは心配になってつけていったら……」

「相手の男の子が木刀を持って出てきたので、思わず君は、このやろうと怒鳴ったんだろ」

「知っていたんですか、この話を」

「ああ、小夜子君から聞いた。今でもあのときの君を誇りにしているようだ」

痛みのなかで、ぼくの胸は熱くなってきた。小さな体で精一杯好きな男の子を守ろうとしていた妹の姿が、脳裏いっぱいに広がってきたのだ。

先生、と呼びかけようとしたとき、谷岡は、なんだこれは、といって一粒の砂利石をぼくの耳から取り出した。ぼくは笑った。その砂利石が目に浮いた水滴のためにぼやけて見えた。

「ぼくのところにも村井から脅迫じみた電話が入った。君の黒幕はぼくだと思ったらしい。てめえなんか潰してやるといっていた。だから、君の身に何かあったらいけないと心配していたんだ」

ぼくは鼻を啜り、谷岡をしっかり見ようと努めた。谷岡はぼくのシャツをそっとまくり上げていた。

「作家はもともと個人で生きているんだ。組織にくみしていないものを潰すというのもどうかしている」

谷岡は顔をあげ、これは少しひどいな、と落ちついた声でいった。

「ここでは手当はできない。病院にいかなくちゃ無理だ。どうする、警察に事情を話すか」

ぼくは頭を横に振った。ちょっと待ってくれ、といって谷岡は応接室に入っていった。電話での話し声がやむと手に貼り薬を持って戻ってきた。

「応急手当だ。多分、肋骨が二、三本折れているだけだ。ほっといても直るが、ま、病院に行った方が早い。十分程で救急車が来る。知り合いの医者だから、何も心配はないよ」

谷岡はぼくのシャツをまくり上げて貼り薬を脇腹に貼った。冷えた汗の上にさらに冷たい感触が覆ってきた。

先生、とぼくは呼びかけた。

「先生というなといっただろ」

「でも、まさか、幸ちゃまというわけにはいかないでしょ」

谷岡は笑った。ぼくの胸は振動で痛んだ。

「妹は自殺しようとしたんです。知っていましたか？」

「さっきの君の話で知った」

「どう思いましたか」

「驚いた」

谷岡は三枚の貼り薬を貼り終ると、丁寧にシャツをぼくのズボンの下に入れ、セーターを被せた。

「退院したら、もう一度会ってやってくれますか」

「それはできない」

「なぜですか」

ぼくは顔を動かすのがつらくなって、玄関の天井を眺めていた。花の蕾のような照明が、住み込みの小さな虫を笠の内側であたためていた。谷岡の吐息が聞こえた。

「谷岡さん、シカゴの大学の留学先を、ダイスを転がして決めたって本当ですか？」

「厳密には違うが、似たようなものだな」

谷岡の苦笑している様子が窺えた。痛みが薄らぎ、ぼくは安心した気持になっていた。

「妹にとっては、あの会社はダイスと同じなんです。でも、そのダイスを振ったのは谷岡さんだったから、それを大事にしたんです。仕事を一生懸命やったのは、たとえ、硝子のようにもろいものかもしれないけれど、あいつにも編集者としてのプライドがあったからだと思うんです。周囲の人間なんか関係ないんです。あいつは、谷岡さんの振って出したダイスの目を、そのツキを、必死で守りたかっただけなんです」

そして、ずっと男を見つめて生きてきたのだ、とぼくは胸の内で呟いていた。仕事で名をあげようとしていたのではなく、好きな男にあきれられまいと一生懸命頑張っただけなのだ。小夜子の気持は特別なものを求めていたのではないのだろう。ただ、好かれたかったのだ。

「彼女は別れると決めたんだよ。だから、もう会うことはない」

「いつですか。あいつがそういったんですか？」

「入院する前に、ぼくが贈ったスカーフを送り返してきた。手紙はつけられていなかった」

「でも、あいつはまだ谷岡さんのことを好きなんです」

ぼくは顔を斜めに向けた。谷岡がゆっくりと頭を横に振っていた。

「別れたあとでも、女が男を慕《した》っていると思うのは、男の妄想だ。女は、別れると決めたら別れるんだよ」

「それでいいんですか」

「仕方ないな」

谷岡は立ち上がった。救急車が来たようだ、コートを取ってくるといった。谷岡の背中を下から見上げながら、さみしくないですか、とぼくは陳腐な質問をした。二秒たって、さみしいな、と谷岡はいった。

静まり返った冷たい玄関の下で、もしあのとき、バーバラの車に乗っていたのが自動車保険のセールスレディではなくぼくだったとしたら、グレッグは、中にいる人物を確かめた上で、引金を絞っただろうかと考えていた。

答えなんか出なかった。残された事実は、バーバラの車を運転していたのが、恐らくグレッグが一度も会ったことのない女性だったということだ。ぼくは二人が別れた理由を知らなかったし、二人とも説明しなかった。そういう男女はそこら中にいた。

二日たっても胸から脇腹にかけての痛みは大分残っていた。上体を捻《ね》じるたびにうめき、笑うたびに振動を抑えた。

病室に入ると、すでに母があらかたの荷物を片づけ終えていた。ぼくを見て、ほんとうにしようがない人ね、なにをしに帰ってきたの、といって入れ代りにバケツを下げて廊下に出ていった。

小夜子はすでに蒲団の片づけられたベッドに坐って、両足を宙に浮かし、カーテンの半分開かれた窓から丘陵を眺めていた。

「よかったな」とぼくはいった。

うん、と答えた小夜子は心持ち顎を上げ、頬を斜めにして目を細めた。黄色いセーターが白い小夜子の肌によく似合っていた。艶はまだ乏しいが、目には生気が宿り始めていた。ぼくは小夜子に合わせて、窓の外に視線をやった。

「お兄ちゃん、肋骨折ったこと、バーバラさんになんて説明するの？」

ふいに小夜子が甘えた口調で言葉を転がした。母には階段から酔って落ちたと伝えてあった。

「階段から落ちたといっても駄目よ。あたしが違うっていっちゃうから」

「闇討ちにあったと正直にいうよ」

「そう。そしたらかわいそうにってだっこしてくれるかもね」

小夜子は唇を薄く横に引いて微笑んだ。八ヵ月ぶりに話す会話としては、少し情ない気がした。照れかくしに、ぼくは窓に近づいて桟にたまった埃を吹いた。お兄ちゃん、と小夜子が囁くような声で呼んだ。ぼくはつとめてゆっくりと振り返った。正面から見る小夜子は、白い光を浴びて、雪を被せたように冷たくほっそりとしていた。

「あたしね、さ来年になったら幸せになるの」

「さ来年？」

「そう。さ来年には幸せなんだぞ」

小夜子は両腕を横に上げて曲げ、力こぶを作る仕種をして、とっても小さな声でそういった。

Ⅲ

逃亡ヶ崎

1

街が静かに息をしていた。

街道に時折思い出したようにヘッドライトが現われ、すべるように車が走り去る。すると、冷ややかな黒い粒子を含んだ空気が、フロント硝子をとおして、悠然と舞い降りてくる。その向こうに、人家やビルの影が、地平線に描かれた一筋の青く淡い炎に、焙《あぶ》り出されたように浮き上がる。

不思議な光だ、と大江は思って眺めていた。夜が明けるまでには二時間以上あった。あの明かりはどこから生まれてくるのだろうと、いつのまにか自分自身が吸い込まれていってしまうような、夢幻を見る思いになって車の運転席のヘッドシートに頭を置いていた。そうして四十分が経っていた。

助手席には子羊のような寝息をたてて、若い女が眠っている。額を窓の下にあて、両手を胸の薄い窪みに埋め、体をくの字に折り曲げている。肩まで垂れた細い髪が女の横顔を覆っていた。短いスカートから伸びた細い足は、蠟《ろう》で加工したように、暗いところでも艶やかだった。

まだ少女といってもいい年頃だった。たぶん十五歳くらいだろうと大江は見当をつけていた。五十三歳になる寺村信弘にしては、遅いときにできた子供たちだった。寺村には、今横で眠っている女より、さらに年下の娘がいた。それは今夜初めて知ったことだった。その下の娘の思いがけない反応のために、大江は上の娘を略奪して、北関東の街まで来ることになってしまったのだ。

市役所の駐車場に駐《と》まっているのは、大江の車のほかにもう数台あった。住人が臨時の駐車場として使っているか、勤務のあとで飲んだくれてしまったために、一晩置き去りにしたものだろう。およそ百台が駐まれるほどの殺風景で広大な駐車場には、深夜の出入りを妨害するためのチェーンも、よそ者進入禁止の高札も立っていなかった。いつでも誰でも駐めることができるのだ。人口が六万近くいるにしては、管理はずさんで、いい加減なものだった。

だが、そのおかげで大江はだれにも怪しまれることなく、暗闇に潜めた車の中で、朝を迎えることができるのだ。朝になれば、遠方まで出勤する連中が車でやってきて、やはりここを無料の駐車場として使うのだろう。駅までは三分もあれば行けるはずだ。そういったのどかな情報は、数年前に近くのゴルフ場にいったとき、同伴した地元の競技者が、帰る道すがら教えてくれたものだった。川崎から横浜に向かう途中で、そのことを思い出したのは偶然でしかなかった。

——しかし、朝になったらどうするか。

思いつきでここまできたものの、それから先の行動までは、まだ考えていなかった。いや、運転している間の数時間ずっと考えていたのだが、結論が出なかったのだ。

大江は眠っている少女を見た。細い顎とちいさめだが形のよい鼻が、遠くにある駐車場の明かりに映し出されている。髪に隠されていても、少女の顔が、上品に造られているのが感じられた。途中で立ち寄ったコンビニの明かりの下であらためて少女を見たとき、ひ弱だが丹念に描き出されたその表情に、胸を打たれるほどの衝撃を覚えた。美少女そのものだった。

——どうして逃げなかったのか。

大江が次にとる戦略を考えるたびに邪魔していたのが、その疑問だった。

二時間前のことだった。

首都高速から東北道に入ったところで、少女が尿意を訴えた。自分も小便を我慢していたところだったが、休憩所の便所を使うのは危険すぎた。父の目の前で娘を拉致《らち》したのだ。警察が張り込んでいることは、充分に考えられた。

大江は高速道を降りて、馴染みのない一般道を走った。暗がりに止めて、少女を適当に屈ませて、小用をすませるように命じるつもりだったが、両肩を胸の前で交差させた手で押さえている娘が、ふと、不憫《ふびん》になった。父親は悪党でも、この子にはなんの罪もないのだ、という思いにかられた。離婚した妻の佳枝と、一緒に福井に潜んでいるひとり娘の心細げな顔が、横にいる少女に被さって脳裏に浮いた。

そのとき谷間のように暗く狭まった道に、こびりつくようにして、ひと塊の光が出てきた。コンビニエンスストアーだった。大江は店の前の駐車場に車を止めた。少女は怯《おび》えた目で隣の男を窺ったが、意外に思う様子もその黒い瞳に現われた。

――ここの便所を借りろ。

大江はそういって車内ロックを解き、外に出た。三月初旬の冷気が全身を包んだ。そのときおれにはもう、親友を装ったあのあくどい銀行屋に復讐をする機会はないのだという思いが胸を突き上げてきた。

大江はいまにも凍りついて降ってくるような星空を見上げてから、車を回り込んだ。

三十センチほど開かれたドアーから白いサンダルがのぞいた。少女は恐る恐る地面に足をつけた。その先が断崖絶壁になっているような臆病な仕種だった。

先に店に入ると、店番をしていた茶髪の若者が間延びした馬面を上げて、胡散《うさん》臭げに大江を見た。だが続いて店に入ってきた少女を見て目を剝き出した。ゆで卵が殻を破って飛び出してきたような驚き方だった。少女に便所の在処《ありか》を教えるときの店番は、腹話術師に操られる人形のようになっていた。

大江はそこいらにあった菓子パンと握り飯、ペットボトルの茶とジュースを適当に手にして店番の前に置いた。馬面の視線はまだ少女の消えた薄汚れたドアーに向けられていた。

店を出ると大江は車の屋根にプラスチックバッグを置いて、暗がりで小用をした。寺村の娘がどういう行動をするのか見当がつかなかったが、たとえ店番に助けを求めようが、自分があわてることはないだろうと大江は割合覚めた気持で考えていた。捨て鉢になっていたのではなかった。

少女が店内のドアーを押して暗い空間に入っていく後ろ姿を目にとめたとき、ふいに小学生だった娘の早紀の昔の心細げな様子が脳裏に浮いた。

早紀はズボンを穿くのをいやがる女の子だった。冬の寒い日、まだ二年生だった早紀が、登校前に母を煩わせていたことを、大江は昨日のことのように思い出すことができる。スカートでは風邪をひいてしまうと説得する母に対して、早紀はズボンは男の子みたいでいやだとかたくなに抵抗していたのだった。

女の子の気持とはそういうものだったのかと、大江は新鮮な驚きを抱きながらも、久しぶりでちゃんと顔を合わせた娘に対して、母のいいつけに従うようにといった。父の言葉を聞いて、早紀は俯いた。母の差し出すズボンに、黙って皮を剝かれたゴボウのような細い足を通した。そのとき大江は見たのだ。幼い娘の瞼から、ダイヤモンドのような透明で固い涙が一粒こぼれ出すのを。

早紀、スカートを穿いてガッコにいきな。

そういった。そのとき早紀は、はっとした顔で父を振り仰いだ。黒目が磨かれた美しい瞳だった。白い部分が初めて外気に触れた貝殻のように輝いていた。おそらく父と娘が初めてまともに視線を合わせた瞬間だった。

小さな背中に大きなランドセルを背負って早紀は運動靴を履いた。赤いラインの入った紺のスカートの裾がひるがえった。いってきますといって父を振り向いた横顔に恥じらいが浮いていた。玄関のドアーを開ける後ろ姿が精一杯照れていた。この子のためなら、自分は命を投げ出すとそのとき大江は思った。

プレス工場と営業回り、お得意の接待と毎日十六時間働いた。父親参加が半ば強制的に義務づけられた運動会にも行くことができなかった情けない父親だった。娘はいつも心細さにうち震えていたのだろう。たまに顔を合わせる朝、ためらいがちに頰に笑みを浮かべる、無垢な娘の薄い幸を認めることがあった。そして、この子のためなら、とあらためて思うのだった。

コンビニのドアーを押して奥に入っていった少女の後ろ姿に、大江は悲しい娘の背中を見たのだ。大田区の一等地に親から譲り受けた家屋を持ち、都市銀行の本店の部長にまで上り詰めた父親は、娘を溺愛し、どんな我儘《わがまま》も許して、贅沢三昧《ぜいたくざんまい》に育てたはずだ。だが、娘のほうでは、親から受ける愛をそれほど幸せには感じていなかったのかもしれないとそのとき思ったのだ。

少女は少し青ざめた表情で店の奥のドアーから出てきた。馬面の店番に軽く会釈して、視線を外にいる大江に向けた。そのとき硝子のドアーをとおして目が行き合った。汚れのない強い意志を秘めた美しい瞳だった。

少女は助けも求めなければ、逃げるそぶりも見せなかった。大江が車のドアーを開けてやると、細い顎をうつむけて助手席にすべるように座った。その膝に大江は店で買った食べ物を置いた。

車を走らせると、しばらくしてかさかさと乾いた音がした。

横を向くと、少女がペットボトルの茶を手にしてキャップを開けようとしていた。次に見ると、少女はおにぎりをそっと食べていた。まるでリスが両手に抱いたどんぐりを齧るような愛らしい食べ方だった。菓子パンではなく、おにぎりを選んだ少女に大江は可憐なものを感じた。

この子は、この先自分がどうなると思っているのだろうか。殺されるとでも考えているのだろうか。

少女は大江にいわれて二度、大江の携帯電話で家に電話をしたあと、トイレに行きたいといっただけで、その後は一切口をきかなかった。自分をどうするつもりなのか、なぜ、父にナイフを向けたのか、疑問は胸の中で氾濫しているはずなのに、少女はかたくなに沈黙していた。泣くそぶりも見せなかった。

――殺すつもりはない。衝動的に拉致しただけだ。

だが、こんな状態にあるおれを知ったら、福原卓也は絶望するだろう。やつは闇社会にうごめく殺し屋の前にたった独りで立ち向かったのだ。携帯電話の受信機をとおして聞こえた福原の絶叫と男達の怒声が、いまでも大江の耳の奥で反響を繰り返している。

――溝口、おまえの無念をおれは晴らせなかった。玉砕したおまえの無念を。

市役所の駐車場にとめた車の中で、大江は二人の親友の顔を思い浮かべ、胸の内で泣いた。肩が震え、腹がうねった。そのうち、泣きじゃくりながら眠った。極度の緊張から一旦解放されて、神経が切断されてしまった感じだった。突然闇に閉ざされた。

2

エンジンの重い唸り音が耳を打ってきた。大江は喘ぐ思いで片方の瞼を開けた。体中がぐったりしていた。まるで深い沼から引き上げられた感じだった。

隣の駐車スペースに、車が後ろ向きで入ってきたのだ。古い型のBMWの3シリーズだった。その車が収まったとき、運転していた男と目が合った。男は不快そうに視線をそらしたが、顔が正面を向く前にもう一度視線を戻して、今度は助手席で眠っている少女をすかし見た。大江はイグニッションキイを回した。

いつの間にか陽が昇り、市役所の駐車場は半分以上が車で埋まっていた。大江は自分の体が、炎で覆われているように熱しているのを感じながら駐車場を飛び出した。犯罪者という言葉が頭上にぶらさがってきた。破産者という言葉には一年半つきまとわれたが、復讐の念に強く燃えていたし、福原、溝口という同志もいたので、自分の行動は意外に落ちついて見ることができた。しかし、今は誘拐犯であり、逃亡中の身なのだ。そう思うと気が急《せ》き、胸はしらみがたかったように、汗でびっしょりになっている。

助手席で動くものがあった。少女が目をこすりながら、半身を起こして窓の外を覗《のぞ》いた。国道に出たときの車の衝撃が少女を起こしたようだった。

えっ、という呟きが洩れた。それから運転席にいる男を見た。目の焦点がなかなか合わずにいた。数秒間男を見てから、車の中を見回した。もう一度、えっ、と頼りなげな声を出した。まだ夢から覚めきっていないのだろう。たとえ覚めていたとしても、運転している男が誰なのか、なぜ自分がこの男の車に乗っているのか、要領を得ずにいるに違いない。

「ここ、どこ」

少女の口から出された掠れた声が大江の耳に忍び込んできた。少女が自ら初めて発した質問だった。

大江はうつろな表情の少女の横顔に目を向けたが、なにも答えなかった。それは少女が自分に向けていった言葉であるように思えたし、大江にも答える余裕はなかった。

4号線を北に向けて車を走らせていたが、どこに向かうというあてもなかった。

他の車の流れに乗ってそのまま二十分間走らせた。少女は黙りこくって窓の外を睨《にら》みつけている。いまになって昨夜自分の身に起こったことを思い出しているのかもしれない。

352号線の表示が目に入った。大江はためらわずに左折した。記憶の隅に、山の麓《ふもと》に建っていた、小さいが居心地のいい旅館が残っていた。十年以上前に、栃木から鹿沼にかけて二泊三日でゴルフ場巡りをしたとき泊まった旅館だった。ゴルフ場そのものはとりたてて印象に残らなかったが、旅館の女主人《おかみ》の純朴な人柄は忘れがたいものだった。ゴルフコースで足をつった大江は、旅館に戻ってからもこむら返りを起こした。それを知った女主人は半時間かけて大江の太股の裏を揉《も》みほぐしてくれたのだった。

——ひとまず、あそこに行こう。あそこで一晩潜んで、明日の計画を練ろう。

それは死に場所を捜すだけの計画だった。

コンビニと並んでガソリンスタンドがあった。大江は奥にあるガソリンスタンドに車を入れた。少女は外に目を向けたままだった。

「降りるぞ。隣のコンビニで下着を買え。ほかに必要なものがあれば買うといい」

大きな口を叩いたが、財布の中には一万円札が三枚と数枚の千円札が入っているだけだった。破産宣告を受けて工場をたたんでから、財布の中にはまともに金の入っていたことはなかった。もともとはリンゴ箱を作る小さな工場だったのを、二十九歳のときに父から譲り受けて二十年、一流企業の下請けに指名されるほどのプレス工場に仕立て上げた結果が、大学時代から付き合っていた妻佳枝との離縁と娘早紀との離別、二十七名の従業員とその家族、パートを路頭に迷わせ、見知らぬ者からののしられ、そして破産してもなお、追いかけてくる借金取りと戦う生活だった。

昨日手元に残っていた金の全てを福井の佳枝のところに送ったあとで、奇跡的に残っていたスイス製の腕時計を質入れして得た現金が財布に収まったのだ。どうせ死んでしまう者にカネは不要だと思ったが、酒でウサを晴らす余裕すらなかった弱い性格が、二日間の逃亡資金を残したことになる。

ガソリンスタンドの者に満タンにしておいてくれと伝えて、大江は少女の先に立ってコンビニに入った。新聞を三紙買ってすぐに社会面を開いた。

——金融ブローカー、刺殺される。

そういう見出しを捜した。きっと出ていてくれと祈る思いで活字に目をすべらせた。だが、どの新聞にも、街金融業者が殺された記事はなく、福原卓也の名前も見つからなかった。

福原の悲痛な叫び声が大江の携帯電話から聞こえたのは、昨夜の十時半過ぎだった。これから突入する、山田を刺す、と甲高く震える声を残して福原は闇金融業者の山田二郎というあまりに平凡な名を持つ、関西弁をしゃべる男の事務所に斬り込んだのだ。福原の携帯電話はそれからすぐに不通になった。

大江が、自宅にハイヤーで戻ってきた三角銀行元九段坂支店長の寺村信弘の背中にナイフを突きつけたのは、それから四十分後の十一時十五分のことだった。だが、いきなり刺す前に、寺村に死に際の恐怖を味わわせてやろうという恨《うら》み心が、決死の覚悟で臨んだ大江をためらわす結果になってしまったのだ。

「人殺しーッ!」

振り向いた寺村は、玄関の明かりに浮き上がったナイフの、鈍い銀色の光を目にするなり叫んだ。刺す代わりに大江は寺村の口を手で塞いだ。寺村は頭を激しく振って大江の手を避けた。寺村の家人が内側から玄関のドアーを開けたのはそのときだった。帰宅時間をハイヤーの中から知らされていた家人が出迎えに出てきたのだろう。とっさに大江は寺村の胸に頭をつけ、その体の重みを利用してドアーを押し返した。身長が大江より五センチも高く、肉もついていた寺村の力は想像していたより強かった。あるいは恐怖心が力を呼び起こしたものかもしれない。

「人殺し！」

叫びざま、寺村は手にしていた鞄を振った。その勢いが強すぎて、寺村は前につんのめり、両手を地面についた。大江はナイフを握り直した。

「パパ！」

その刹那、大江の耳に飛び込んできたのは、まだ小学生らしい少女のはしゃいだ声だった。

——おれと、福原の状況は違う。福原は山田がひとりになるときをずっと狙っていたのだが、それがかなわず、やつの事務所に人が残っているのを承知で突入したのだ。決死隊の一員として覚悟を決めていたのだ。それが成就しなかったというのだろうか。

大江の視線は新聞の空虚な紙面の上をさまよった。そして思い出していた。

——おれたち三人は決死隊だ、だが、ひとりひとりは刺客だ。ともに復讐を誓い合った刺客だ。

独立した事業を営んでいた三人が、ときを合わせるように資金繰りが苦しくなったのは、銀行が運転資金を貸さず、それどころか約束を無視して融資金を強引に回収していったことから起こったことだった。銀行は街金よりひどいと恨み言をいいつつ、三人とも金策に奔走する日が続いた。だが、事態は一向に好転しなかった。

初めに破綻したのは、所有していたビルを担保に資金を調達し、建て売り住宅の直接販売をしていた溝口一夫だった。彼の老いた両親は悲観して首を吊った。

つぎに大江の会社が一回目の不渡りを出した。二度目の不渡りはその二週間後だった。大江プレスは倒産し、銀行の意向で会社更生法と整理の適用は受けられず、破産の申し立てを強いられた。すぐに地裁から送られた破産管財人という仕置人のような弁護士が赤ら顔でやってきて、換金できる機械を隠していないか、工場内を舐めるように調べて回った。振り出した手形の債務保証をしていた大江は、それまでにこつこつと築いた資産を債権者に根こそぎもっていかれた。

その事態を予測していた大江は、佳枝に離婚しないとおまえの実家にも迷惑がかかるといったのだが、佳枝はこの期《ご》に及んで別れるのはいやですといい張って離婚届に署名をしようとはしなかった。佳枝が泣きながら判をついたのは、年老いた母がひとりで住む福井の実家にまで、債権者の代理人と称する取立屋が現われたからだった。

最後まで頑張っていたかのように見えた福原卓也だったが、カー用品の販売業は競業会社に押されてとっくに限界に達していて、銀行から借りて買った株でも大損をして、大江の会社が倒産した時期には、福原商店はすでに闇金融から十日で三割という高金利で金を借りていたのだ。

「おれのためにおまえらまで巻き込んでしまった。死んでお詫びをする」

丸くふっくらしていた溝口の顔は、その頃には頬がこけて別人のようになっていた。その溝口は大江と福原の前で、大粒の涙と鼻水を垂らして嗚咽《おえつ》した。

確かに溝口に資金を回したのが最初だったが、商取引にはなんの裏づけもない融通手形を切り合って資金繰りをしだしたときから、三人とも破綻するのは目に見えていたことだった。

「おまえひとりでは死なさん。死ぬなら三人一緒だ。おれたちは小学生のときからの親友じゃないか。死ぬも生きるも一緒だ」

福原が溝口の肩を抱いてそういった。小学生のときは、いつでもいちばん裕福だった溝口の家に行って、福原と大江はお菓子をよばれたものだった。溝口の家にはお手伝いさんがふたりいて、珍しいお菓子を子供部屋に代わる代わる運んできてくれた。運ばせていたのは溝口の母親だった。

「な、隆行、死ぬときは三人一緒で首をくくろう」

福原は血で赤く染まり、涙で溢れた目を大江に向けて鼻声で叫んだ。すでに個人破産の宣告を受けていた大江も生きる気力を失っていた。だが、分かった、というつもりで頷いた大江の口から、自分でも意外と思う言葉が飛び出した。

「死ぬのはかまわない。しかし、その前におれたちをここまで追い込んだやつらに恩返しをしたい」

大江が頭を上げると、ふたりは同じようにくしゃくしゃになった顔を空中に浮かべていた。

「おれは三角銀行の寺村を刺す。寺村をおまえらに紹介したのはおれだ。やつに騙されたおかげで三人ともつまずいたのだ。やつもサラリーマンの一員だとはいえ、支店長という立場からいえば、中小企業のひとつやふたつ救うことができたはずなのだ。なのにやつは銀行の方針だとふんぞり返って、おれたちを潰したのだ。親友だと思っていますと、したり顔でおれのところにやってきながら、自分の出世のためにおれたちに死刑宣告をしたのだ。あいつだけは許せない、おれはやつを刺して、その死を見届けてから腹を切る。懐にマスコミ向けに遺書をしたためておく。それで銀行屋がどんなひどいことをしでかしたか、そのために一家離散した者がどんなつらい思いをしたか、いずれおまえたちも騙されることになると、復讐宣言のついでに善良な国民どもに警告をしてやるつもりだ」

熱にうかされたように大江の口から怨念《おんねん》に満ちた言葉が出てきた。気がつくと、ふたりの目に異様な輝きが閃《ひらめ》いていた。それは密林の奥深くから獲物を狙う、冷ややかで雷光のように斬れる豹の目そのものだった。

3

広げた新聞紙の向こうに、コンビニの青い買い物籠が揺れていた。もの思いに耽っていた大江には、それがなぜそこにあるのか、すぐには理解できなかった。

「あの、これ、いいですか」

心細気な声がした。目を上げると、少女の端正な顔がゆがんだようになっていた。

「ああ、そこに置いてくれ」

新聞をたたんで、大江はレジに向けて顎を振った。コンビニの青いバスケットの中には、洗面用具とストッキング、それに下着が入っていた。

「これだけでいいのか」

傍らでぼんやり佇んでいる少女を見下ろして訊いた。少女は黙って頷いた。丸顔の女店員は浮かない顔でふたりの様子を眺めていた。親子らしいが、親子間の会話にしてはぎこちないと思っているようだった。

「食べ物はいらないのか」

少女は頭を左右に振った。

た。

「まだパンが残っているから……」

呟くようにいった。大江は買ったものを少女にもたせて、ガソリンスタンドに戻った。

「42リットル入りました」

待っていた若い店員が大江にそういってから、後ろに視線を向けた。少女が心細気に立っていた。フランス人形のようだった。

「洗面所を借りたらどうだ」

そういうと少女はこっくりと頷いて足早に店内に入っていった。ガソリン代金を払ってから、大江ももう一度コンビニに戻った。外に公衆電話があった。昨夜から不通になっていた福原卓也の携帯電話の番号を押した。

――もしもし……。

数回の発信音のあとで、低い耳障りな声が聞こえてきた。大江は一瞬息を呑んだ。得体の知れない相手が電話の向こうにいた。

「あんただれだ」

――あんたこそだれだ。

人を脅すことになれている者の口調だった。闇金融業者が福原の携帯電話を使っているのだと察知した。それでは山田二郎を刺し殺す覚悟で突入した福原は、返り討ちにあったというのか。

「これは福原の携帯だ。福原はどうした」

——福原は病院にいる。福原の持ち物はこっちで預かっている。

「病院？　どういうことだ」

——あんたがだれか教えてもらおうか。福原のことで色々と訊きたいことがある。

「何故福原が病院にいるんだ？」

——腹を撃たれたのだ。

「撃たれた！　山田にか」

数秒の沈黙のあとで、嗄れた声が耳に入ってきた。

——よく知っているな。こっちに来て事情を聞かせてもらえないかな。

「こっちとはどこのことだ」

——池袋東署だ。受付に向井を尋ねて来てもらえれば分かるようにしておく。あんたは福原さんの仕事仲間なのかな。

「福原は助かるのか」

——楽観はできない。だが、身内の人の所在が分からないので、連絡のしようがない。あんたがだれか知らないが、身内の人に連絡をとってくれないか。春江という人にあてて遺書めいたものを福原は書いていたんだ。

「病院はどこだ」

——それはいえない。署に来てもらって話を聞かせてもらってからでないと、教えられない。すぐ来てもらえるかな。

「それはできない」

大江は受話器を置いて逃げるように公衆電話の前を離れた。心臓が早鐘のように脈打っていた。警視庁に電話をかけたのであれば、たちどころに公衆電話の位置をつきとめられてしまうことだろう。だが、所轄の警察署では携帯電話で受けた逆探知は容易ではないはずだ。だが、大江の不安はそんなことではなかった。

——やはり、福原は山田を刺すことはできなかったのだ。それどころか撃たれてしまったのだ、あの、やくざが経営する闇金の連中に。新聞に記事が出ていなかったのは、早刷り版に間に合わなかったせいだろう。

大江は車に乗り、ガソリンスタンドの隅にまわした。そこからでも店の中がよく見えた。洗面所から出てきた少女は、ためらうそぶりも見せずに車のところに歩いてきた。今度も逃げようとはしなかった。

「大丈夫か」

助手席にそっと滑り込んできた少女にそういった。少女はそれがクセになってしまったように、黙って頷いた。白い花弁が落ちたようなはかなげな様子だった。その風《ふ》情《ぜい》が少女にはよく似合っていた。

「寒くはないか」

「……すこし」

家の中から騒ぎを聞きつけて出てきた少女は、普段着のワンピースを着ていただけだった。

「衣料品店があったらセーターでも買うといい」

バーゲン品の安物しか買えないがと大江は腹の中で呟いた。

「あの……」

ガソリンスタンドを出て県道を北西の方に向けて走り出すと、少女が臆病そうに目を細めて大江を窺った。

「あたし、これから、どうなるんですか」

大江は横目で少女を見返した。

「どうするか、いま、考えている」

それだけでなく、少女には説明しなくてはいけないこと、訊かなくてはならないことがたくさんあった。

「あんたを拉致する予定ではなかった。そんなことは計画になかった。とっさにやってしまったことなんだ」

玄関の前で四つん這いになった寺村信弘を目にとめて、小学生の娘は歓声をあげ、その母親はあらあらといって笑みを浮かべた。たぶん酔っぱらっていると思ったのだろう。だがナイフを手にした男の黒い影を見て、息を呑んだ。

「人殺しだ。警察に連絡しろ」

寺村は片膝をついて振り返ると、娘を玄関の中に押し込んだ。妻はすさまじい叫び声をあげて家の中に駆け込んでいった。寺村は娘を抱いて靴を履いたまま床に上がった。すると華やいだ肢体がひとつだけ玄関に残された。少女の姿だった。

「こい!」

大江は少女の腕を掴んで引きずり込んだ。少女はたわいなく大江の胸の中に躍り込んできた。まるで雛鳥《ひなどり》を抱いたようだった。

「おまえの悪事をすべて書いて新聞社に送ってやった。おまえの命と引き替えに娘を預かる。警察に連絡したければしろ。いいか、おれはおまえの死を見届けるまであきらめないぞ」

大江は思い切り強く玄関のドアーを閉めた。轟音が響いて家が揺れた。唇を震わせ、青ざめた顔のまま動けずにいた寺村の無様な姿が目の奥に映っていた。

少女を助手席に放り込み、しゃにむに車を走らせた。自分のしでかしたことが信じられなかった。下腹が捻れるように痛んだ。どこを走っているのか、しばらくの間は分からなかった。ただ、寺村を殺し損なったことだけは、強い悔恨となって腹の底でとぐろを巻いていた。

「これで家に電話をしろ。警察には連絡しないでというんだ、殺されてしまうとな」

大江は自分の携帯電話を差し出した。プリペイドカードを使ったもので、住所氏名を登録する必要のないものを、それ専門の業者から購入したものだ。復讐を決意してから、大江と福原、溝口の三人は、あらゆることに用意周到になった。だがいざ決行となると、溝口だけが目的の半分を達したに過ぎなかった。

川崎と横浜の境界に寺村の家はあった。静岡方面に車を走らせながら、大江は娘に二度、家に電話をさせた。寺村が警察に助けを求めるのは当然のことだった。それを承知の上で電話をさせたのは、携帯から発せられる弱い電波を警察がとらえる可能性があるかもしれないととっさに思いついたからだ。車は西に向っていると思わせておいて、大江はUターンして来た道を戻った。そして、この少女をどう始末したらよいのか、ずっと考え続けた。寺村に気が狂うほどの心配を味わわせるには、警察に見つからずに、できるだけ永く、娘を自分の手元に置いておく必要があった。

「安心しろ、あんたを殺したりしない。傷つけることもない」

車は東北自動車道の下を通って、さらに北に向かった。道の左右に樹木が多くなった。

「このまま警察に捕まることがなければ、明日の朝にはあんたを解放してやる」

「はい……」

「家に電話をしたいか」

「えっ？」

「母親にだけでも無事でいることを知らせてやりたいだろう」

少女は黙りこくって前方に展開する景色を怪しむように睨んだ。きつい表情が少女の美しさを増した。

「かけろよ。ただし無事でいるとだけ伝えたらすぐに切るんだ」

少女は手渡された携帯電話をじっと見つめた。それから物憂げな感じで数字を押した。

「あ、リカです。無事だから心配しないで」

少女はそれだけいうと携帯電話を大江に返してきた。わずか二秒間の連絡だった。

「だれが出たんだ」

「母です」

「若い母親だな、あんたとはまるで姉妹のようだった」

大江は前夜目にとめた寺村の妻の、少し造作の派手な顔を思い出していた。横にいる少女は母親似ではなかった。

「家の様子はどうだ、なにか感じられたか」

「分かりません、なにも訊かないで切ってしまったから」

「それはそうだな」

大江は思わず失笑した。前に笑ったのはいつだったか思い出せなかった。頰の筋肉がぎこちなく盛り上がった。少女がそんな大江の横顔を不思議そうに眺めていた。

「あんたの名前はリカというのか」

「はい」

「どう書くんだ」

「カタカナでリカです」

「リカちゃん人形のリカか」

「そうです」

「かわいい名前だな」

「あたし、嫌いです」

少女の意外な反応に大江は眉毛を聳やかした。少女の精神の強さを垣間見た思いだった。

「おれにも娘がひとりいる。早紀というんだ。早いに紀元前の紀と書く。今年成人式を迎えた」

「早紀さん……いい名前」

「ひとつ訊きたいことがある」

そういうと少女は顔を傾けて、男を興味深げに窺った。少女が初めて見せた内側から滲み出た表情だった。

「昨夜からあんたには何度も逃げるチャンスがあったはずだ。どうして逃げなかったのだ」

少女は視線を前方に戻してそっと吐息をついた。大江は彼女の答えを待った。数秒が数分に感じられた。

「おとうさん、おじさんにひどいことをしたみたいだから」

「それが理由か。逃げ出したらナイフで刺されると思っていたからじゃないのか」

少女は頭を振った。肩まで流れた髪が陽光にあてられて金色に輝いた。

「はじめはこわかったけど、途中からそうでもなくなった。トイレいかしてくれたし……それに、おじさん泣いていたし」

見られていたのか、と大江はほぞを噬《か》んだ。自分の意気地のなさ、死んでしまった溝口、やくざな連中に特攻隊のように身を捨てて突進していった福原のことを思って、涙を流したのは、横浜から東名に入ったあたりだった。警官に見とがめられたら、自分の腹にナイフをつきたてるつもりだった。

「おじさん、昨日はおとうさんを刺すつもりでうちに来たんでしょう？」

少女は奇妙におだやかな口調でいった。張りつめていた大江の背中が急にふやけたようになった。

「うちのおとうさん、おじさんにどんなひどいことをしたんですか」

少女の黒い瞳が潤いを貯めて大江を見つめていた。不意に大江の胸が熱くなった。なぜだか目頭に針で刺されるような痛みが走った。

「おれはちっぽけな工場を持っていた。二十七人の従業員と十二人のパートがいた。

その彼らの生活を寺村は奪ったのだ。おれの工場がつぶれるのを承知の上で、ある日突然、会社にあった資金を全て回収していったのだ、なんの説明もなくな」

大江はそれだけいって口を閉ざした。瞼が燃えていた。込み上げてくるもので胸が溢れた。それ以上口を開けば、運転ができなくなるのが分かっていた。

――十五年前、あんたの親父は、地域の企業の助けになるためだったら、お金をいくらでも貸しますといって笑顔で近づいてきたのだ。

三十四歳だった大江は、寺村の口にする、青年実業家という言葉に酔わされた。自分を飯田橋の工場のあんちゃんとしか思っていなかった大江は、寺村の申し出を受けて資金を借り、ほかのプレス工場が手を出せない高額な機械を購入し、その他の設備投資にも金を注ぎ込んだ。仕事は順調だった。怖《こわ》いほどに注文が舞い込んできた。働けば働くほど利益がでた。数年前には顔さえ合わすことのなかった、上場企業の課長らを接待するために高級クラブにも出入りした。ゴルフの招待が一番喜ばれた。川奈ホテルに一泊二日で、電機メーカーのお得意さん三名を連れて行ったときは、四十万円の出費が出た。だがそれが半年後には五百万円の儲《もう》けとなって帳簿に表われた。

平成二年の三月に総量規制が実行に移されても、大江の工場は揺れなかった。三角銀行九段坂支店は必要とあればいくらでも貸してくれたし、会社は三十数名の社員で四億円を売り上げ、二千五百万円の経常利益を上げていた。

　大江は乞われるままに、寺村に溝口と福原を紹介した。三番町に父親が敷地を持つ溝口は、寺村の格好の餌食になった。足繁く溝口家に通った寺村は、変額保険の一括代金の支払いに必要な三億円を、土地を担保にして、溝口の父親に年間八パーセントの高金利で貸し出すことに成功したのだ。

　寺村は明和生命の支店長を伴って溝口の父を訪ね、相続税対策に効果的だからと、銀行員でありながら変額保険の加入を勧めたのだ。九年後、借りた三億円は元利合計が五億五千万円になっていた。

　融資一体型変額保険は、保険とは名ばかりで、その実体は証券投資信託と同じ性格のハイリスクハイリターンの商品だった。保険会社は客から集めた金を有価証券などに投資し、その運用成果を客に配分するのだ。その説明をほとんどの客が勧誘員から受けておらず、老人達は息子たちの相続税が少しでも軽くなるようにと思って、銀行と保険会社のいうがままに、借金をして加入したのだった。当時、大江はその事実を知らされていなかった。大江のところへよく顔を出しながら、寺村はそのことを口にしなかったのだ。

　銀行員が生命保険を販売することは銀行法で禁じられている。しかし寺村はそれを承知の上で、融資拡大と生保からもらえる手数料目当てで、老人達をだましていたのだ。その内のひとりが、溝口の父親だった。

明和生命の運用実績は最悪だった。保険給付金で銀行への借金が返せず、溝口家は担保にしていた自宅敷地を失った。いったんは別の支店に異動になり、次に支店長として九段坂支店に戻ってきていた寺村は、率先して回収をはかった。その結果、溝口の父親の変額保険を無断で解約し、さらに敷地を競売にかけたのだ。父親は三角銀行と明和生命を相手に不当利益の返還請求訴訟を起こしたが、敗訴になった。それも裁判官から「銀行は嘘はつかない。あんたたちの欲ぼけが破綻を招いたのだ」とまでののしられた。夫婦が納屋で首を吊ったのは、それから数日後のことだった。

「今だからいうが、親父とお袋は、地裁の裁判官に殺されたのだ。鈴木健造という銀行と癒着した裁判官に殺されたのだ。こいつだけは許せない。しかしこいつを殺しては、おれの息子は殺人犯の子供の汚名を一生背負って生きることになる。どうしたら鈴木に復讐することが出来るか、一緒に考えてくれ」

そう溝口が打ち明けてくれたのは、一年前のことだった。溝口の両親は、息子の会社が倒産したことを憂えて自殺したのだとばかり思っていた大江と福原は、溝口の告白を聞いて、裁判官への恨みを溝口と同じようにつのらせた。

「出世することしか念頭にない日本の裁判官に鉄槌《てっつい》を食らわせるには、この体を犠牲にするしかない、おれが斬り込み隊長になる、ふたりはおれの骨を拾ってくれ」

そういって溝口が鈴木健造判事の運転する車の前に身を投げて死んだのは、十日前のことだった。懐に入れられていた遺書には、父親が受けた裁判の不公平さ、弱者をドン底に突き落とす裁判官の傍若無人《ぼうじゃくぶじん》さと銀行との癒着を非難する文章が書き連ねられていた。その遺書のことを取り上げた新聞はなく、唯一新聞社系ではない週刊誌が抗議の自殺として、コラムで書いただけだった。

「このままでは溝口の死は犬死になる」

福原がそういったのは三日前のことだった。大江は頷いた。三人がそれぞれ復讐を誓ってから一年以上がたっていた。それだけ待ったのには理由があった。それは三人の死後分かることだった。

「おれは山田二郎をやる。闇金融の王者をやれば、喜んでくれるひとも多いことだろう」

福原には子供がふたりいたが、すでに妻の春江と離縁して二年がたち、子供たちも春江の籍に入っていた。

三年前、銀行からの融資を打ち切られ、倒産の危機に喘いでいた福原は、苦しさのあまりつい闇金融業者に電話してしまった。借りたのは百万円だったが、十日ごとに利息を三十万円払えという高金利だった。びっくりしたが背に腹はかえられなかった。その百万円があれば立ち直れると錯覚してしまったのだ。

「おまえにはいわなかったが、ひどいものだった。利息が払えなくなると、取り立てが家にやってきた。やくざだった。家のドアーを蹴り、大声で返済をわめきたてた。あれでは商売なんかできるものではない。家族を春江の実家の岩手に行かせたが、そこも危ないというので、春江の姉が嫁いでいる旭川に越させた。おれは別の金融業者から金を借りて回していたのだが、そこも山田の系列だったのだ。雪だるま式に借金がかさみ、百万円の元金が、半年後には利息だけで七百万円になった」

それだけではなかった。福原は山田二郎に実印と印鑑証明書、会社の入っているビルの不動産の賃貸契約書をとられた上に、白紙の委任状にサインをさせられた。その後福原は賃貸契約をした部屋の保証金を無断で持って行かれた上に、取引先の売掛金を押さえられて完全に行き詰まった。銀行が貸し渋りさえしなければ、そんな悲惨なことにはならなかった。金余りの十三年前には、寺村は福原に土地を担保に株を買えと、証券会社の支店長を連れてきて勧めたほどだった。株は暴落し、福原には一億円の借金が残った。それがつまずきの始めだった。堅実派の福原には株に手を出す気は全然なかったのだが、寺村が勝手に一億円を振り込んできて、仕方なく土地を担保に差し出したという経緯があったのだ。

——おれの場合も突然だった。あいつはなんの前触れもなく、命綱をいきなりぶった切りやがったのだ。

順調に返済していた頃は、寺村は大江を親友だといってはばからなかった。融資もどんどんしてくれた。しかし、景気が悪くなり下請けにしわ寄せがくるようになると、融資を渋りだし、やがて二年半前の秋には完全にストップした。会社は高い利息の借金の返済に毎月追われるようになった。延滞することもあった。

このままでは倒産すると恐れた大江は、付き合っていた二つの銀行と信用金庫の支店長と融資担当者に集まってもらい、返済の繰り延べと返済条件を変更してくれるように要請した。三行併せて毎月八百万円近い返済は、大江の工場では重荷過ぎた。一番初めに了承したのは寺村だった。

「大江さんとは永いお付き合いですから、うちはなにがあっても応援しますよ」

三角銀行にそういわれては、ほかの二行もしぶしぶ承諾するほかはなかった。その日、寺村はいい演技をした。みんな寺村にだまされていたのだ。

半月後のことだった。手形決済を翌日に控えていた大江は、七百九十五万円の入金があったことを確認してひとまず胸をなでおろしていた。これで今月もなんとか乗り切れるとホッとしたのだ。だが夕方になって三角銀行の融資担当者からかかってきた電話に背筋を凍らせた。彼はこともなげにいった。

「いま当座に入っている分は、手形決済にはせず、全額うちの融資の返済に回させてもらいますので」

冗談じゃない、そんなことされたら不渡りを出してしまうと大江は叫んだ。だが担当者は、支店長にいわれたことですから、といって電話を切ってしまった。あわてて銀行に飛んでいったが、二時間待っても寺村は面会に応じようとはしなかった。翌日、八百万円を三角銀行一行に抜かれた大江プレスの当座残高はゼロ円になっていた。大銀行にとってみれば、八百万円の金ははした金であったはずだ。それが大江の会社にとってみればどれだけ貴重な資金であるか分かっていながら、寺村は約束を踏みにじって無慈悲に回収し、工場を潰しにかかったのだ。悪ふざけとしか思えなかった。その悪い冗談のおかげで、二十七家族が重い心で年末を迎えることになった。

4

風呂から上がった大江は、ビールを飲みながら暮れていく山並みを眺めていた。心休まる景色だった。水墨画の世界がそこにひっそりと息づいていた。

——これが最後に見る夕暮れになるのだ。

そう思った。不思議にさみしさも無念に思う気持も湧いてこなかった。やるべきことはみんなやった。そう自分自身納得していた。地元の青年に頼んで、八時きっかりに旅館に電話をかけてもらうことになっている。その後は不器用な大江の一世一代の演技力に賭けられることになる。自殺と事故死では支払われる保険金に雲泥の差があるのだ。どうせ死ぬのなら事故死でなければならなかった。

——明和生命が佳枝と早紀の人生を保証してくれる。皮肉なものだ。

昨年、保険会社はあわてて、二年以上保険に加入していなければ、自殺した者には保険金を支払わないと規約を変えたが、それ以前に契約していた三人には何の痛みもなかった。個人破産を宣告された三人だったが、生命保険に入るのはたやすいことだった。保険会社はたとえ破産した者であれ、銀行に口座を持っていれば、保険料の自動引き落としができるとして加入を認めてしまうからだ。あとはそれぞれの遺言によって、遺産が分配されることになる。

三人は生命保険に加入すると、公証人のところに出向き、遺言状を作成した。ひとりが口述すると残ったふたりは証人となって書面に署名押印した。破産して免責を裁判所から受けた者には、たとえどんなにあくどい銀行であろうとも、遺産には手を出すことは出来なかった。

——いまごろ春江さんは複雑な思いで東京に向かっていることだろう。

旅館に来る途中で大江は福原の細君だった春江に電話をした。銃で撃たれたことを伝えると、春江は絶句した。愛くるしい顔をした陽気な細君だったが、会社が倒産間近になると、やつれて幽霊のようになった。池袋東署の向井という刑事を尋ねるようにいってから、大江は福原が三千万円の生命保険に加入していて、受取人をあんたにしていると伝えた。静かになったあとで、受話器からすすり泣く声が洩れ聞こえてきた。電話を切った後で、大江も泣いた。

ビールを一本飲み干す頃には、あたりは真っ暗になった。リカはまだ風呂から上がってこなかった。大江が部屋に戻ってくるのを待って風呂場に行ったのだが、少し長いように思えた。

——油断させておいて警察に訴え出る気かもしれない。

湯につかりながら、そんなことも大江は考えていた。それでもいいと思った。たとえいっときのことであれ、大江の胸をあつくさせてくれた娘なのだ。お礼に手柄を立てさせてやってもいいと本気で思った。

だが、部屋に戻った大江を待っていたのは、女主人と談笑するリカの笑顔だった。リカは女主人に大江の実の娘を演じていた。女主人はいまどき父と娘のふたりで旅に出る親子はとても珍しいと、しきりに感心していた。

二本目のビールを冷蔵庫から取り出しているときに、浴衣《ゆかた》に着替えたリカが部屋に戻ってきた。そっと襖を開けて顔を覗かせて白い歯を見せた。不思議な子だ、と大江はひとりごちた。自分を拉致した男に笑顔を見せる娘の内面は大江には想像がつかなかった。それに車の中では幼い表情をしていたのが、風呂上がりの顔立ちには女の憂いが漂っている。化粧はしていないのに、匂い立つような色香がたちこめだした。

「あたしもビールもらっていいですか」

なんの屈託もなくリカはいった。大江はたじろいだ。娘の目の前にいる男は、昨夜、娘の父親を刺そうとしていたやつなのだ。

「高校生がビールを飲むのはよくないな」

妙な具合になったと思いながら大江はいった。呆然《ぼうぜん》と大江を眺めていた娘は、いやだあと叫んで口に手をあてた。肩を揺るがせたとき、浴衣の襟が開き、しろい胸がのぞいた。大江の腹が重く振動した。

「本気で言っているんですか。あたしもう二十二歳なんですよ」

「二十二？　随分若く見えるな」

「幼いってことですか」

「少女だとばかり思っていた、いや、少しはおかしいと感じてもいたんだが……」

もぐもぐといって大江はリカが差し出したグラスにビールを注いだ。車の中で、中学校に入学した年に実の母が胃癌《いがん》で亡くなったということをリカが話し出したとき、妹の年齢を考えて、もしかしたら早紀より年上なのかと考えたのだ。

ちょっと乾杯をする仕種をして娘はグラスに口をつけた。三分の一ほど飲んで、おいしいといった。

「あたし、こういう旅に憧れていたんです。ひなびた温泉場に来てビールを飲みながら、黄昏《たそが》れていく景色を見るっていうの。でも女ひとりではなかなか泊めてくれないっていうし、色々と危険があるし」

リカは大学の友人ふたりが、旅先で男に睡眠薬をビールに混ぜられ、乱暴された上に金を盗まれたという話をした。それから話題は変わって雪印食品に就職の決まっていた友人が困っているという話になった。内容はふさぎ込むような話なのだが、昼間とは別人のように饒舌《じょうぜつ》なリカを前にして、大江は曰《いわ》く言い難い不安を感じた。この子は自殺を考えたことがあるんじゃないのかとふと思った。

「リカ君、おれは君の父親を殺そうとした人間だよ、こんなふうにビールを飲みながら話なんかしていていいのか」

そういうと、リカの頰からすっと血の気が引いたように見えた。俯いた口元が柳の葉のように震えた。いいんですと娘はいった。

「父は刺されて当然な人なんです。あたしには父は邪魔なだけの存在なんです。尊敬できない父を持った娘はとても不幸なんです」

「それは君のおかあさんが亡くなったあとすぐに、後妻を迎えたからかな」

「あの人は父の部下だった人で、母のお葬式のときには受付を手伝っていたんです。母の生存中から父とできていて、母が死ぬのをずっと待っていたんです」

娘の口から聞く「できていた」という言葉は随分生々しく大江の胸に響いてきた。

「大田区の家にいた頃は、よく人が父を訪ねてきました。ののしったり、怒鳴り散らしたり、母は気の休まる暇がなかったと思います。癌になったのもストレスのせいじゃないかという人もいました。いまの家に移ったのは母が死んだあとで、あの人が新築の家を建てたいと父を脅していたからなんです」

「君にとって今の家はあまり居心地がよさそうじゃないな」

「ずっと家を出たいと思っていたんです。あの人たちと同じ屋根の下で息をしていたくはないって……さっきこのままおじさんとずっと旅を続けられたらどんなにか素敵だろうって考えていたんです」

「危ない思考だな、何度もいうがぼくは君の父親を殺すつもりだったんだよ」

「あっ、おじさん、おれからぼくになった」

大江は首の付け根まで赤くなるのを感じた。それでいて気持が弾んでくるのを、押しとどめることはできなかった。

夕食は一階の和室で他の二組の客と共にとった。夕食後は帳場の向かいにある談話室でテレビを見た。八時五分過ぎに、あ、大江さんならここにいらっしゃいますよ、という女主人の言葉に振り向いた。大江は帳場で受話器を取った。

――あの、夕方電話するように頼まれた斉藤です、これでいいですか。それから明日そこの旅館に行って、いわれた通りお嬢さんを必ず駅まで送っていきますので、安心して下さい。

電話は切られたが、大江は額から汗を噴き出して熱演をしていた。

「許して下さい、必ず払いますから、殺すなんてこわいことといわないで下さい。自殺しろなんて、それじゃあまるで暴力団じゃないですか。逃げているわけじゃないんです。やめて下さいよ、こんなところまで追いかけて来ないで下さい。きっと一週間後には払いますから……」

暗い部屋の中に月明かりが射し込んでいた。布団から顔を覗かせている娘の頬が銀粉を撒いたように白く浮いていた。何度かため息をついたあとで、娘は遠慮がちにいった。

「おじさん、夕方どこに出かけていたんですか」

「なぜそんなことを訊くんだ」

隣の布団は手を伸ばせば届くところに敷かれていた。大江は波のように押し寄せてくる凶暴な気持と戦わなければならなかった。

「気になるんです。もしかしたら、明日おじさんは死ぬ気でいるんじゃないかって」

娘のその一言は大江の胸を雷光のように貫いた。川治温泉の渓谷は深く、覗き込むと霧が竜巻のように渦を巻いて上昇してきた。荒涼とした岩の壁がつづき、それは何者の侵入も許さない城壁のようだった。河に迫り出した巨岩は、それ自体が岬の形をしていた。ここがおれの逃亡の果ての場所だと大江は思った。逃亡ヶ崎、という言葉が脳裏に浮かんだ。

「ね、そうじゃないんですか、死ぬつもりじゃないんですか」

大江は黙っていた。答えられるものではなかった。

「やめて下さい、父のせいで死ぬなんて馬鹿げています」

そうではないんだ、もう、後戻りすることはできないんだ、おれが死ねば助かる命もあるんだ、大江は胸の内でそう叫んでいた。

車のブレーキ操作の段取りもできている。針金一本をつないでブレーキがかかるようにする段取りだ。それが切れたら車は一直線に渓谷に飛び込んでいくだろう。それはおれに与えられた運命なのだ。それでいいんだ。そう呟きつづけた。涙が溢れ目尻を伝って枕をぬらした。

不意にやわらかくあつい肌が大江の体に寄り添ってきた。大江は息を呑んだ。だが、布団に入ってきた娘は、ただ大江の傍らに来たかっただけのようだった。娘は心臓を高鳴らせている大江にはかまわずに、額を大江の胸に預けて囁きだした。

「わたし見てしまったんです。父が自分の部屋で女の下着をつけているのを。高校生のとき、遅くなって門を閉められてしまって、裏庭から家に入ったとき、鏡にスカートを穿いた自分の姿を映している父を見てしまったんです。気が遠くなったし、このまま死んでしまうんじゃないかって思った。ショックだったわ。父が身につけてい下着やスカートはわたしのものだったんです。あの人は変態です、そんなやつのために死ぬなんてやめて下さい」

岩場から車が飛び出した瞬間、大江は月明かりに照らし出された二十二歳の娘の裸体を目の前に見たようだった。うねる霧の中に埋没していきながら、あれは神の子だったのではないのかと大江は思った。太股の付け根に生えた恥毛をなぞると、娘の口から嗚咽が洩れた。その控えめな声は、高い空の果てから、羽衣に巻かれて舞い降りてきた百合の花弁のようなしっとりとした肌と、小鳥の胸毛のような肉体を持つ裸女が吐き出したように思えたのだった。

警察官の質問に六十歳になる旅館の女主人が答えていた。

「ええ、前の晩やくざみたいな人から大江さんに電話がかかってきたんです。なんでも自殺して借金を払えとか脅かされていたみたいですよ、きっとその男が大江さんの車にいたずらをしたんですよ、自殺でなくて殺人ですよ。娘さんが一緒じゃなくてよかったですよ。娘さんは地元の人が朝迎えに来て、宇都宮まで送ってもらったようですよ。きれいな、それはきれいなお姫様みたいなお嬢さんでしたよ。お帰りになるときは少しさみしそうだったですね。お父様のこのことを知ったらどんなに悲しがることか。かわいそうに、こんなひどい目にあうなんて。あんな仲のよい親子なんてめったにいるもんじゃないですよ、ほんとにかわいそうにねえ」

話している内に気が高ぶってきたのか、女主人はしきりに涙を拭った。もらい泣きする従業員たちのすすり泣きが、冷たく澄んだ空気に溶けていった。

落ちてきた男

1

待ち合わせ場所に指定されたのは、神保町の交差点から水道橋駅方面に向かって数軒目にあるという喫茶店だった。喫茶店の名前は忘れたといいながら、「崩れかけた店だからすぐにわかる」というその声が妙に自信にあふれていたので、一抹の不安を覚えながらミドリは来てみたのだが、そのあたりに喫茶店はなかった。

三軒目の角にあったのは和菓子屋でその隣は六階建てのビルになっていた。一階には派手な幟《のぼり》をたてたラーメン屋が入っている。隣合わせたビルにはたい焼き屋とクリーニング店が入っていた。

ミドリはラーメン屋とたい焼き屋を交互に眺めてぼんやりと佇んでいた。たい焼き屋は人気店らしく午後三時の中途半端な時間だというのに四人の客が並んでいて、店頭に垂れ下がっている竹簾《たけすだれ》に隠された木造りのベンチでは、ふたりの若い女と初老の男がたい焼きを食べていた。

視線を交差点からやってくる歩行者に移しかけたとき、奇妙な影が目の隅に残った気がして、ミドリはもう一度ベンチに座っている男を見た。グレイの帽子を被った男はむしゃむしゃとうまそうにたい焼きを食べている。写真で見た男と似た人がそこにいた。編集部で見た写真の男は、ジャングルを背景に半袖シャツを着て笑っていた。冒険家のようには見えず、と言って文化人類学者とも思えない得体のしれない風貌だった。男の痩せた上半身にマフラーが下がっていたのでヘンな人だなと思っていると、写真をミドリに見せた編集長の滝本《たきもと》が「にしき蛇だよ」といった。

「きゃッ」

思わず写真を放りだした。写真だと分かっていても、男の腕より太い大蛇が写っている写真に触れているのが気持ち悪かった。

「エージェントから、先生をやっと摑まえたと連絡が入ったので著者近影の写真を頼んだらこの写真を送ってきたんだ。どうやらアフリカから日本に戻ってくる途中でインドネシアに寄ったらしいんだ。スラウェシ島とかいっていたな。その島の貧しい村でひとりの男が四人の妻をどうやって喰わせているのか覗きにいったらしい。ま、そういうことだ。先生の連載を続けるのも楽じゃないぞ。なんせ毎日宇宙遊泳しているような人だからな。まず、居場所をしっかりつきとめておくんだな」

この八年間に数回仕事を頼んだことがあるという滝本は、何度か煮え湯を飲まされた末に新担当にミドリをつけたのだった。

その写真の男に似ているが、今たい焼きを食べている男は妙に品がよくて洗練された紳士独特のあたたかみが感じられた。それでいて若い女の隣で臆面もなくたい焼きを食べている姿がほほえましくもあった。

「早川《はやかわ》先生ですか」

石段を一段上がって男に声をかけた。顔を上げた男はおかしいことを聞いたという表情でミドリを見た。目に微笑みが浮いている。

「うん」

と返事をした男は今度は睫毛を細めてミドリを凝視した。そのとき奥の茶色がかった黒い瞳が動いた。まるで背中を丸めた童女が後方に一回転したような素早い閃きだった。

立ち上がったとき、男はコートのポケットに左手を入れた。抜いた手に紙に包まれたたい焼きが置かれていた。

「佐久間《さくま》君だったね。早川です。たい焼きをどうぞ」

悪びれずにごく普通の表情でそういった。何だ、この人は！　とミドリは腹の中でのけぞった。それから手に渡されたたい焼きが胸の底のさらに底まであたたかくしてくれていることに気づいて、こいつは、やっぱりただ者じゃないぞ、と胸の内で呟いた。

2

付き合いだから、といってもうひとつたい焼きを買った早川裕太郎《ゆうたろう》は、店を出るなりかぶりついた。角張ったたい焼きとは面白いと呟きながら店の入ったビルを見上げている。それから舗道に立った電信柱を叩くと大通りの向かい側に視線を向けた。

目を細めた日焼けした横顔が一瞬だが青年早川を彷彿とさせたように感じた。不思議だったのは早川の若い頃の顔など知らないのに、その表情が古いアルバムの黄ばんだ写真の中に写っていたのを実際に見たことがあるように思えたことだ。

「今はビルになっているが、あの通りに二階建ての商店が建ち並んでいた時代は、ここから富士山が見えたんだ」

「そうなんですか」

「そうなんだ。ここに喫茶店があってね、その二階の三畳間に下宿していたんだが、冬の朝は雪を被った富士山が銀色に輝いて見えていた。その富士山に向かってジャンプして通りに降りていたなあ」

「はあ、ジャンプですか。……あの、ジャンプって二階からそのまま通りに飛び降りたということですか？」

「うん、そうだ」

三メートル近くを飛び降りる男を想像してみたが、どうにもはっきりとした映像が浮かんでこない。ようやく姿が脳裏に滲んできたが、それは戯画化された類人猿のように滑稽な仕上がりになった。ミドリは胃のあたりに手を置いた。おかしくてそのあたりが震えている。

「思い出した。『あじさい』だ。二階建てのしもた屋の一階が喫茶店になっていたんだが、君は知っているか」

「さあ。いつ頃のことですか」

「私がいたのは三十年、いや、三十五年前のことだなあ」

「それでは無理です。私はまだ生まれていませんから」

「そうか、生まれていないか」

早川は面白い見世物を前にしたように口元を歪めて笑っている。

「あの、何でしょう」

「君は老けて見えるな」

早川は周囲を見回しながら、もっともこの下宿には八ヶ月ほどしかいなかったからな、名前を忘れていたのも無理はないか、と呟いている。

『あじさい』は中年の夫婦が二人でやっていたんだよ。いい人たちだった。夫婦は店を閉めると自宅に帰ってしまうから、ぼくは留守番役を兼ねていた。そのせいか下宿代を請求された覚えはないなあ」

「そうですか」

「打ち合わせだったな。ヘンな店を見つけたんだ。そこで話そう」

向きを変えて歩き出すと、古本屋巡りをしながら食べろと店の案内に書いてあったといって、早川はミドリにも食べ歩きを奨《すす》めた。色々と失礼なオッサンじゃ、と腹の中で呪いながら、ミドリは早川にならってたい焼きを齧《かじ》った。

神保町の交差点でたい焼きを食べているふたりに気付いた人々は、あっけにとられた表情を顔に貼り付けたまま白山通りの横断歩道を渡っていった。

「原稿を頼んだのは八年前だ。早川さんとはそれから四回会った。そのたびに少しずつ原稿をもらったが、まだ全部で六十八枚だ。八年かかって六十八枚。講師の給料なんてたかが知れているのによく生きていられると不思議だよ。しかも年の内半分は外国に行っている。それも先住民しかいない密林の村だ。カリモジョンという裸族の言語なんか調べても誰も感心しないだろうな。他民族など受け容れない連中が生きている村でどんな詳細な地図にも載っていない。おれはあの人は呪術師じゃないかと思っているんだ。根や雑草から現代にない薬を造り出したりするアレだ」

早川先生がW大学で文化人類学の講師をしていたときの生徒だったという滝本は、惚れた男の弱みか、いつも未練たらしい不平を洩らしながら、ずっと早川先生から原稿を書いてもらうチャンスを窺っていたようだ。

白雲書房で契約編集者として仕事をしだして半年しかたっていないミドリは、まだこの業界の事情にはうとかった。早川先生はパソコンで原稿を書くことはせず、今日は初対面の挨拶と打ち合わせを兼ねて初めて先生から直接原稿をもらうことになっていた。滝本がそういっていた。ただ、待ち合わせの場所まで地下鉄を使えば十分ほどで行けるのに、「頑張れよ」といって送り出した滝本の態度がミドリには解せなかった。なぜ自ら先生に会おうとしないのか分からなかった。

その理由がおぼろげに見えたのは、神社にある鳥居のようなものを店の前に飾った呑み屋に連れて行かれたときだ。靖国通りをたい焼きを食べながら渡ると先生は小路に入り、勝手知ったように赤いペンキを壁に塗りたくった狭い間口の店に入ったのだった。

そこは各席が板の仕切りに分けられていて、うなぎの寝床のように奥に深い造りになっていた。三時を過ぎたばかりなのに店にはかなり客が入っていた。若い男の店員がすかさず注文を取りに来ると先生は「菊正の燗酒二合徳利を二本。佐久間君、君は？」と聞いた。「二本って……」と面くらいながら「わたしは、カシスオレンジを……」とミドリはいった。店員が返事をする前に「今日は寒いからな。君も燗酒にしたまえ。君には久保田千寿のぬる燗がいいな。そういうことで頼むよ」

いかつい顔の店員は睫毛をハチ鳥の尾のように震わせた。「燗酒二合徳利で二本に久保田千寿をぬる燗でひとつですね」

店員は奇妙に丁寧に注文を確認した。先生は笑って頷いた。滝本は編集者には珍しいことに一滴の酒も受け付けなかった。呑むと頭痛がして眠くなるのだという。

「お電話で少しだけお話しさせて頂きましたが、わたし佐久間ミドリと申します。この度先生の担当になりました。編集の仕事を始めて間もないのですが、頑張ります。

よろしくお願いします」

挨拶しながら、なぜ今頃こんな辻褄合わせのような型どおりの挨拶をしているのだろうとミドリは思った。先生は黙ってミドリを見つめている。

「先生はよくここへ来られるのですか」

「いや、初めてだ」

先に熱燗の徳利が運ばれてきた。先生はぐい呑みで続けて三杯呑んだ。つるつるという音がした。そうミドリには聞こえた。

「早川先生、滝本が今度は本当に毎月書いてもらえるのだろうかって心配していました。八年間で頂いた原稿は六十八枚です。毎月十五枚ですと四回分半になります。うちでは六月号からの連載を予定しているのですが」

大丈夫でしょうか、という言葉をミドリは飲み込んだ。その言葉は禁句だと滝本から聞かされていた。理由は言わなかったが要するにへそ曲がりなんだろうなとミドリは理解した。

「そうか滝本君は心配していたか」

「ですからわたしに先生に張り付いて原稿をもらうだけが仕事だと申しました。毎月、少なくとも十五枚は頂きたいんです。大丈夫でしょうか」

思い切って言った。

「大丈夫だ」

「確約してもらえますか」

3

目の前に座った初老の男は、ぐい呑みを宙に止めてミドリの座っている斜め後方に視線を泳がせた。聞き慣れない言葉を耳にしたかのように呆然としている。その明るい瞳に外の光景が映っている。

「お嬢さん、君はぼくが信用できないのかね」

「信用しています。ですから編集長もずっとお待ちしていたんです。わたしも先生を……」

「無闇に人を信用しちゃいかんな」

先生は視線をミドリの上に戻して間延びした顔でいった。いつかパチンコ屋でみた、海の中で泳いでいる色鮮やかに描かれた魚の映像が、先生の目玉に現れた。

「どういう意味ですか。今大丈夫だといわれたばかりじゃないですか。先生はわたしたちをからかっておられるんですか」

「君はいくつだ」

「へ」

「三十五年前には生まれていなかったといっていたが、いくつなんだ」

「そんなにストレートに訊かれたのは初めてです」

「そうか初めてか。それは失敬した。では年齢を訊くのはよそう。体重は何キロだね」

「そ、そんなこと、か、関係があるんですか」

第二東京弁護士会に所属する中年以上の男にも無礼な言葉を吐きつけてくる者が多かった。あからさまにでっかいオッパイをしているな、子供を産んだことがあるのか、と社会派弁護士と呼ばれた男からもいわれたことがあった。でも今のようにはっきりとおちょくられたと不快に感じたことはなかった。

「分かりました。先生は元々うちに書くつもりはないのですね。もうあきらめました。滝本にはそう伝えます。わたしはこれで失礼します」

ミドリは鞄を右腕に巻き込んで立ち上がろうとした。この人は文化人類学者ではなくて猿に違いないと思った。

するとその思いを見透かしたかのように、早川はジャケットの内ポケットから剝き出しの原稿用紙を出した。

「案外気が短いね。体重を訊いたことは余計だったが、年齢は多分三十四歳だと見当をつけていたんだ」

ミドリは中腰になったまま、先生が差し出した原稿を見た。そこに、枡に埋められた文字がびっしりと納まっている。意表を衝かれたせいで頭の一部が吹っ飛んだ。

「君は年齢の割にはウブだね。世間にうとい。頭はよさそうだが、自律神経に難ありだな」

先生はなにやら寝言のようなことを呟いている。まだ事実が把握し切れていなかったミドリは、思いのほか分厚い原稿用紙の束を手に取るのに手間取った。

「君は、磨けば光る、という俗語を知っているだろう。それが君だ。自分では気付いていないかもしれないが、あるいは何か潑剌《はつらつ》とさせるものを君自身が拒んでいるのか分からないが、君は磨けば光る」

先生は気楽な表情で、酒を流し込むついでに錆び付いた講釈を垂れた。だがミドリは先生の言葉など聞いていなかった。座り直して手渡された原稿をあわてて読んだ。

連載エッセイ「沈黙のアフリカ、喧噪の夜」。第四章「文字を知らない未開文化」

と章タイトルがつけられていた。そこには、ナイジェリアのティブ族は文字がこの世にあることを知らない、それでいてゲーテの『ファウスト』を語り継がれた長老の話から覚えて知っている、ということが書かれてあった。その物語の解釈も欧米で論評されたものとは全く異なっていた。そこには解釈文化と言語の原始的な融合が存在していた。

原稿は全部で五十二枚あった。八年間で六十八枚とは雲泥の差だった。

「ありがとうございました。書いて下さっていたんですね。感激です」

胸の奥で喜びの涙が流れ出した。これで合計百二十枚になった。八ヶ月分の連載原稿が溜め置きできたことになる。

「先生のお気持ちを知らず、つい失礼なことを申し上げました。お許し下さい」

ミドリは素直に頭を下げた。

「あやまることはないよ」

「先生のいわれた通り、わたし、気が短いんです。それで随分失敗してしまいました」

まるで全然知らない誰かが男に向かって許しを乞うているようだった。ミドリの中の意固地な性格がふいに遠のいた。

「君は編集の仕事を始めて間もないと言ったね。出版は今や斜陽産業だ。それでもやるということは以前はもっとひどい仕事をしていたのかね」

「はい、ひどい仕事をしていました」

覚せい剤取締法違反事件で、身柄を拘束された被告が徹底的に譲渡の事実を否定し、その下卑た口元に、女検事を侮る思いが息づいていると知ったときの憤りと徒労感。次席検事に決裁を得た市会議員がらみの金融事件が、横浜地検の検事正によって事件記録の不備を指摘され、不起訴にするように命じられたときの絶望的な屈辱。狐のような検事正の目つきは思い出すたびに胸に突き刺さってくる。

ミドリにとって理想の検事正は、退職前にようやく出会うことのできた古手川《こてがわ》宗幸だけだった。

「白雲書房に入社してどれくらいになるんだね」

「半年です。まだ正社員ではなく契約社員です」

「半年？」

その年齢でか、と先生は訊きたそうに見えた。焦げた色の唇が小刻みに震えている。だが先生は前の仕事は何だったのかと尋ねることはしなかった。代わりに微笑んだ。

「新人の君がぼくの担当にされたわけか。不運だったたな」

「そんなことはありません」

ミドリは先生を正面から見据えていった。そのあとでぬる燗の久保田をぐい呑みに注ぐかどうかちょっと迷った。

「入社半年ではまだぼくの本は読んでいないだろうな」

ぐい呑みに視線を注いでいたミドリの耳に、相手を見くびるような男の口調が聞こえてきた。ミドリはほんの数秒俯いたままでいた。自分をウブだといった先生の言葉がふわふわと脳裏に浮かび上がってきた。

「先生のお書きになった『検証と幻想の言語学』と『文化と融合した人類学』、それに『構造言語学としてのボアズのインディアン語』の三冊は読ませてもらいました」

「それがぼくの著作の全てだ。売れてくれと祈りながら書いたんだが、むずかしすぎると批評が出てまるで売れなかった」

「そうなんですか」

「そうなんだ」

早川は苦笑いを浮かべた。先生が学生時代にアフリカを放浪したことはエッセイで読んでいたが、不思議にお金で苦労したことは書かれていなかった。今も金銭的には恵まれているとは思えないのだが、本が売れなかったと口にしていても、内心忸怩《じくじ》という程度で、本気でがっかりしているようには感じられない。

「それより短期間でぼくのヘンテコな文章で書いた本をよく読めたものだね。文化人類学を専攻している大学院生でも手を焼くテーマなんだ。こういっちゃあなんだが、アルバイト同然の編集者が読了するのは並大抵のことではなかっただろうね」

あきれた表情に白い歯が照れくさそうに覗いている。動物の表情とは純粋無垢なものなのだ、とミドリは胸の内でそっと呟いた。

「今までまったく考えたこともなかった研究分野の専門書でしたので、理解するのは大変でしたが、少し分かってからは興味が湧きました」

「ではボアズの功績はどんなものだと思うね」

ここでそんな質問をされるとは思ってもいなかったので、ミドリの背中が粟立った。ボアズの論文を完全に理解することはできなかったが、その輪郭は自分なりに納得して脳に修めたつもりだった。

「フランツ・ボアズの研究は多方面にわたっています。言語に絞って言えばインディアン語に現れた音声学上の技術、それに神話、日常生活の言語の内面からの分析技術の開拓に貢献しています。早川先生が言語とは音楽だといわれたのもボアズに通じるものがあると思います」

「君はすごいね」

早川は普通の表情でそういった。

「先生の書かれた色々なエッセイも探してみました。最初のアフリカの旅は二十二歳の時でケニアからソマリアまで単独で七ヶ月かけていらしたと読みました。それも着替えの下着も野宿の道具もなく着の身着のままで」

早川は黙って頷いた。それから酒を口に含み、首を傾げて下唇を突きだした。突然瞑想にふけったのかとミドリは怪しんだ。あるいはたわいない思い出を反芻《はんすう》しているのかもしれない。

十五年ほど前に雑誌連載の形で発表されたエッセイの中では、学生だった早川が、ある種族の村で数日間過ごしたときのことが書かれていた。その中で、わずか一日で村が別の種族の襲撃に遭って壊滅する事件に遭遇し、朝目覚めたら左右に死体が転がっていて早川だけが生きていたという記述があった。どうして自分だけが殺されなかったのか未だに理由が分からないと淡々と書かれていたが、早川が経験したその不気味な朝の光景は、アフリカ体験もないミドリに鮮明な映像の記憶となって残った。

次の回のエッセイでは、その旅のためにアメリカ資本の金融会社に入社する機会を逃したと続けられていた。だが就職をあきらめて大学院に進んだおかげで、翌年にはアメリカの大学でフルブライト留学生としてアメリカ先住民文化を一年間、さらに奨学金を得てもう二年間余分に文化人類学を学ぶことができたという。

何事も自分の都合のよいように解釈できるのは生きる才能というものなのだろう。アメリカで文化人類学の勉強をする機会を得ても、どうやら早川には学者として生計をたてるつもりはなかったようで、日本に戻ってからもふらふらしていた気配がある。そのヘンがはっきりと書かれていなかったのだが、運のいいことに早川裕太郎の経歴を面白がる学長もいて、いつの間にかあちこちの大学の講師を引き受けるようになったという。早川は今でも自分の肩書きが何であるのかよく分からないと書いていたが、それはひと昔前の連載エッセイの中での述懐で、現在は学者として生活する意欲を持っているのかもしれない。今回アフリカから日本に戻ってきたのも、大学で職を得たからだと滝本はいっていた。

もっと若い頃の早川の逸話を読みたいと思ったのだが、その連載エッセイはわずか五回で中断されていた。どうやら早川には雑誌に連載中にもかかわらず、ふとアフリカの砂漠か密林の奥の村に行ってしまう習性があるらしい。

「佐久間君、さっきは訊くつもりはなかったのだが、白雲書房に来る前は何をしていたのかね。勉強家という以上のものを感じるが」

先生の柔和な目がミドリに向けられている。いったん草むらに沈んだ人影が、不意に跳躍して原始的な槍を向けてきた気がして身体が熱くなった。以前の職業を他人に語ろうとするとどこからか痛みが出た。

「あ、わたしは……」

口を閉ざしたのは、答えた後でさらに質問を受けるのが予測されたこともあったが、それ以上にわずか五年半とはいえ検察官という公務員であったことに誇りと共に、言いようのない嫌悪感を持ってしまったからだった。検事を辞任し、第二東京弁護士会に登録して弁護士として働いたのは三年間ほどだ。どちらも未熟だから続かなかったのだ、といわれればその通りのことだった。それにヤメケンと珍重されるほど検事時代のミドリには特筆すべき手柄もなかった。

「先生、いきなりで申し訳ないのですが、頂いたこの原稿を至急社に届けたいので、今日はこのまま失礼したいのですが」

ミドリは生原稿を革製の鞄に入れた。

「分かった。じゃあ、また」

ぐい呑みを向けて早川はあっさりといった。それから通りかかった従業員に追加の熱燗を頼んだ。ミドリは急に心配になった。

「あの、先生に直接ご連絡をとるにはどうしたらいいのか、滝本から伺ってくるようにいわれているのですが」

翻訳エージェンシーというういかがわしい連中が仲介しているのは気にくわん、と滝本は憤っていた。

「それから原稿料のお振込先も教えていただきたいのです」

「原稿料か、いや、それはありがたい。ここにお願いしたい」

あらかじめ用意していたのか早川は上着の胸ポケットから一枚の名刺を抜き出した。そこには早川の名前だけが書かれている。裏をみると京都にある信用金庫の普通預金の口座番号が記入されていた。

「ご住所が入っていませんが」

「これから探すつもりだ。今夜は山の上ホテルに泊まるが、まだ日本に戻って三日目なんで何も決まっていないんだ」

日焼けした顔が丸くなると、顔中に細かい皺が走った。猿よりもなんだか潰された南京虫を連想した。

「今度はしばらく日本におられるとお聞きしていますが、そうなんですか」

「うん。四月から一年間K大学で講義することになっているんだ。その間はしっかり原稿を書かせてもらうよ」

「お願いいたします。それをお伺いすれば滝本も安心します。それでこれからの連絡はどうすればよろしいのでしょう。先生は携帯電話はお持ちではないのですよね」

従業員が燗酒を運んできたので、話が中断された。早川は早速熱い酒を口に運んでいる。満足したのか目玉が赤く脹れあがった。

連絡先は明日電話するよという早川の答えを聞いてミドリは立ち上がった。テーブルに置かれたはずの伝票を探したがみつからない。従業員を呼ぼうとしたミドリの目の隅で白い紙がひらひらとした。

「これはぼくが払っておくからいい」

わずか半年間の編集者生活とはいえ、打ち合わせの後で著者から会計をしてもらったことはなかった。ためらっていると早川はどこからかフランス語で書かれたタイトルの小冊を取りだして読み出した。アルチュール・ランボーの文字が読みとれた。ミドリは頭を下げて、明日ご連絡をお待ちしていますとだけいって店を出た。三月初旬の夕方の光が商店街を縫って強く射しこんでいた。歩き出したミドリは、編集室を出る前に滝本が言っていたことをふと思い出した。

「あの人はとにかく編集者に金を払わせないんだ。素寒貧のはずなのに、まったく不思議な人だよ」

ミドリが笑ったのはアルチュール・ハヤカワの文字を思い浮かべたせいだった。

4

開店したばかりのホテルのバーで裕太郎はカウンターに片肘をついてグラスを傾けていた。

担当者が帰り際に垣間見せた、目元をくすぐったそうにして俯く様子を裕太郎は思い出していた。日本の女は美しいと思った。

つい数ヶ月前まで住んでいたナイロビの裏長屋は娼婦宿も同然で、その中でキングと呼ばれていた裕太郎は、足の長い女に囲まれて、優雅でときには暑苦しい日々を過ごしていた。

だが、久しぶりに話をした日本の女は格別だった。知的な風貌を、色遣いは地味だが洗練された服装で隠していた女と、自分との年齢差をふと思い浮かべた。その思いは男女間の恋愛めいたものへの渇望とはまったく異質の、何か日本独特の「縁」といわれる神秘的で土俗的なものとつながっているように感じられた。それに加えて、目の前にいる女から随分昔かいだことのある、日本独特の風が吹いてくるような気配さえした。

それにしても、あれは余計な質問だったと、ウイスキーを口に含んだとたん裕太郎は舌打ちをした。

ボアズの功績はどんなものだったかなどと訊くべきではなかったのだ。あれではまるでいたぶりだと反省した。裕太郎には知的な女性の隠された本性をほじくり出してみたくなる悪い癖がある。

だが、質問したあとの女の反応が裕太郎の救いになった。女は眼鏡の縁に左手の指を添えて心持ち頭を傾けた。女の眼鏡の奥で瞳がなごんだ。次に女の口からなめらかな言葉が紡ぎ出されてきた。的を射た答えに裕太郎は感心した。半年前までは酷い仕事をしていたといっていたが、とうとうそれがどんな仕事であるか、佐久間ミドリはいわずにいた。アメリカの大学にいた頃、助手を求めた裕太郎に対して、女たちは自分はいかに優秀な者であるか得意気に売り込んできた。佐久間ミドリはそれらの女たちとは全く趣が違っていた。頭脳明晰《めいせき》さにおいては格段の違いがあった。

今、呑んでいるウイスキーはいわばレプリカには違いないが、それでもその豊饒な味わいはそこいらの物とは別格で、舌の上を転がすと心までとろけるようだった。

仏頂面をした明石清吉《あかしせいきち》の顔がステンドグラスのはめ込まれたバーの扉から現れた。

そのとたん、それまで静かに奏でられていた古典音楽が波打った。

明石は五十男には似つかわしくない、ウエストポーチと呼ばれるらしい小さなバッグを腰に巻いている。その中に現金が納まっている臭いを嗅ぎつけると、裕太郎の吐息は安堵の溜息に変わった。実際、明石はカウンターの前の丸い椅子に腰を下ろすなり、これでいいですか、と面白くもない様子で茶封筒を取りだしたのだった。すでに馴染みになった蝶ネクタイがよく似合うホテルのバーのバーテンダーは、横を向いてグラスを磨いていた。

「五十万円入っています。受け取りにサインしてもらえますか。今は全て銀行振込になっていまして、現金で著者に印税分を支払うということはしていないんですよ。この金だって、経理が本当に著者から頼まれたものかどうか、怪しんでいたくらいなんです」

「すまなかった」

裕太郎は封書に入っていた受領書に自分の名前を書いた。それからふと思いついたことを口にした。

「この金は明石さんが立て替えてくれたものなんじゃないか」

「そうです。でもそれと引き替えに、経理から私に五十万円を出してもらえることになってますから心配しないで下さい」

「そうか。君の金か。悪いことをしたな」

「『カッシーラーの構造主義』の翻訳印税が消費税込みで五十四万円になりますから丁度いってこいです」

「いってこい……ふむ、何か呑むかね」

「先生は何をお呑みで」

「これか。ロイヤルハウスホールドだがね。無論、ロイヤル・ワラントじゃないが」

「そうですか。私はビールをもらいます」

バーテンダーは頷いてキリンの小瓶の栓を開けてビールグラスに注いだ。チラリと裕太郎を見る目に微かな笑みが浮いている。ザ・ロイヤルハウスホールドはスコットランド北部、スペイサイドにあるグレントファース蒸留所の原酒をキーモルトに造られ、かつて英国王室御用達であった。もう日本でもイギリスでも手に入れるのは困難だろう。原酒を売っている店があると裕太郎が最後に聞いたのは、もう二十年以上前のことだ。

今、呑んでいるものはレプリカでキーモルトの蒸留所も違う。それでもホテルのバーで呑めばワンショット三千円はするだろう。バーテンダーの微笑みの裏にはいくつかの暗号が含まれている。

「一年ぶりの日本はどうです？　神田で鰻を食べましたか」

「いや、神保町に三十年前五百八十円だったてんぷら定食を六百八十円で喰わせている店がまだあってね。そこで飯を食べて、そのあとたい焼きをぶらぶら歩きして喰った」

「そうですか。しばらくここにお泊まりですか」

明石はカウンターに椅子が六つあるだけの、古風な造りのバーの天井を見回してそう聞いた。誰が支払うのかといった用心深げな表情が、窪んだ頬の底に踞《うずくま》っている。

「いや、フロントの婆さんがいかがわしそうな目付きをするので明日出るつもりだ。ところでそろそろ『瓢箪』が開く。そこで日本酒で一杯やるか」

「あそこは定連ばかりでどうも居心地が悪いんです。私は遠慮しておきますよ。それにバンタムへの連絡があるので、八時までにひと仕事やらなくては」

「サリンジャーか」

「先生、何年前の話をしているんですか。もうとっくに終わっていますよ。今やアメリカもイギリスも不倫ばやりです。主婦の書いた愛欲ストーリィが大うけなんです。うちではそうですな、このところ時代小説を英文訳にして出しているんです。江戸文化と古風な恋愛の溶け合いがいいんでしょうな」

明石はビールをグビリと呑んだ。喉仏が下品に動いた。翻訳ものを扱う日本のエージェントは、推理小説が一時期の勢いを失ったせいで、利益が薄くなっている。それだけ社員の立ち居振る舞いも貧相になってきたようだと裕太郎は思った。

裕太郎は五十万円分のふくらみを持った茶封筒をジャケットの内ポケットに入れた。

「先生、奥さんの病気はどんな具合なんです。日本に戻ってきたのもそのためなんじゃないんですか」

明石は三白眼を裕太郎のジャケットが脹らんだあたりに向けて無遠慮にいった。

「文化庁から頼まれたアフリカ言語のリサーチが、一応まとまったからだよ。論文を提出しなくてはならないのでね」

「文科省は渋いでしょう。報酬は出るんですか」

「それは出るだろう。でももらえるのは論文を提出した三ヶ月後だ」

「それで急にうちに前借をいってこられたんですね。その金は奥さんの入院費ですか」

「ああ。昼に病院に電話したら、妻の容態の説明をはしょって至急振り込めとうるさくいわれた」

「京都の市立病院でしたよね。難病というのはどういう病気なんですか」

「脊椎炎の一種だそうだ。明後日行って詳しく訊くつもりだ。靱帯が骨になっていく難病で根治は難しいようだ。十年くらい前に発病したようだが、炎症のため激痛が走るようになったのはここ一、二年のことらしい。妻の場合は進行が早く、骨というよりいわば肉体は石化したような感覚になってくるらしい」

もう一年も会っていない妻の容貌がどれほど変わってしまっただろうかと想像すると、裕太郎の胸は激痛とは違う、鋭利なナイフであらゆる神経をずたずたに切り裂かれる悲痛な思いに襲われる。

「そんな病気があるんですか。大変ですな」

明石は裕太郎が残した柿の種をボリボリ音をたてて食いながら無造作に声を放った。

「出費がかさみますなあ。あ、だけど奥さんのお父さんはアメリカでも有数の資産家だと聞いたことがありますよ。翻訳家の室戸孝司さんがいっていたなあ。日本文化に造詣が深くてニューヨークの東洋美術館の中にある日本文化のコーナーには日本の絵画、彫刻、根付けにいたるものまで寄付したそうじゃないですか。総額三十億円は下らないとか」

「ああ、あの人は富豪だ。だがまだ生きているかどうか分からない」

「下世話な言い方ですが、もし亡くなっていれば相当な遺産が奥さんに残されているんじゃないんですか」

それを聞いた裕太郎は鼻先で嗤《わら》った。そんなことがありえるわけがなかった。

「私達の結婚祝いに二十ドルの小切手を送ってきた人だよ。娘に遺産なんか残すわけがない、みなどこかに寄付しているさ」

妻の父親が生粋《きっすい》のアメリカ人の実業家でありながら、日本の都市作り、家屋、着物、生活様式に何故か興味を持ち、そのため次女を日本の大学に留学させることに腐心していたと聞かされたことがある。彼女は日本の古典文学も理解できる聡明な女だったが、父の不動産業には理解を示さず、従って日本での留学資金も自ら仕事をしながら都合をつけた。裕太郎はアメリカ留学時代に彼女と知り合ったが、恋愛対象として彼女を見たことはなく、結婚するようになるとは考えもしなかった。

籍を入れたのは最初に知り合ってから八年後のことで、京都の大学にいた彼女から日本人と入籍しないと日本に滞在することが困難になるとか何とか懇願されたので、よく分からないまま結婚したのだった。無論結婚式などしないでただ役所に届けを提出しただけだった。彼女の父親には一応知らせたが、父は裕太郎と娘が結婚したことに激怒はしなかったが喜びもしなかった。その結果が二十ドルの小切手だった。

「さて、さっそく京都の病院に振り込むことにするよ」

裕太郎はバーテンダーに目配せをした。いわれた請求額を支払っている間に明石は先にバーを出ていた。相変わらずレジ際の魔術師みたいなやつだと苦笑をした。玄関にいくと外はすでに薄暗くなっている。からっ風に似た無愛想な風が坂の下から吹き上がってきて、裕太郎の首筋を風の爪で引っ掻いていった。

「そうそう、早川さんは小出侑子《こいでゆうこ》先生をご存じなんですか」

「知っている」

「今うちでは小出先生の作品を翻訳しているんです。お亡くなりになる前から企画には上がっていたんですが、時代物を翻訳できる女性がなかなか見つかりませんで、申し訳ないことをしてしまったんですよ」

「亡くなったんですか」

「ええ、二年前に。桜が散ったころでしたね。身内は娘さんひとりでしたから、葬儀は自分だけですますといっておられたんですが編集者が許さなくて、大した葬式になってしまって。ああ、そろそろ三回忌ですね。是非生前に翻訳物をだしておきたかったですよ。よく笑う気っぷのいい人でした」

ふたりはホテルから続く坂道を下っていった。裕太郎が知っていた頃とは全く違って近代風の建物になった大学のロビーが右手にある。かつてはいつもベニヤ板に過激な文面が書かれてあちこちに立てかけてあったものだが、今はそれも全て撤去されている。古手の編集者の明石も自分も時代に取り残されている遺物のような気がした。

「心臓を悪くされて順天堂大学病院に随分長い間入院していらっしゃいましてね、あるときお見舞いにいったとき、不意に早川さんの話が小出先生の口からポロリと出たんです。意外な取り合わせだったんでよく覚えていますよ」

「ポロリと出たか。何でポロリなんだろう」

「おっぱいがポロリとか。へへ、なんちゃって」

「君は馬鹿だろう」

裕太郎は坂下で明石と別れると、駿河台下にある銀行に向かった。

5

早川裕太郎の原稿が百二十枚になったことで、さっそく滝本は五月号からの連載を決定した。毎月十五枚、八ヶ月分の留保原稿が滝本を強気にさせたようだった。雑誌『知性と自由』は年間定期購読者のみを対象とした月刊誌だったが、書店に並ぶ一般雑誌の売れ行きが軒並み落ちている中にあって、月間一万五千部の実売があるのは滝本の編集者としての感覚が優れている証だった。

『知性と自由』は権力者や財閥からの干渉を拒んでいた。そのため、それを快く思わない勢力から攻撃を受けることもあったが、編集長はあくまでも自由主義を守ることに徹した企画物を打ち出していた。

だが白雲書房自体の経営は順調とはいえず、二十年前には五十人ほどいた社員も今では出版部、営業部、総務含めて十四名に減っている。弁護士時代はイソ弁とはいえ、毎月六十万円の収入を得ていたミドリだったが、ここに移ってからは毎月得る給金は十四万円になった。自分の手当だけで生活できないことは分かっていた。だが、再三復職を打診してくる弁護士事務所からの誘いは断り続けていた。

そういう個人的な思いを知らない同僚達は、ミドリが飯田橋のマンションに暮らしているのも作家、小出侑子の一人娘であり、死後二年たった今も母親が原作のテレビ時代劇が放映され続け、出版された本の印税が娘の銀行口座に支払われているからだと憶測しているはずだった。母親から受け継いだ遺産が思っていた以上に潤沢であり、それによってミドリは証券会社の訪問を受けるほど資産家になったのは事実だった。

それでもミドリ自身は自分が裕福だと思うことによって、気持ちが豊かになることはなかった。

五月号の校了まで十六日間あった。だが見習い編集者の範疇を出ないミドリは焦っていた。早川の新連載の告知を表紙に刷り込むため、デザイナーとの連絡を取るのもミドリの仕事だった。その間にも入稿の仕事が相次いだ。連載物を七つ受け持っているので夕食を取る間もない忙しさだった。なんといっても二百ページ近い雑誌を編集長も含めてたった四人で作るのだ。その合間にクセ字の早川の原稿を読み込んでパソコンに打ち込むのは骨の折れる作業だった。

「おー、ケニアの隣のソマリアにはソマリという部族がいて、ここの女たちが今ヨーロッパファッション界では大もてだそうだ。背が高くてほっそりした女ばかりで、しかも顔はラテン系ときているのだからモデルとしてはうってつけだ。ちきしょうめ、早川御大はこんな美人ばかりに囲まれて暮らしていたのかあ、どうりでアフリカから出てこないはずだ」

数時間前に早川からもらったばかりの原稿を手にした滝本が、みっつ離れたデスクの向こうで叫んでいる。それはつい今し方、早く原稿を読みたい滝本に急かされて、ミドリがパソコンに打ち込んだばかりのものだった。

「佐久間君、早川御大の印象はどうだった？　ソマリ族の美人にもてそうなタイプだと思うか？」

「さあ、どうでしょう」

ミドリは京都大学医学部教授の書いた「難病をゲノムで治す」の論文を、一般読者に読みやすいように平易な文章に書き換える作業に没頭していた。次号に載せるにはミドリが提案した文章を、気難しい医大教授に受け容れてもらう必要があった。

「どうでしょうはないだろう。君の担当だぞ。五十八歳、奇人変人語学の天才、アフリカ大陸で使われる言語の内、二十は理解できるという人だぞ。未開民族の性生活には特に造詣が深い人だ。アフリカでもてそうなタイプだと思うか」

「アフリカには八百五十の言語があると早川先生は書いておられます。それに先生は女に気持ちを向けるタイプではないようです」

そういったあとでミドリは自分のお腹が鳴る音を聞いた。お昼におにぎりをひとつ食べたきりで、もう八時間以上まともな食事をとっていない。

「読者は女の話を読みたいんだ。どうだ、佐久間君、そのヘンのところをだな、うまくおだててこの連載の中に……」

滝本はミドリのところまできてそう語りかけた。そのときスマホの呼び出し音が鳴った。ミドリは救われた思いでスマホを手にした。はい、というと「佐久間君か、この番号でよかったのだな」と重い男の声が聞こえてきた。

「古手川です。驚かせてすまん。今、淡路町にきているんだが、君の会社が近くにあることを思い出してかけているんだ。まだ仕事中かな」

「はい。お久しぶりです。ご挨拶もせずにやめてしまって申し訳ございません」

スマホをしっかりと握りながらミドリは思わず頭を下げた。

「私に挨拶する必要なんてないさ。こっちはずっと地検にいたんだからな。もし時間がとれるようなら少し話しておきたいことがあるんだ」

「時間はあります。どちらにお伺いすればよろしいんでしょう」

古手川宗幸の返事を聞くなりミドリは席を立った。背後にいた滝本が呆然と見返した。九時を過ぎていたが、室内にはまだ書籍出版部員を含めて六名の社員が残って仕事をしている。

「食事に行ってきます。入稿は戻ってきてからやりますので」

ハンドバッグを持ったミドリに、今のだれ？　と滝本は寝ぼけたような声で尋ねた。

ミドリに転職の誘いの手が伸びてきたのかとあわてているのかもしれない。

「東京地検の検事正です。元の上司です」

お、と滝本は声を上げたようだった。古手川検事から電話を受けるとはミドリは想像していなかった。だが期待する気持ちが心の底のどこかで疼いていた。だからいつでも服装には気を配っていた。
ミドリはエレベーターを使わずに三階から一階まで階段で降りた。

6

カウンターの隅に座った裕太郎は、二合徳利を四本空にして九時過ぎに神保町の「瓢箪」を出た。ホテルまで戻る坂道の勾配がきつく、途中で立ち止まり「ゼーゼー」と声に出して息を整えた。夜空に星は出ているが月は見えない。大通りから坂道に沿って吹き上げてきた三月初旬の風が、裕太郎の首筋を散々刺して伸び上がり、上空に向かって渦巻いて去っていった。

ようやく部屋に戻り、冷蔵庫から瓶ビールを取りだした。だが呑むのは少しつらい気がして服を着たままベッドに寝そべった。昨年の暮れにケニアとタンザニアの国境近くの砂漠で眠っている駱駝《らくだ》に手を伸ばしたとき、ごつい歯をむき出しにした駱駝に二の腕を噛まれた。その傷がまだ消えずに残っていた。その傷跡をさすっている内に目の前が霞みだした。眠り込む前、裕太郎は砂漠に踞る駱駝の影に巨大な昆虫の姿を見ていた。

丸いテーブルに置かれたランプの灯りが、古手川検事の頬に刻まれた皺を鋭利なものに映し出している。ミドリは検事が口にした言葉を、自分が深いまどろみの中にいるような思いで聞いていた。けじめですか、と呟いたつもりだったが、古手川の耳に届いたかどうか分からなかった。

「法は正義だ。それだけが支えになっていた。だが、逸脱した。節度を保つのが人間の謙虚な生き方だ。それも無くしたら検事失格だ」

でも、と声にしかけたミドリは、胸に砂塵が吹き荒れる光景が閃くのを見て口を閉ざした。大物といわれる官僚を供述調書だけで押し込め、起訴に持ち込めると思い上がったのは副部長の独断だけでなく、それは裁判所との暗黙の了解があったからではないのか。裁判員裁判の導入で検察に厳しく物証を求めるようになったのは、裁判所が国民の目を意識しだしたからではないのか。

捜査を指示した部長も次席検事も物証と供述調書が食い違う矛盾に気付いていたはずだ。それでも官僚を起訴に持ち込むからには、検事正より階級が上の検事長、さらには次長検事も了解していたことではないのか。

「私は古手川検事のようになりたい一心で勉強してきました。その検事が検察庁を去るなんて不公平です。検事ひとりが罰を受けて上層部は知らん顔なんて酷すぎます」

佐久間家は女三人の家族だった。豊かだった記憶はないが、無闇に明るい母と母とそっくりの丸っこい祖母にミドリは護られていた。傍目には小さいかもしれないがミドリにとっては心の傷となって残る事件が小学生二年生のときに起こった。祖母が爪に火を灯すようにして蓄えてきたお金が男に強奪されたのだ。祖母は道端で呻き声をあげて踞っていた男を助けようとしたのに、男は郵便局から祖母が下ろしてきたばかりの四十五万円を、信玄袋ごと奪って逃走したのだった。祖母についていたミドリはそのとき一生懸命に叫んで助けを求めたが、驚くべきことに通りを行く人々は、誰ひとり泥棒を追いかけようとはしてくれなかった。祖母の失望は命を縮めるほど大きかったようだった。祖母はそれから二年もたたないうちに、焦げた枯れ木のようになって死んでしまった。

それから八年経った高校一年生のとき、道徳倫理のクラスで地裁に傍聴にいった。そこで十八歳の万引き犯を問い詰める検事の被告人質問を目の当たりにした。厳しい検事の糾弾に、クラスの生徒の中には犯人に同情する者すらいた。

情状証人として証言台に立った母親に対しても、検事は「以前息子さんが万引きで捕まったときも、あなたは親戚の者が経営している建設業に息子を就けると検察官にいったが、その約束を果たしていない。それはどういうわけか」と尋ねた。母親が「息子は一度は行ったが叔父と喧嘩してもう二度といやだといいだしたので」と答えると、では今度はどうするつもりかとさらに畳みかけた。

母親が憔悴しきった様子で証言台から降りる姿には、冷静だったミドリも気の毒に思ったほどだった。三十代半ばの検事は顔立ちも良く、着ている背広も流行のもので、それまで生徒が抱いていたくたびれたおじさん検事の風情とは異なっていたが、検事に思いを寄せる女子生徒はいなかった。

審理が終わると、裁判官が傍聴した高校生に、その日行われた人定質問から被告人質問の流れを説明した。そのとき裁判長の依頼で、残っていた検事が生徒の質問を受けることになった。罪を認めているのにやり過ぎじゃないか、という質問に対して検事は丁寧に答えた。

「もしまた万引きをしたら次は刑務所にいくことになるでしょう。本人もいやだろうが、それより両親の心労は計り知れないものがあります。心を改めるなら嘘偽り無く、きちんと自分自身で罪を認めることが大事です。私たちもいい人ぶってなんでも許してあげられればその方が楽です。憎まれなくてすみますからね。でもそれは偽善です。偽善から人は育ちません。みなさんも友達にいい人生を送らせてあげるためには叱ることも必要だと思うでしょう。検事とはそういう仕事なんです」

ミドリは地裁で自分たち高校生に古手川と名乗った検事のように、人を罰するだけでなく、それによって救うことのできる検事になろうと決めた。まだ母は小さな広告代理店でコピーライターの仕事をしながら小説を書いていたから、私立大学に行くことは許されなかった。父親がどういう人か母は一切口にしなかったから、訪ねていって授業料を無心することも叶わなかった。

首尾よく国立大学に入ることができたが、それからの法律の勉強がまた大変だった。三年生になると毎日十六時間は勉強した。司法試験を受ける頃には気が変になってしまったと感じるほどだった。法科大学院が出来る前の旧司法試験の時代だった。現役女子大生が司法試験に合格したと週刊誌で話題にされた。記者から逃げまどっていたのは、父親のことを尋ねられるのがこわかったからだ。時代小説の女流作家として名前が出だした母だったが、娘のことになると知らん顔をしていた。母とはあまり気が合わなかった。気の強さと我儘な性格についていけなかったのだ。仕事が進まないと、ミドリが入っているのもお構いなしでトイレの戸をいきなり開けて、「あんたうるさいわね」と喚いたりした。

一年半の司法修習のあと法務大臣名で「検事二級」に任命されると、千葉の家を出て飯田橋にワンルームマンションを借りた。二十二万七千円の給料の中から八万円の家賃を払うのは楽ではなかったが、胸には中学生のような希望が溢れていた。新任検事として東京地検で一年間の新任研修を受けた後、ミドリは新任明け検事として福井地裁で二年間勤めた。その後「A庁検事」と呼ばれるようになって横浜地検刑事部に任官した。そこでようやく出会えた次席検事だった古手川宗幸検事から、思いもかけず、すさまじいまでの指導を仰ぐことになった。だがそれはミドリにとって幸せな二年間でもあった。

「佐久間君、お腹空いているんじゃなかったのか。君にほっておかれて魚が白目を剝いているぞ」

古手川の口許が緩んだ。どうしてこの方はいつも男らしいのだろうとミドリは自分の魅力を知ろうとしない十九歳年上の男を怨んだ。

「古手川さんは検事長まで、いえ次長検事までなられるべきお方だったんです」

「買いかぶりだよ。まあ、定年までねばるつもりでいたが、今度の一件で十年早くなってしまった」

「これからどうなさるんですか」

「法律で喰っていくしかないから弁護士登録はした。秋までには事務所を持つつもりでいるんだが、そのときには佐久間君にも来て欲しいと思っているんだ」

「あ、それは……わたしは……」

「君がお母さんの病気のことで、東京を離れられず検察官を辞めたことは人伝に聞いていた。松山に赴任してしまっては簡単には東京に戻ることは出来ないしな。亡くなられたそうだね」

横浜地検で古手川検事のしごきに似た手荒い教育を受けた後、ミドリは東京地検に戻され公判部で仕事をした。だが、それはいくつかの矛盾と幹部検事の不正じみた馴れ合いを感じさせられることにもなった。すでになくなったと信じていた調査活動費の流用が、堂々と行われていた事実を知って愕然としたのもそのひとつだった。

その中には将来の検事総長候補といわれていた検事長もいた。母が心臓を悪くして何度目かの入院をしたのと、松山行きの辞令を受けたのは同時期だった。

「母が死んだことは古手川さんには申し上げていませんでしたが、来月三回忌をします」

「どうして弁護士をやめたんだね。正義感の強い君には守銭奴連中との仕事が合わなかったのかな」

「刑事事件しか扱ったことのないわたしには、民事訴訟は複雑すぎました。人生経験が足りなかったんです」

「人生経験が不足しているのは私も同じだ。でも経験が全てではない。私は刑事事件専門の弁護士事務所がひとつくらいあってもいいと思っているんだ」

あの、と口ごもったミドリを古手川は温情に溢れた目で見詰め返してきた。

「聞いているよ。日弁連の政治活動が窮屈なんだろう」

「はい。あ、それはたいしたことじゃないんです。あの、刑事事件専門の弁護士事務所って、やっていけるんでしょうか」

「やっていけないだろうね」

あっさりと古手川はいった。ミドリは二の句が継げずにいた。

7

暗い路上を歩きながら裕太郎は小出侑子のことを思い出していた。

うたた寝のつもりが思い掛けなく数時間も眠ってしまったようで、暖房が喉を渇かせ目が覚めた。起き抜けにサイドテーブルに置かれたビール瓶をグラスに注いで呑んでいると、夕方、明石清吉が小出侑子の名を出したことが刺激になったせいか、不意に小出侑子が口にしていた「埋蔵金」のことが頭に浮かんだのだ。

「神田連雀町に駿河屋という油屋があったの。火事で焼けてしまったけどね。その敷地跡に駿河屋が代々溜めた一万両の財宝が埋められているのよ。あんた土を掘ったり木から木へ飛んだりするの得意でしょ。地図を書いてあげるから掘り起こしてみなさいよ」

小出侑子がそんなことを言い出したのは、毎月一日に「あじさい」で開かれていた同人雑誌の合評会のあとのことだった。多分十一歳年上の丸っこい女を二十三歳だった裕太郎はあきれ果てた顔で見詰め返したはずだ。

「いつのことですか、それは」

「火事があったのは文化八年二月。現在の三月初旬ね」

「文化八年？　江戸時代かあ。西暦でいうと何年かな」

「西暦はよく分からないけど、家斉の時代で江戸に初めて翻訳局が置かれた年よ。あんたアメリカに留学するんでしょ。そんなことも知らないの？」

「知るわけないでしょ、翻訳局なんて」

「とにかく探してきなさいよ。見つけたら地主から半分もらえるわよ。あんたも留学資金が必要でしょ。あたしなんかあんたに青春を滅茶苦茶にされて生活が大変なんだから」

「青春って、おばさ……」

あそこで口を閉ざしたのは賢明だったと裕太郎は思い起こしていた。最初に出会ったのはそれより半年ほど前の「あじさい」での合評会の日だった。いつも貸し切りになると聞かされていたのでまだ誰もいないと思った裕太郎は夕方頃、二階の部屋から喫茶店の土間にひらりと降りた。すると暗渠《あんきょ》のようになっていた床がぐにゃりと動き、ゲッ、と悲鳴があがった。巨大な牛蛙の上に乗ったかと感じたが、起きあがってきたのはタドンのような女だった。蛍光灯の紐を引くと案の定、顔も身体も丸い女だった。もう少し頰肉が削げればいい女になる、と思ったことを覚えている。

ただ、そのとき受けた背中の痛みがもとで女は四日間寝込み、起きあがれるようになってX線を撮りに病院にいったりする内に、不況のため人員整理を企んでいたデザイン会社を馘首された。その後どうにか小さな広告会社に潜り込んだが、給料は極端に低く抑えられていたようだった。それが女のいう失われた青春というわけだ。三十四歳の丸い体型だけが取り柄の女に、恋人がいるようにはとても思えなかった。

こわい年上の女にいわれて夜の十時過ぎに裕太郎はシャベルを持って、かつては連雀町といわれた淡路町二丁目の交差点から、神田川にかかる昌平橋あたりまで行ってみた。だが「駿河屋」の跡地は分からず、それで試しにその通りでは珍しい三階建ての家屋の壁をつたって屋根に上った。

暗い屋根が広がる町並みを眺めている内に、自分がまるで二百年前の江戸にいるような気がした。下に降りると人が出ていてシャベルをいじくりながら泥棒か、などと喋っていた。「そのシャベル、ぼくのです」といってそこに顔を出した裕太郎は、数人の男から散々に殴られた。

下宿の「あじさい」に戻ると小出侑子はまだ三畳間にいて古書店でその日買ったという分厚い『古事類苑　文学部一』のページを開き、眉間に縦皺を寄せてむつかしい顔で読んでいた。肩越しに覗き込むと書簡文「住吉物語」とあった。

「そのかたの恋しさに……夜をひるに参り給へ、あなかしこ、か。分かるんですか」

「分かるわよ」

「無理だな。あんたまだ男を知らないでしょ。その年で男を知らなくちゃいい小説なんか書けないよな」

「うるさい！　あたしの青春を返せ！　あんたのおかげで男を盗られちゃったんだ

からね」

振り返るなり弾丸の女は太い腕を裕太郎の首に回し、ぶらさがると次に抱え込んだ。裕太郎の身体はあっけなく押しつぶされた。この人は女相撲取りかとあわてたときには、女は裕太郎の腹の上に股を開いて乗っかり、両腕でぐいぐいと首を絞めてきた。

もうダメだと観念したのは年上女への敬意の証明だった、と裕太郎は思い出しながら淡路町二丁目の信号を左折した。かつて小出侑子が書いてくれた地図には淡路町二丁目付近の住所が添えられていた。

そのあたりに行くと丁度東方の空の下方が水色に染まりだした。狭い路地の間からは、雲の周辺が桃色に侵食され出すのが窺えた。

大通りを時折車が通ったが、歩道には人影はまったくなかった。三十五年前はしもた屋が建ち並んでいた通りは全く様変わりして、冷ややかな石壁が続くビル街になっている。当時はあった太い電信柱も見当たらない。

裕太郎は帽子を被り直すと、角に建っている六階建ての白っぽいビルを見上げた。

午前五時五十分に白雲書房の入るビルを出て、薄い光が漂う路地を歩き出したミドリが最初に考えたことは古手川宗幸のことだった。古手川が開く弁護士事務所で働きたいと思った。政治集団化する日本弁護士連合会のことなど、古手川の下で働くことと較べればどうでもよいことのように思えた。すでに天涯孤独の身なのだ、どう生きようと私の勝手だ、といきり立った。三十四歳元旦生まれに怖いものはない、と胸の内で快哉を叫ぶと思わず右腕が突き上がった。

そのときミドリの右目の隅に何か異質なものが映った。顔を斜めに上げると白壁に何か得体のしれないものが張り付いている。巨大なコウモリだと知ったとき、ミドリは年がいもなく「キャーッ！」と叫び声をたてた。

次の瞬間真っ黒いコウモリが視界を塞いだ。重いものが右肩を蹴った。ミドリは路上に横倒しになった。したたかに打った左腰からゴツンという無味乾燥な音が出た。

何がゴツンよ、と腹をたてた。それから横で膝を折って座り、道に落ちた帽子を被り直している男を見た。はっきりとその顔は分からなかったが、なんとなく見覚えがあるような気がした。

「佐久間君じゃないか。こんな所で何をしているんだ」

男は格別驚いた表情をしていなかった。それにあやまる気配も見せていなかった。

「は、早川先生じゃないですか！　先生こそ何をしていたんですか。今、そのビルの壁に張り付いていたんじゃないんですか」

「うん、そうだ。悲鳴がしたので飛び降りたんだが、君だったのか。こんなに朝早くから出勤かね」

「さっきまで仕事をしていたんです。仮眠をして編集部を出てきたばかりなんです。先生の原稿を入稿していたんです」

最後の言葉は相当ヒステリックになっているとミドリは自分でも思った。だが、頭の中では混乱が続いていた。

「肩の骨は折れていないようだ。気をつけて降りたんだが、当たってしまったな。君は案外丈夫な骨を持っているね」

「よ、余計なお世話です」

秋になればこの先生の担当からも離れられるのだとミドリは強気になった。

「壁に張り付くなんて、先生はスポーツクライミングでもやっているんですか」

「むしろスパイダーマンだな」

「あっ、そっか」

大通りに出るとふたりの足は自然に御茶ノ水駅の方に向かった。途中、ホテルの前で足を止めた早川は「佐久間君、工事中にここから小判がザクザク出たという話は聞いたことはないか」といった。知りません、と肩の痛みをこらえてミドリは素っ気なく答えた。

「三十五年前のことだが、このあたりに財宝が埋まっているから掘り出してこいと命じられて暗い中シャベルを持ってきたことがあるんだ」

「それって泥棒じゃないですか。今もそのつもりで壁をよじ登っていたんですか」

「いや偵察にきただけだ。三十五年前は住民から殴られて、今朝は君に見つかって泥棒と間違えられた」

「ステンソンの帽子を被って何をおっしゃっているんですか。立派な泥棒行為ですよ」

そう言ったとき、ミドリの脳裏に銀色の鋭い光が斜めに斬り込んできた。それは何かの刃物の反射で、そこにはコロコロと笑い転げる母の笑顔が映って見えた。封印されていた小学四年生のときの記憶が何の前触れもなく、鮮明に蘇ってくる気配を感じてミドリの胸が粟立った。

何故だかその日の母は妙に上機嫌だった。あたしのお父さんは何をしていた人なの、と聞いたミドリに対して、母は間髪を入れずに「盗賊よ」と答えたのだった。ぎょっとした。

「馬鹿なやつでね、わたしが神田連雀町に小判が埋まっているといったらシャベルを持って掘り出しに行ったの。でも住民に見つかってぶん殴られたわ。そういう悪い奴だからもうお父さんのことは聞いてはだめよ」

母は剃刀《かみそり》で腕を剃っていた。その青い光がミドリの目を刺してきた。気付くと自分の腕には鳥肌が立っていた。

「早川先生、先生は刑務所に入れられたことはありますか」

「ないな」

早川は気楽そうに青味を増した空を見上げて答えた。

「もし財宝を見つけたらどうするつもりだったんですか」

「三十五年前はある女にあげるつもりだった。今朝もし見つけていれば、入院費にあてるだろうね。いや妻が病気でね。健康保険に入っていないから大変なんだ」

そのことは編集長の滝本から聞いていた。入院費の工面をするために日本に戻ってきたということを知って、同情するよりそんな奇人の奥さんになる人なんているのかしらとミドリは不思議に思ったものだった。

「早川先生は……」

自分が、小出侑子という人を覚えているか、と訊こうとしていることに気付いて口をすぼめた。絶対に、生きている限り、絶対に母の名前は口にするものかとミドリは腹に力を込めて己れを諭した。

「どうかしたか」

振り向いた早川裕太郎の瞳に少女の影が映って見えた。錯覚だと分かっていても、なんだか許せるような気がした。

「君の瞳は茶色なんだな。ぼくもそうなんだ」

ミドリの目の奥を覗き込んで早川はそう囁いた。それから、のんびりと上を向いた。うまそうな鳥が団体で飛んでいくなあ、と空を仰いで呟いた早川は、急に頭を戻してミドリを直視した。

「磨けば光ると昨日言ったと思うが、今朝の君はもう光り出しているよ」

ささやかな慈愛に溢れた眼差しが向けられていた。絶対に許せる、とミドリは思った。

池のほとりで

妻の身体に癌があることが分かったのは三週間前だった。医者からそう聞かされても、照彦はそれほど取り乱すことはなかった。

美沙代は乳癌の不安をずっと抱いていて、その日、ついに意を決して検査を受けたのだった。

「乳癌の手術は成功率が高いのでしょう!?」

そう訊いた照彦に対して、まだ三十歳前後の医者は表情を変えずにいった。

「胃癌です。それも、かなり深刻です」

医者の年齢が、すでに自分より若くなってしまっていることに言いようのない感慨を抱いていた照彦は、その言葉を聞いたとたん、思わず身体中に戦慄《せんりつ》が走った。

「そんな、いい加減なことはいわないでくれ」

「いい加減ではありません。ここまで悪くなるのには、これまで相当自覚症状があったはずです」

医者は目に怒りに似た強い意志を浮かべてはっきりと言った。

そして今日、形だけの手術が行われたのだった。癌は他に転移していて、手の施しようがなかったのだ。


痛い思いをさせてまで、手術をさせるのではなかった。

入院前と比べてすっかり肉の落ちた美沙代の顔を見下ろしながら、照彦は胸の中で手を合わせた。

八歳の息子と二歳半の娘が、ベッドの端に並んで佇んで、麻酔で眠り続けている母をじっと見ていた。

できることなら、このまま目を覚ますことなく逝かせてやりたい。

それが残された家族の、そして、この世からその姿を消していく妻への、せめてもの救いではないかと照彦は思った。

看護婦が入ってきて、患者はあと三時間は目を覚ますことはないので、お子さんを家に連れて帰るのなら今がいいといった。

照彦は黙って頷き、娘を抱き上げた。何も知らない娘は、「わあっ」といって喜んだ。

父親が遊んでくれていると思ったのだ。

病院から自宅に戻る途中に公園があった。そこには直径三十メートル程の池があり、集まってくる野鳥を目当てに、池のほとりにカメラを構えて待っているバードウォッチャーも多くいた。

かつて、その池は倍程の大きさがあり、小学生の子供たちや老人にとっては、恰好の釣り場だった。

埋め立てによって半分になってしまったが、それでも池を取り巻く環境は昔のままで、古くからの木々がそのまま池の周辺に植えられていた。

「ちょっと公園に寄っていこう」

照彦は後ろの座席に座らせた子供たちにそう声をかけた。

すでに母が普通の状態にはないことを察知している息子は、青ざめた表情で頷いた。安全ベルトで小さな身体を締められた娘は、車内の暖房に当てられて、すでに気持ちよさそうに眠っていた。

眠りを起こされた娘は、初めの内は不機嫌だったが、池のほとりが、泥遊びに適し

ている
ことを発見すると、急に元気になった。

夏には生い茂っていた草花も、今は枯れ果てていた。

照彦は汚れたベンチに腰をかけ、黒い池の面を眺めた。そこには、小学校時代からの思い出が息づいていた。

それは、美沙代との思い出の歴史であった。

「お母さんと、一番初めにこの池に来たのは、小学校二年生のときだった。そう、丁度おまえの年齢だったんだ」

初めて聞く話に、息子はちょっと不思議な顔をして父親を見た。

だがすぐに、父親に倣って、視線を冷ややかな池の面に向けた。

「一学期になって席替えがあってな、お母さんと隣り合わせになったんだ。給食も一緒に食べ、テストのときにはお互い見せっこをしたものだった」

照彦は給食で出される粉末のミルクが嫌いだった。豚肉などは見るのもいやだった。とても人間が食べられるような代物ではなかったからだ。

「その粉ミルクを、お母さんは、おいしそうに飲んだ。そんなものがうまいのか、と訊くと、うん、おいしいヨ、といって実にうまそうに飲むんだ。唇の周りに白い粉が残って、それでも恥ずかしがらずにいつでも飲み干していた。

あまりおいしそうに飲むんで、ついお父さんも飲んでみたくなった。やはりうまいとは思わなかったが、それでも、それからは給食のミルクを飲めるようになったんだ」

豚肉を残しているのを見ると、美沙代は不思議そうにしていた。どうしてあんなにおいしいものを食べないのだろう、という顔をしていた。

だが、照彦が代わりに食えよ、といっても決して手を出してはこなかった。ただ笑って頭を横に振っていただけだった。

「おとなしい子で、ほとんど口をきくことはなかった。まずい給食でも愚痴をいわず残さず食べた。だから、いつの間にかお父さんもお母さんの真似をして全部食べるようになり、ついに、豚肉も平らげることができたんだ。あのとき、もし肉嫌いのままになっていたら、こんな丈夫な身体にはなっていなかったと思う」

息子は黙って頷いた。美沙代に似ておとなしい子であったが、大人の言葉を全て理解できる明晰さを備えていた。

「あるとき、お母さんを釣りに行こうって誘ったんだ。どうして釣りをする気になったのか覚えていないが、とにかくそんな気になったんだ。お母さんは黙って頷いた。それから――」

おかっぱ頭の美沙代は、何がおかしいのか、両手で口を覆って、珍しくクスクスと笑ったのだ。

その日の成果は散々だった。池の底にこびりついているダボハゼが二匹釣れただけで、ちっとも楽しくはなかった。

だが、美沙代は少しも退屈した様子もなく、照彦が餌をつける手をじっと見つめていた。ダボハゼでも釣り上げると、美沙代は手を叩いて喜んだ。

照彦は照れ臭くて仕方がなかった。そばに大学生や老人が釣り糸を垂れていて、生きのいい口細を次から次へと釣り上げていたからだ。

「二度目のときには、釣り具屋に寄って新しい竿を買ったんだ。さすが新兵器はすごかった。わずか三十分の間に口細が何匹も釣れた。お母さんはずっと手を叩きっぱなしだった」

それが上級生のカンにさわったのだろう。少し離れたところにいた彼は、二人のところに来るなり、やにわにバケツを持ち上げ、中に入っていた口細を池の中に捨ててしまったのだ。

彼はどうだ、といわんばかりの態度で胸をそらし、自分の場所に戻っていった。照彦は顔を赤くして俯いていた。

くやしかったが、どうすることもできなかった。

「お父さんは身体が小さくて、気が弱かった。人と喧嘩をすることなんてできなかったし、ましてや、自分から何十センチも大きい上級生を相手に文句をいうことなどできるはずがなかった」

その時、美沙代が立ち上がって上級生の方へゆっくりと歩いていった。だが、照彦はそれを見ていなかった。もし、下手に顔を上げて、上級生と目を合わせたりしたら、次にどんな因縁をつけられるか分からなかったからだ。

「このやろう、と上級生が叫んだんだ。それで初めてお母さんが何をしでかしたか分かったんだ。お母さんは、その男の釣り上げた魚を、バケツごと池にほうり込んでしまったんだよ」

上級生は怒り狂った。仁王立ちになるなり小さな美沙代を抱き上げて池の中に放り込んだ。すでに十月末になっていて、池の水は凍りつくようだった。

美沙代は悲鳴をあげたが泣いたりはしなかった。

小さな手足で必死に水面を叩いて岸にたどりつこうと努力していた。

照彦は立ち上がったものの、何もできず、すくみ上がったままでいた。

「ところが、そいつはびしょ濡れで岸に上がったお母さんを、また投げ込んだんだ。

お母さんの身体が泥水に沈んだとき、お父さんは生まれて初めて他人に向かっていったんだ」

　頭から上級生の胸に突っ込んだ。

　一度目はハネ返されたが、二度目は両手でしっかり腹を持って決して離さなかった。上級生は力まかせに照彦の背中を殴った。

　照彦は泣いていた。泣きながら相手の身体を嚙みまくった。

「気が付くと上級生は泣きベソをかいていた。お父さんとびしょ濡れのお母さんの前で、だらしなくしゃくり上げていた。そのとき、もうかえろ、とお母さんがいったんだ」

　うす暗くなった池のほとりで、その声は、まるで天使の奏でたハープのように、やさしく、そして、凜《りん》と響いた。

「釣り道具をまとめて、濡れた服のまま、お父さんとお母さんは二キロの道を歩いた。もう夕焼けも落ちてしまって、とても寒くなっていた。だけど、お父さんの胸の中は炎のように燃えていた。だって、あんなに大きな上級生に勝つことができたんだからね。……勇気だ。それを教えてくれたのは、お母さんだった。おとなしくて、ほとんど口をきくことのなかったお母さんが、身をもって教えてくれたんだよ」

中学校まで美沙代とは一緒だったが、互いに意識してか、ほとんど話すことはなかった。美沙代は普通高校に進学し、照彦は、理科系の大学付属高校に入った。

二人が再び出会ったのは、中学校時代の同級生の結婚式でだった。照彦は社会人二年生になっていた。美しく成長した美沙代を前に、顔を真っ赤にさせて、「あのう……」と口を開いた。

二人の付き合いが、ためらいがちに、静かに始められた。

「結婚したときのアパートは、お風呂がなかった。わずか六畳一間で、おまえの今の勉強部屋より狭かった。二人で銭湯に行きながら、いつか、風呂付きのアパートを借りようと話していたんだ。給料の出たときは、銭湯の帰りにお好み焼き屋に寄って、ビールを飲みながら二人でお好み焼きを食べた。それが、とっても楽しみだった」

独立して会社を興したのは、照彦が三十一歳のときだった。

ベンチャービジネスのはしりで、いくつかの雑誌に取り上げられた。

いずれ半導体の時代が来ると信じていた照彦は、二年を待たずして、自分の目が正しかったことを知らされたのだ。

「仕事は大忙しだった。お母さんも一緒に働いてくれた。毎日十一時まで働いた。

それでも仕事は追いつかなかった。家も建った。みんな、やっと、これからゆっくりできると思ったのに。お母さんは……」

熱いものが照彦の胸にこみ上げてきた。

パパ、パパ、と泥のついた手で娘が照彦の膝に触れてきた。

この子は、たった二歳半で母を失ってしまうのか、と思うと、さらに涙は熱く流れた。

「とうさん、病院に戻ろうよ。かあさんが待ってるよ」

息子が横に来ていった。

うん、うん、と頷きながら、照彦は両手で顔を覆った。

ただ、ただ、悲しかった。

Ⅳ

祈り

1

クラブハウスの食堂の一角に設けられた記者会見場に入ったとき、清治《せいじ》は、今年になって出場した五つの競技で顔見知りになった記者のほかに、数多くの見知らぬ取材記者が坐っているのに気づいた。

アジアサーキットの最終戦をも兼ねた今週の競技は、外国誌の記者からも注目されていた。日本プロゴルフ協会公認の本年度七つ目のツアー競技で、それまでののんびりと調整がてらの出場をしていたベテラン選手たちも、気合いを入れて試合に臨んできていた。

その大きな競技で、まだ二十四歳、ツアーライセンスを取得して三年目の新人の夏《なつ》木《き》清治は、三日目を終えて11アンダーのトップにたってしまったのだ。

普段のトーナメントであれば、ゴルフ雑誌とスポーツ新聞の記者だけで席が占領されてしまうのに、今日はその上に一般紙やゴルフとは無関係の総合雑誌の記者の人たちも来ているようだった。

指定された椅子に坐ったとたん、フラッシュがたかれ、ビデオカメラ用の照明が強く当たってきた。心臓がはね上がり、額から汗が油のように流れ出した。そのとき清治は、やはり自分は、ゴルファーには向いていないのではないかと思った。

1メートル50センチのパットが入らない。それも、精神を集中し、あらん限りの勇気を振り絞って打って出たパッティングが、カップにかすることなく抜けてしまう。プレッシャーが手元を狂わせ、そのたびにほぞをかみ、自分を叱咤し、あきらめずに練習グリーンに戻って暗くなるまでパッティングをくり返す。

それなのに、翌日の試合では、決めなくてはいけない1メートル半の距離のパットを、いとも簡単にはずしてしまうのだ。

一流のプロゴルファーは、それを決める。それができない者は、落ちこぼれていくしかないのだ。技術だけではカバーできない天性のセンスがそこに要求される。

自分には、その一番大事なものが欠けている。兄と違うのは、そのところだ。

そのため、十代の内に合格してもよいと周囲から目されていたプロテストに二度落ちた。1メートル前後のパットを何度もしくじったせいだった。

「ショートパットをはずしていなければ、初出場、初日トップの快挙だったのにね」

今年の三月末に開催された競技にプロとして初めて出場して初日二位タイとなり、記者会見の席に呼ばれていきなりいわれた言葉がそれだった。そのときも全身がいっぺんに熱くなり、身体から湯気が立つように感じられた。

その折の質問もすぐに予想していた通り兄の祐一郎《ゆういちろう》とのからみに移され、現在アメリカを転戦中のお兄さんに今日の結果をどう報告するか、兄弟対決を早くしてみたいか、というようなことを報道陣から矢つぎ早に訊かれたものだ。

清治はなるべく控え目に答え、記者たちはそれを初出場の緊張と偉大なる兄と比較され続けたための萎縮《いしゅく》と理解したようだった。

だがそのときの清治は、記者たちから解放されて早く練習場に行きたい気持でいっぱいだったのだ。

宮崎県のゴルフ場で開催されたその大会では、ギャラリィ達のざわめきや視線にやっと慣れた十四番ホール目から、ボールが左に引っかかりはじめ、それを修正しようとしてカット気味に打ちだすようになって距離感が狂いだした。

そうなった原因は分かっていた。十二番で1メートルの下りのスライスラインのパットをはずし、十三番で2メートルのバーディパットを逸してしまったからだ。パッティングのいらつきが平常心を失わせ、ショットにも影響しはじめたのだ。

不安を抱えたままの記者会見から解放されて練習場に向かったが、自分が百四十四人の出場選手中、二番目によい位置にいる者だという余裕など少しも持てなかった。練習場でのショットにも微かなブレがみられ、その原因がはっきりつかめないまま二日目を迎え、82のワーストスコアを叩いてあえなく予選落ちをしてしまった。

初日二位タイからの予選落ちは数年ぶりのことだと、格好の話題になった。当然、兄との能力の差も取り沙汰された。兄は、二十二歳の若さでプロデビューするなり、地方のオープン戦とはいえ初出場初優勝を成しとげ、その年、関東オープンの公式戦も含めて五勝をしてしまったのだった。

「初日4アンダー、昨日が3アンダー、そして今日も4アンダー。先週、プロ入り以来初めての賞金を得て、何か悟るものがあったんじゃないですか」

一昨日の記者会見のとき、「今度は予選落ちの心配はないでしょうね」と無遠慮な質問をしてきた江崎というスポーツ紙の記者が、口火を切ってそう訊いた。

「さあ、自分では分かりません。でも、先週、四試合目でやっと予選を通ることができてほっとしたのは確かです」

その試合では四十二位タイになり、二十二万円の賞金をものにした。だがそれも、東京から熊本までの往復の飛行機代、そして宿泊代とキャディフィで全てが消えた。

「ここのグリーンにはみんな悲鳴をあげているけど、夏木さんには合っているんじゃないの。苦手のショートパットもよく決っているみたいだし」

「まだ夢中で、自分に合っているかどうかと考えている余裕はありません」

いくつかの質問のあとで一般紙の記者が手をあげた。

「お兄さんの夏木祐一郎選手はこの試合が今期初出場なんですが、初めて一緒にトーナメントに出る気持はどんなものですか？」

「どんなって、兄は三十八勝もしている一流プロですし、比べものになりません」

「まだ時差ボケもあるせいか今日まで4アンダーの十一位タイ、あなたとは七打差もあるのですが、脅威は感じますか？」

「はい。兄はすごいです。でも、今のぼくには、兄だけでなく、他の人のことを考えることなんてできないんです」

「お兄さんから何か助言をもらいましたか？」

「昨日、練習場で『周りを気にせず、自分のゴルフに徹しろ』といわれました」

別の記者が質問した。

「夏木清治さんのゴルフというのは、分かりやすくいうと、どういうものですか？」

「未熟なものです」

場内から失笑があった。清治はさらに小さな声で言葉をたした。

「だって、自分のゴルフが一番自信がないんです。そんなものに徹したら、他の人より実力が劣っているのがすぐに分かってしまいます」

記者団は素直なのか、おとぼけなのかどちらとも測りかねる清治の答えに、大声をたてて笑った。清治は冷汗《ひやあせ》をいっぱいかいてクラブハウス横の練習場に向かった。途中で数名の記者をひき連れて戻ってくる兄と出会った。兄は浅黒い肌に白い歯を覗かせて爽やかな笑みを浮かべていた。

「いい上がりだったな」

兄は自分の方から立ち止って声をかけてきた。ええ、と清治は臆した気持で答えた。同じ父を持つ兄弟なのに、兄の方が10センチも背が高かった。それは、母親の違うせいなのだろう。

「今日の練習はおさらい程度にしておけよ。今の調子を持続させるだけのタイミングをつかめばいいんだ。それ以上の欲をかくなよ」

兄は記者を意識してか、少しカン高い声でいった。ギャラリィの間から感心したような溜息が洩れた。清治が他人行儀な顔で礼をいうと、兄は肩をポンと叩いて記者達を従えて立ち去って行った。

「お兄さんとは、いつもあんな感じで話をするのですか?」

一般紙の記者がちょっと腑《ふ》に落ちないといった顔で訊いてきた。ええ、まあ、と清治はあいまいに答えた。

「十歳も年齢が離れているせいかな。でも、子供の頃から一緒にゴルフをしていたのに、お兄さんの態度は少し高圧的ですねえ。ジャンボだったら弟の健闘をもっと無邪気に喜びますよ」

彼は首を傾げてなおもそう呟《つぶや》いた。

「夏木祐一郎の場合は、初めから弟もプロになった以上、ライバルの一人だと見ているんですよ。清治君にとってもその方が有難いことなんでしょ?」

ゴルフ雑誌の記者がその場の雰囲気をなごませるように、軽い調子の話し方で清治の顔を覗き込んできた。

ええ、まあ、と言葉を濁しながら清治は練習場に急いだ。兄が、自分のことをライバルだと見なしたことはただの一度もないことを、清治は知っていた。兄の自分を見る瞳の奥には、いつも冷ややかな感情が凍りついて張っていた。まばたきをすると、それは溶けて蔑みの色に変わった。

清治は兄のその気持を、反発することなく受け入れた。そうすることに慣らされていたし、その方が心の奥深くで兄を慕う自分の気持に傷つくことがないだろうと思えたからだ。高校、大学とトップアマの道を歩いてプロ入りした兄の姿は、さっそうとしていて格好がよかった。中学を卒業後、ゴルフ場に見習い研修生としてやっと入ることのできた清治にとって、兄は大空を飛翔する大鷲のように思えたものだった。

2

トーナメントコースの茨城ゴルフクラブを後にした清治は、アパートには戻らずに、そのまま自分の所属している大利根国際に行ってクラブを車から降ろした。

コース内に客の姿はもうなく、クラブハウスの中でコンペ終了後の宴会が二組開かれていた。清治は支配人と自分を育ててくれた所属プロに挨拶をして、練習グリーンに上がった。

二つのコースは土壌、コースのレイアウト共によく似ていた。ただ、茨城ゴルフクラブの東コースは自然の池を生かしているために、フェアウェイを狭く使うことしかできず、細かいマウンドと合わせて、ドライバーの落とし場所がむつかしくなっている。前半の九ホールでは三番ホールが難所で、右のクロスバンカーをさけて距離を稼ごうと思えば左の林に入ってしまうことになりかねない。ティショットにアイアンを使えば、200ヤードの距離が残る。インのスタートの十番ともども、たとえボギィを叩いても腐ったりしないことが肝要だった。

1メートル半のパットさえ入ってくれれば、ショットの方はなんとかなる。

パッティングをしながら、清治の頭の中は、明日の試合のことでいっぱいだった。自分の狙い通りのショットが出るとギャラリィの拍手が起き、それが短いパットをはずしたあとでは重い嘆息に変わっていく。

薄暗い練習グリーン上でカップにボールが落ちる音を聞きながら、清治の脳裡には、手がしびれて動かすことのできない自分の姿ばかりが、強迫的に、次から次へと現れてきた。その想像に、息苦しさのあまり胸が痛くなる程だった。

コース所属の伊藤プロがやってきて、清治の練習をじっと見つめていた。

「明日の朝も、ここで打ってから行くか?」

「お願いできますか?」

「あたり前さ。五時から門を開けておくから好きなときに来いよ。ただし、ムキになって打ち込むなよ。いい気分で終わらせてトーナメント会場に行くのが一番いいんだ」

伊藤プロはごつい顔をほころばせてそういって去っていった。

伊藤プロに声をかけてもらったおかげで清治の脳裡に空白ができた。それからは、何も考えずにパッティングのラインをまっすぐに出すことに専念した。あたりがまっ暗になると、自分の指先がまるでパターのヘッドと血管でつながっているようにすら感じるようになった。

ボールがカップに落ちる音が小気味よく響き、ときにはその音が、二十年前に肺癌で亡くなった母のすずし気な忍び笑いのようにも聞こえ、清治はますます夢中になってパターとボールと戯《たわむ》れた。

アパートに戻り、風呂を沸かす間、今日の攻め方と結果を、ホールごとにノートに書き記した。風呂に入るときに、電話があった。

――遅かったのね。七時には戻るっていっていたから。

「取手に行って練習していたんだ」

――食事、作りにいこうかと思っていたから、それで……。

「萬來軒ですませてきた」

——……今夜、行っていい？

「一人でいたいんだ」

——そう言うと思ってた。清ちゃん、ずっと旅に出ていたから……。こんなことって初めてだから、あたしもどうしたらいいのか分かんなくなっちゃって。

「ごめん。おれ、こういうとき、いつでも一人でいたから。プロテストのときも、去年の統一予選会のときも……ごめん」

——そうだよね。清ちゃん、そうやって集中力を高めていたんだものね。へへ、予選会通ったら、本当のツアープロの生活をするなんて、あたし知らなかった。

「夏までだよ。それまでにいい成績あげられなかったら、またずっとここにいて打ち込むことになるんだ」

——明日、頑張ってね。もし優勝できたらスターだね。

「そうかな」

——そうよ。清ちゃん、顔がいいから。……明日、応援にいくね。

「…………」

——いっちゃやだめ？

「どっちでもいいよ」

――じゃ、行く。

「来てくれるのは嬉しいけど、おれ、陽子のこと、忘れているよ。完全に忘れると思うよ」

――うん……。そうだよね。当然だよね。

二人の子供を寝かしつけて礼子はコーヒーをたてだした。祐一郎はクラブの手入れを終えて洗面所に立った。戻ってくると、テーブルにコーヒーが置かれるところだった。

「清治さん、優勝できるといいわね」

礼子は昔を懐しむような表情でそういった。祐一郎は黙ってカップを口に近づけた。

「今夜ぐらい夕食に呼んであげればよかったのに」

「そんなことしたら、あいつがかえって窮屈な思いをするさ」

「でも兄弟なのに」

「兄弟といったってあいつは……」

妾の子、と続けて口にしかけて祐一郎は言葉を呑んだ。礼子の黒い瞳から針のような視線が射してきていた。

「やっと一緒に住んだのは四年間くらいだからな。それも、やつが四つのときから四年間だ。弟という意識はおれにはないよ」

「清治さん、いつもさみしそう……」

祐一郎は目をあげて礼子を見た。肩を落として横顔を向けている礼子の姿は、病弱な弟を気づかう姉の姿を思わせた。

「たぶん今夜は彼女と一緒だろう」

コーヒーの苦みが舌の上を暴れた。こういうコーヒーのたてかたをしたときには、妻には逆らわない方が賢明だと祐一郎は思っていた。

「ああ、一度会ったことがあるわ。売店にいた子ね。気持のあたたかそうないい子」

「不細工な女だよ。余程女に飢えていたんだろ」

「あなたって、どうしてそんな言い方しかできないの」

きつい眼差しが射してきていた。祐一郎は足を組み、欠伸《あくび》をした。

「今頃、初優勝のプレッシャーで震えているわ。ひと言あなたが勇気づけてあげれば清治さん、ずい分救われるはずよ」

「あいつに救いは無用だよ」

「どうして？　どうして無用なの？」

「救われる運命にないからさ」

礼子は目を丸くした。その瞳の先が尖っていた。

「あなたは清治さんに優勝してほしくないのね。母親が違うというだけでどうして
そんなに冷酷になれるの⁉」

「おれのお袋は、やつの母親のために六年間も泣き通しだった。冷酷なのじゃなく
て、やつを肉親と思うことができないだけさ」

祐一郎はコーヒーを半分残して立ち上がった。礼子は背中を向けて顔を伏せていた。

「やつの罪ではないのは分かっている。しかし、おれの感情が許さないんだ。これ
からも、やつのことでかばいだては一切するな。あいつにだけは、どんなことがあっ
ても優勝させない」

スリッパの音をたてて寝室に向かい、ドアを開いた。何か小さい声が耳に入った。

祐一郎は佇み、妻を振り返って見た。丸めた細い背中が微かに震えていた。

「何かいったか」

「清治さんが、かわいそうといったの……」

「いいか。二度とそんな……」

声を荒げようとした瞬間、礼子の上体がくるりと回転した。濡れた瞳が彼をとらえ

た。

「清治さんはあなたが好きなのよ。どんなに冷たくされても、あなたのことを好きなのよ」

「あいつがおれに対していい感情を抱いているはずがない。あいつはおれに好かれようと、こ狡《ずる》く振るまっていただけなんだ」

「あなたには分からないのよ。あなたは一度だって清治さんの気持を知ろうとしたことがないんですもの、分かるわけないのよ」

「おまえだってあいつと何度も会っているわけじゃないだろ。それがどうして分かるんだ。まったくばかばかしい。女はすぐに自分の都合のよいように解釈する」

背を向けて寝室に足を踏み入れた祐一郎は、妻の呟きを耳にして、再び足をとめた。それはまるで老女のとなえる念仏のように祐一郎の耳の奥に忍び込んできた。

「十年前、あなたが初めて日本オープンをとったとき、まだ中学生だった清治さんがこっそり応援にきていたのを知らないでしょう。あれだけのたくさんのファンの中で、あなたの優勝を泣いて喜んでいたのはあの人だけだったということも知らないでしょう。あたしがあなたにそのことをいわなかったのは、冷たいあなたの反応を見たくなかったからよ。本当に、何の邪心もなくあなたを好いて、あなたに憧れてゴルフアーの道に進んだ弟なのに……実の弟なのに……あなたは……」

3

最終組の三組前の祐一郎は、前半九ホールで三つスコアを縮め十番ティに立ってリーダーズボードを見上げたとき、首位をいく清治が一つスコアを落とし、その差が三つに縮まっていることを知った。

——簡単には優勝させない。

国内第一人者としての誇りが祐一郎をそう呟かせていた。試合三日目の前日までの体調は、アメリカでの転戦の疲れが残っていたせいか身体が重く、ボールもすっぽ抜け気味に出ていく方が多かった。それでもなんとかアンダーパーでやってこれたのは、アメリカのタフなコースに比べて、日本のコースが易しくできているせいだった。戦略性のあるこのコースでも、無茶な狙い方をせずに無難にまっすぐにボールを運ぶことさえ心掛けていれば、まだ本調子までは程遠い祐一郎でも上位に食い込むことは可能だった。

そして最終日の今日は一転して身体のキレが良くなった。あまり良すぎて初めの数ホールは戸惑いの方が先に立ってしまった程だった。

気負った十番をボギィとした祐一郎は、自戒を込めた十一番ですぐにバーディを取り返し、十三番のパー3、十五番のパー5、そして難所の十六番パー4とバーディを奪い、最終十八番のパー5でも果敢に2オンを狙い、それを見事に果たしてグリーンを見下ろす観客席に陣どったギャラリィから盛んな拍手を浴びた。そのホールも簡単にバーディをものにし、この日ベストスコアの65、四日間通算で11アンダーとし、前日までのトップのスコアに並んでしまった。祐一郎のその底力は、アジア各地を転戦してきた外国人プロたちをも驚嘆させた。

アテストを終えると、祐一郎は十八番グリーンの奥の本部テント前に坐って、清治ら三人がトップ争いをしている最終組を待ち構えた。プレーオフに残ることができれば、自分に一番優勝のチャンスがあることを、祐一郎は長年培った勝負勘で知っていた。

前半九ホールで一つ落とした清治は、十五番でバーディを取り、スコアをスタート時の11アンダーに戻していた。

相手は台湾の陳麗清《ちんれいせい》で、10アンダーでスタートし、十七番を終えたときには、12アンダーと清治を逆にリードしていた。

十八番のティショットを、清治はフェアウェイ右サイド、陳はさらに右のラフに打っていた。その報告を組織委員の傍受する無線で聞きながら、祐一郎は四歳の清治が初めて家に連れてこられた夜のことを思い出していた。

「清治だ。今夜からここに住むことになった」

黒の革ジャンを着て玄関に入ってきた父は、外の寒さに凍えていた幼児を無造作に部屋の中にほうり込んだ。

それが誰の子供であるか知っていた祐一郎の母はかたくなに拒み、無神経な夫をののしった。

ストーブの横で怯えきっていた幼児は、やがて自分の生みの母が病死したことも知らずに、大人たちの荒々しい怒鳴り声の下で首を前に落として眠りだした。中学二年生だった祐一郎は、その無邪気な幼児の寝姿を見下ろしながら、こいつは自分にとってはサンドバッグの意味しかない、と呪文のようにとなえ続けていた。

それから一年後の高校受験を控えたある晩、こたつに足を入れて勉強している祐一郎の周りを、お兄ちゃんお兄ちゃんといって清治がまとわりついていた。あまりうるさいのでつい腕を横殴りに振り、確かな手ごたえと共に、ぐっ、という呻き声が聞こえたのにもかまわず勉強を続け、一時間後に空腹を感じて立ち上がったとき、玄関のたたきに敷居から頭を下にして落ちている清治を見つけたのだった。脳震盪を起こしていた清治は、あと何時間かそのままにしておいたら、ショック死をしかねない状態だった。

その後小学校に上がった清治が、はじめの一、二年、右半身の動きが緩慢でぎこちなく、運動神経も他の子と比べて劣ることが多かったのは、あのときの後遺症かもしれなかった。そのことに対して、ざまあみろと思うことがあっても、気の毒に思う気持は祐一郎にはまるでなかった。

確かに、あいつは、万事に劣っていた、と祐一郎はひとりごちた。2オンを狙った陳のショットが池に入り、第四打でグリーンをとらえることを余儀なくされたのを知りながら、ここで、もし、清治がバーディを取れず、自分とプレーオフになれば、万に一つもやつには勝ち目がないな、と思いながら、記憶は再び過去にさかのぼっていった。

父兄参観では、清治の教室を覗く両親はなく、その点では母は故意に清治は別の女が生んだ子だと、他の人たちに知らしめているような態度だった。

四年生になったとき、父兄とは兄のことでもあるのだと父にいわれて、一回だけ清治の教室に祐一郎は顔を出した。小柄な清治は一番前の席でみんなから離れるように坐らされており、教師の質問に対して他の子供たちが威勢よく手をあげるのに対して、一人顔を赤く染めて俯いていた。

クラス対抗のソフトボールでもその不器用さはいやがおうでも目を引き、ライトフライに対しては前に突っ込みすぎて倒れ、バッターボックスに立てばボールとバットの間を30センチもつけて空振りするという有り様だった。骨格も細く、まるで女の子のようだった。

顔色も白いというより青白く見える清治を遠くから眺めながら、大学入学と同時に千葉の実家を出て都内に下宿していた祐一郎は、継母から充分な栄養を与えられずに育てられた清治の、少年時代を時折思い出していた。

そして、あいつは、生まれてくるべきではなかったのだ、と自分の胸の内に向かって語りかけ、そのか弱さも、全ての能力が自分より数段劣っている事実に対しても、誰からも救ってもらうことのできない弟の運命の結果なのだと冷ややかに考えるよう努めた。

無線から声が響いてきた。

——夏木、グリーンまで205ヤード。3番アイアンです。

選手から見て、ピンは右奥の傾斜のきついところに立てられていた。右からドローボールで攻めればアイアンでも届くが、グリーンに落下してから左回転を与えられたボールは止まらずに奥のラフまで転がってしまう。そうなれば、バーディを取ることは絶対に不可能だ。

2オンを狙うならば、高く、止まるボールを打たなくてはだめだ。さらにピンにからませようと思えばフェードボールで直接ピンに向かって攻めなくてはならない。地力のいるショットが必要だった。そんなボールは、非力で下半身の軽い清治には打てるはずがなかった。

200ヤード彼方のフェアウェイで小さな歓声が上がり、白球が青い空に舞い上がった。二秒後、グリーンを取り巻くギャラリィの間から重い溜息が吐かれた。グリーン右サイドの深いバンカーにボールはつかまったのだ。

——目玉になっています。

その報告が祐一郎の耳にも届いた。478ヤード、パー5の最終ホールは、ひとつ攻め方を誤ればダブルボギィも叩いてしまう。

ボールが砂の中に埋まった状態では、あの2メートルもある土手を越えるだけの高いボールを打つことはむつかしい。それをグリーンに載せることはさらに厳しく、ましてピンにからませることはどのような高度なテクニックを使っても不可能だった。

「悪くてもプレーオフ、順当ならば夏木祐一郎の優勝だね」

記者の江崎が横にきていった。祐一郎は腹の中でその通りだと思いながら、視線をホールに向かってくる三人の選手に向けた。

最後に清治がグリーンに上がってきた。バンカーに落ちたボールとピンとの距離を確認して、バンカーに入っていった。

細面の顔に汗が吹き出していた。いまにも泣きだしそうな情けない表情をしていた。その切れ長の目は微かな救いを求めてピンを、はるか遠くの雲の果てを見つめるように見上げていた。その瞳に哀愁の色が浮いていた。

あの目を、以前にも見たことがある。祐一郎は記憶のページを無意識にめくっていた。

初優勝の祝賀会の席で、あいつは人ごみの中からずっとあんな顔でおれを見つめていた。中一のくせに、まるで小学校三年生のような華奢《きゃしゃ》な身体をして、仔犬のように震えていた。そして、誰からも声をかけられずに、暗い夜の中にあいつは一人置き去りにされたのだ。喜びに溢れた祝いの席で、あいつはそれまでと同じように疎外されたのだ。

中学校を卒業したあいつが、追い出されるように家を出されてゴルフ場に住み込むことになったとき、おれの前に小さなバッグを一つ持って挨拶にきたことがあった。

痩せこけた野鼠のようなあいつを、おれは完全に無視して練習を続けた。別れ際にあいつはおれをおにいちゃんと呼んだ。ガキじゃあるまいし、気持の悪い呼び方をするなとおれは怒鳴ったものだった。あいつはじつに悲しそうな目で俯いた。

バンカーから砂が上った。その中から白球が伸び上がり、グリーンに落ちた。ボールは歓声と悲鳴が交錯する中を、ピンから10メートル以上転がってグリーンのはじで止まった。

青ざめた顔の清治がグリーンに上がり、パターを手にしてラインを読んだ。その長いパットを入れれば優勝するが、それを望んでいる者は、ギャラリィの中のほんの一部に過ぎなかった。みんな、兄弟対決のプレーオフを心の隅で望んでいたはずだ。

素質のないあいつがよくぞここまで頑張ってきたものだ、と祐一郎は思っていた。そして、たった一人で、よく生き抜いてきたものだと考えてもいた。

たった一人で……。

祐一郎は、はっとした。こいつは、ずっと一人で、父からも、兄からもあたたかい言葉をかけられることなく、雨の中に棄てられた仔犬のように生きてきたのだ。

あなたを好いているのに……。

あなたの優勝を泣いて喜んでくれたたった一人の人なのに……。

祐一郎の脳裡に、妻の言葉が蘇り反響していた。

非力なあいつが、痩せこけたあいつが、栄養失調児だったあいつが、たった一人で、素直な心を失わず、ここまで生きてきたのだ。

清治の手が動いた。パターがボールを打った。その瞬間、祐一郎は心の中で手を合わせていた。

入れ、入ってくれ！

勢いよく転がったボールは傾斜を上った。ギャラリィの歓声がなだれのように高まった。白いボールはカップの向こう側のふちに強く当たり、いったん伸び上がってカップの中に落ちていった。拍手が湧き上がった。

祐一郎は椅子からゆっくりと立ち上がった。清治はまだグリーン上で茫然と佇んでいた。

「清治!!」

祐一郎は声を放った。

横を向いた清治の目が兄をとらえた。黒い潤いのある瞳が嵐のように渦を巻いた。

走ってきた清治が祐一郎の胸の中にとび込んできた。祐一郎はその細い身体を抱きしめた。弟の嗚咽が祐一郎の胸に伝わってきた。万雷の拍手が二人の上に落ちた。

たぶん、と兄は静かに思っていた。

たぶん、おれがいま祈ったように、おまえはずっとおれのことを、おれの健闘を、ずっとずっと一人で祈ってくれていたのだろうな。

視線の先の樹木が、青い空を背景にすずし気に揺れていた。その緑の葉が水滴で滲んでくるのを、まるで海の中にいるようだと彼は思って見つめていた。

セカンド

村中幸夫の好守備が、ほんの少しだが、生徒たちの間で囁かれはじめていた。

その年、陽明高校野球部は、創立以来二度目の夏の甲子園出場を果した。選抜には、三年前の春に出場したが、一回戦で敗れていた。十六年ぶりの夏の甲子園大会出場ということで、東京都下多摩市にある小さな街は沸き返った。

エースの左腕、倉内健はスーパースター並みの扱いを、連日マスコミから受けていた。早くも、ドラフト指名の時が人々の間で話題にのぼっていた。

報道陣の前では、優等生の発言をして好感を持たれている倉内も、親しい者たちの前では、ワンマンぶりを発揮していた。甲子園出場が決ってからは、ことに顕著になった。生意気な発言をする者がいると、部員であるなしにかかわらず、応援部の者に命じて制裁を加えさせた。

有頂天になっていた倉内に水をさしたのは、中心打者であるサードの鈴木であった。

甲子園へ向けて最後の練習を終え、報道陣を待たして部室で着換えをしているときだった。

倉内の剛腕ぶりを二年生が誉めたたえていたとき、ふいに鈴木は思い出したようにいった。「でもよ、あのときセンターに抜けていれば、勝ち目はなかったよな。ムラが押さえてなければ甲子園の土を踏めなかったよ」

その言葉を聞いて、気のよい数名の部員が、そうだよな、といって同意をした。倉内の顔色が変ったのに気付いた者は、笑い声をとめて俯いた。鈴木は無頓着だった。

「あれは完全にヒットだものな」

上機嫌になっている鈴木に、倉内は暗い目を向けた。

「じゃ、おれが勝ったのはまぐれだというのか」

そうじゃないけどな、といって鈴木は肩を竦めた。二人は仲のよい方ではなかった。投打の中心選手は、それぞれチーム内でのお山の大将を主張し合っているところがあった。片方が取材の中心になると、片方はそっぽを向いていることが多かった。

「失投ではないよ。相手がたまたまうまく当てたんだ。それまでも、ずっとおれはおさえて投げてきたんだからな。おれ一人でずっとだぜ」

「そう、みんなお前のおかげだよ」

「なんだよ、その言い方は」

険悪な雰囲気になりかけていた。チームの取りまとめ役でもあるキャッチャーの佐々木が、気を回して二人の間に立った。

「つまらないことで喧嘩するなよ、明日から大阪なんだしよ。勝ったんだからいいじゃないか」

佐々木に呼応して、ひょうきん者のショートの田島が、しかし、あれはサイン無視の罰金ものなのよ、本当のところ、と女のようなアクセントをつけて喋った。笑いが少し起った。佐々木がつけ加えた。

「そうだよな、ま、結果はよかったけど、監督はバントシフトのサインを出していたんだからな」

「しかし、その通りやっていたら完全に抜かれていたぜ。それでなくとも、クリーンヒットなんだから」

鈴木がまたややこしいことをいった。すかさず田島がまぜ返した。

「でも、まあ、よろしいんじゃないですか」

笑いが起って険悪な雰囲気が失せた。佐々木は少しあきれた顔で村中を見た。

「それにしても、ムラよ、あのとき、よく追いついたな。というより、待っていた感じだったな。どうして分ったんだ、不思議だよ」

みんなの視線は、部屋の隅で黙って着換えをしている幸夫に注がれた。幸夫は首を傾げてはにかんだ。色の黒い、細面の幸夫には、格別目立ったところがない。おとなしく、自分のファインプレーを吹聴することのない男だった。また、幸夫自身、自分が格別素晴しいプレーをしているという意識もなかった。

「ま、あのときはうまくいったんだからええでないの。それより、いよいよ明日からは甲子園へ向うのだぞ、野球少年諸君」

田島の言葉で、部員は改めて、甲子園という大きな目標が夢ではなく、現実のものだと認識し、それぞれが明日から始まる試合への思いを込めて、着換えをしだした。みな、興奮をおさえきれずにいた。幸夫は汚れたユニホームを丁寧にたたんで、バッグにつめていた。

あのとき、というのは、西東京大会予選の準決勝のときである。相手は何度も甲子園出場を果している強豪で、事実上の決勝戦だといわれていた。

八回裏、一死満塁。三対二の一点リードで陽明高校が守備についていた。連投で倉内のボールに威力が失せはじめていた。相手方には、一打逆転のチャンスがある。陽明高校の二十九歳の若い監督は、三打席連続凡退している八番打者がバッターということを考慮してか、ナインに本塁封殺の前進守備をとらせた。バントに備えたものである。

一球目、倉内は外目へはずした。バントの構えから、バッターはバットを引いて見送った。キャッチャーの佐々木は相手方のベンチに目をこらした。幸夫は三塁ランナーの動きとバッターの様子を、遠くから眺めていた。右手が少し、汗ばんでいた。

二球目、倉内は思いきって遠目にはずした。バッターがボールにとびついた。ファーストとサードが勢いよくダッシュし、幸夫はファーストベースに走った。

バッターはボールに当てることができず、空振りした。倉内の投じたウエストボールを佐々木はサード鈴木に送った。だがリードをそれ程とっていなかったランナーは、難なくセーフになった。そのランナーを、相手方のベンチは、サイン見落しで助かったというような内容で、しきりに野次った。

おかしい、と幸夫は思った。ボールにとびついたバッターに、何が何でも当てるという気迫が見られなかった。サードランナーの動きも不自然だった。

三球、四球と続けてボールになり、カウントはワンスリーとなった。苦しくなった倉内は、しきりに額の汗を拭った。

バントに備えての守備体形の指示に、変りはなかった。佐々木は当然のように外角から入ってくるカーブを倉内に要求した。カーブが、倉内の勝負球だった。

倉内は右足を上げた。バッターはバントの構えをした。とっさに、幸夫は強打だ、と思った。足が二塁ベースに向っていた。力のなくなった倉内のカーブは、非力なバッターでも容易に引っぱることができた。倉内自身が思うほど、また周囲の者が誉める程には、倉内の速球に威力はなく、そして、カーブの落差も少ないことを幸夫は知っていた。目が慣れると、トスバッティングを積んでいる者なら、簡単にミートできた。倉内をここまで育てたのはコントロールであると幸夫は信じていた。

ボールが離されると、バッターは一転してバットを引いた。そして、ドロンと落ちてくるボールを、引きつけ、強打した。打球はマウンド上で棒立ちになった倉内の足元を、ライナーで抜いた。

敵チームからあがった歓声が、次の瞬間には失望の溜息に変った。セカンドベースのすぐ脇でバウンドしたボールは、そこで構えていたセカンドのグローブに吸い込まれ、ベースを自ら踏んだセカンドの手で、ファーストへ送球された。敵のチャンスは一瞬の内に消えた。

最終回の守りは、気を取り直した倉内の力投で、三人で終った。二つのセカンドゴロがあり、幸夫は何なくさばいた。どちらも痛烈な当りで、一つは一、二塁間を抜けるかと思われたが、そこにもセカンドが待っていて、観客には、平凡な当りとしか映らなかった。

決勝戦を六対一の大差で破り、陽明高校は、甲子園出場を手中に収めたのだった。

翌日の駅前は、見送る人で溢れ返っていた。ベンチ入りする十五人の他に、練習要員として二十名が大阪に向うことになっていた。陽明が出場する大会二日目の第二試合に向けて、地元でも応援団を集めていた。

バンザイが三唱され、選手たちは俯きながらも、晴れやかな顔をしていた。幸夫は、後方に佇みながら、熱狂する人々を、冷めた目で眺めていた。どうして、自分たちが、このような人目にさらされなければならないのだろうと思っていた。怒りはなかったが、戸惑いと、恥かしさに満ちていた。

その見送る人の中に、太った母の姿を見かけたときだけ、幸夫はこっそりと笑った。人ごみの中で身を縮めるようにしてハンケチで頬を拭っていた母は、幸夫の笑顔に気付いて、同じように、はにかみ笑いを見せていた。

恐らく、母は甲子園には来ないだろう、と幸夫は思った。そのことを話し合ったことはない。漠然とそう思っていた。

母には呉服のセールスという仕事があったが、仮に休みがとれても、あのようなお祭り騒ぎめいた所で、息子を応援するようなことはできない人だと幸夫は感じていた。たぶん、テレビの前で、一人、じっと祈りながら胸の内で応援するのだろう。母とは、そういう人だった。

幸夫の父は、幸夫が小学校に入る年に脳血栓で急死した。勤めていた弱電メーカーの会社からは、わずかの見舞金と退職金が支払われた。母は、葬儀の終った翌週から仕事を見つけて働きに出た。

母から甘やかされた記憶はないが、とくに叱られたこともない。母の仕事は出歩き回ることが多く、気苦労が多かった。見知らぬ人々の中に入って、一心不乱に働いていた。外でどのようにつらいことがあっても、アパートに帰ってくると、笑顔を見せた。疲れの浮いた頰に笑みを浮かべる母を見て、苦労しているのだな、と幸夫は思った。といっても、新聞配達のアルバイトをするのが精一杯の幸夫には、それ以上に、母を助けることはできなかった。

母が涙を見せたのは、たった一度だけだ。あるとき、幸夫は道端に転がっているバットを見つけた。それを何気なく家に持って帰った。そして、夕暮まで、一人でバットを振っていた。

幸夫がバットを盗んだという噂がたったのは、数日後だった。いくらうちが貧しくたって、人様の物を盗むような子に育てた覚えはないといって母は泣いた。それは拾ったものだという弁解が、幸夫の口からは出せなかった。たとえ、それが事実であっても、他者からは、盗んだものと同じように理解されるだけなのだと思った。幸夫は、心やさしい母を泣かせたことを、後悔した。周囲の者の、自分たちを見る目を悔しく思ったが、態度に現わすことはなかった。

拾ったバットで素振りをしたといっても、小学生の頃の幸夫は、積極的に野球をすることはなかった。人数が足りないときだけ、頼まれて河原で野球をやっただけだ。運動神経はよい方だった。身長は低かったが、鉄棒でもマット運動でも、飲み込みは他の者より早かった。そして、何事に対してでも、黙々と努力を積み重ねるタイプだった。

幸夫が野球をやりだしたのは、中学一年生の終りだった。新聞の配達を終えて、河原の堤に来ると、野球部のOBだった者たちが、草野球をやっていた。その内、ファールボールがとんできた。大ファールで、打った者の顔が判別できないほど遠い。外野にいたものが、ボールをとってくれと幸夫にいった。いわれた通りボールを拾った幸夫は、内野の方に返さなくてはいけないものだとばかり思い込んで、外野手にではなく、サードのいるあたりに向って投げた。

ボールは自分でも驚くほど飛び、モーションに入っていたピッチャーマウンドの横でバウンドした。ピッチャーのおどろく様を遠く見て、叱られると思って幸夫は早々に立ち去った。

翌日、野球部の二年生が幸夫のクラスにやってきて、熱心に入部を勧めた。幸夫の中学ではピッチャーが弱かった。新聞の配達があるし、経験がないからといって断わったが、それまで、自分に対して、どのようなことであれ、熱心に語りかけてくる人を見たことのなかった幸夫には、先輩の申し出は嬉しかった。

幸夫は配達の担当区域を変えてもらい、三十分くらいの遅刻で練習に参加できる時間を見つけることができた。そのことを了解してもらった上で、改めて幸夫の方から入部したいと申し入れた。市でも、弱いチームの代表とされていた幸夫の野球部は、喜んで迎え入れてくれた。

幸夫の上達は早かった。幸夫自身も、熱心に練習に参加し、家でもシャドウピッチングを欠かさなかった。

夏の合宿をへて、秋季大会になると、幸夫の姿はマウンド上にあった。速いボールを投げ込み、予選を勝ち抜いていく幸夫の中学を、他校はあきれた思いで眺めていた。

だが、二年の秋、三年の春とも、幸夫の中学は決勝で敗れた。すぐ隣の中学に、幸夫よりさらにすごいピッチャーがいたからだ。スピードは幸夫の方がまさっていたが、コントロールなどの投球技術では、相手の方が数段まさっていた。

中学三年の秋の大会まで幸夫はマウンドを守って投げ抜いた。東京都でも少しは知られるようになっていた。そのライバル校とは、都下の三多摩地区代表の座をかけて争うことになり、そこでも、幸夫は悔し涙を飲んだ。

幸夫自身は相手に勝ったと思った。だが、試合には負けていた。一対零で最終回を迎え、不運な失策が二つ重なってランナー二、三塁のとき、投球モーションに入った幸夫に向けて、ふいに三塁ランナーが、ボークだ、ボークだ、と叫んだ。

あわてた幸夫は振り上げた足を下した。そこで初めてボークがとられた。同点となり、混乱した幸夫はついで一点を失って敗れた。ずるいことをする連中だと思った。また、そのずるさに対して、勝てずに敗れた自分を情なく思った。

幸い、幸夫に地元の陽明高校から、特待生として入校しないかという誘いの言葉があった。入学金や授業料のことで少年ながらに頭を痛めていた幸夫は、母の負担が、少しでも軽くなるのならと決意して、陽明高校に入った。授業料は免除だった。野球部に入ることが義務づけられていたが、それは喜びでもあった。それに、陽明高校は、単なるスポーツ校ではなく、進学校としても有名であったから、幸夫の気持は救われていた。

中学のときのライバルだったピッチャーも、特待生として、幸夫よりさらに大きな期待をかけられて入部していた。彼は、すぐにレギュラー部員として大事に調整され、次のエースと目された。

幸夫はバッティング投手として、連日三百球の全力投球を強いられた。幸夫はひたすら投げ続けた。中学のライバル投手は、幸夫にとってははるか彼方の人となった。サウスポーであることが決め手となっていた。彼の名は、倉内健といった。

自分は、彼の、背中ばかり見て過ごしてきたな、と幸夫は、新幹線の車中で、陽気に笑い転げる倉内の後ろ頭を見ながら思っていた。身長が百六十九センチの幸夫と、百八十一センチの倉内とでは、はじめから投手として体格が違いすぎていた。豊かな家庭の中で、おばあちゃん子で育った倉内と、母一人子一人で目立つことなく育ってきた幸夫とでは、はじめから人生のレールが違うのかもしれない。

だが、幸夫は自分をみじめに思ったり、暗くなったりはしない性格だった。どちらかといえば楽天的な方だろうと思う。入部して三カ月後に肩をやられ、投手としては再起不能だと医者から宣告されたときでも、自暴自棄になったりはしなかった。

他の部員たちにとっても、幸夫の存在は目立ったものではなかった。肩をこわした彼が、いつの間にかセカンドの控えとして練習するようになり、そして、レギュラーだった者の負傷をきっかけとして、二番手のセカンドと、三番手の彼が交互に出場するようになり、そして、いつの間にか、彼は正セカンドの位置にいたという印象がある。

猛練習のあげくに、他者をひきずり落してレギュラーの位置を確保したというがむしゃらさは見えず、気がついたら、彼がそこにいつでもいたといえた。

同じことは、打撃についてもいえた。鈴木のように柵越えを連発することはなかったが、右に左にライナーを打ち分けた。

倉内が、あいつにはどこに投げても打たれるな、とポツリと洩らしたことがあった。それを聞いた者が、そのときはじめて、幸夫のミートのよさに気付いたくらいに地味だった。

都予選の通算打率を調べていたスコアラーが、幸夫が五割近い打率を打っているのに気付いて、あっという声をあげたのは、甲子園に向う数日前のことだった。

そのすべてが単打で、打点につながることは二番打者という性格上少なかったが、得点数が、チームで一番多かった。そのことを知ったあとで、心ある選手は、幸夫の存在がチームの大切な支えになっていることに思いを巡らした。

そういえば、あいつが打席に立つと、いつでも、安心して見ていた。ヒットを打っても不思議にも思わなかったし、格別興奮したこともなかった。どこか、当然のように思っていた。

そんなふうに、各選手は胸の内で呟くのだ。そして、それをあえて口に出していうほどのことはないと思って忘れてしまうのだった。

幸夫のバッティングは徹底して逆わずに打つものだった。手首の強さには自信があった。それは、肩をこわしてから毎日せっせと鍛えたものだったが、バッティングにも役立った。

外から入ってくるボールは、右へ流した。真ん中のボールはセンターに返した。インコースは、三遊間に返した。ときには、大胆にすくい上げたりした。すべて、自分にパワーがないのを知った上で、自分なりに得たバッティングの心得だった。

新大阪駅が近づくにつれ、幸夫は、これが自分にとっては最後の野球になるのだと改めて思っていた。それを、自然に受け入れていた。

大学に行くのは母の願いでもあるし、自分もそうありたいと思う。だが、入学するだけで八十万円もの大金が最低必要だし、公立に入るだけの学力もない。幸夫の家では、幸夫を浪人させるだけの余裕もない。

　夏の大会がすめば、受験勉強に専念する傍ら、アルバイトをするつもりだった。少しでも、母の負担を軽くしたかった。

　大学に入っても、野球は続けたいと思っていた。だが、たとえ、いくばくかの奨学金を得ても、それはできない相談だった。学資だけでなく、生活費も、自分で捻出しなければならないことを知っていた。母の体力は目に見えて衰え、以前ほどの売り上げ成績をあげることはできなくなっていた。

　それでも、最後の野球を、甲子園で終らせることのできる自分は、幸せ者だ、と幸夫は思った。

　陽明高校は、甲子園からそう遠くないところに宿舎を借り、指定された高校のグラウンドを借りて、大会開始までの間、練習した。

　幸夫は、それまでに何万回とくり返し練習してきた送球をくり返していた。

　腰をおとし、中学生が使うような小さなグローブでボールをつかみ、肘と手首のスナップを使ってファーストに送球する。

　サードの鈴木は派手な動きで、ときには無茶苦茶なボールを投げて寄こす。捕球するために、幸夫の体勢が崩れることもある。そのロスをすこしでも少なくして、ファーストへ正確なボールを送る。鈴木はセカンド送球へのタイミングを考えず、ただ華麗さを目的としているとも思える送球をするので、ベースに入る幸夫は苦労した。

強肩なので鈴木のボールはうなり音をたててくる。はじめの頃は手袋をして、グローブをつけた。ボールの威力を殺すコツをつかんでからは、手袋をはずした。

そして、グローブの網をナイフでけずり取り、掌で捕球する要領で送球を受けた。そうすれば、ボールを指でつかんでファーストに送るまでの時間がはぶけ、送球も正確になる。グローブの網で捕球していると、無駄な時間が多くなる。

肩をこわしてからの幸夫は、半年間というものグラウンド整備とブルペン捕手で暮した。家に帰ってからは、素振りとマラソンをくり返した。

肩が使えないため、手首をきかす。その内、幸夫は本当のキャッチャーになったつもりでピッチャーへの返球を練習するようになった。

受けたボールの縫い目に素早く指をかけ、気持ち右足を踏み出し、肘を引き、耳をかすめるようにして手首をいっぱいにきかせ、左足を出すと同時に返球をする。肩にまったく負担はかからない。また、肩を使っては、素早い送球ができない。

その内、ブルペンで投げるピッチャーより速いボールを返球するようになり、控えの投手をあわてさせた。

　セカンドの控えとして練習するようになると、幸夫は手首の強化にさらに励んだ。握力も強め、サイドからのスローイングには、鈴木の剛球と変らないほどのスピードでファーストに送球できるようになっていた。

　監督は、その幸夫の地味な努力を見逃さなかった。六十数名いる部員の中で、二年の夏には、幸夫はセカンドで二番を打つようになっていたが、それは、チーム内の誰もが気付かぬほどの静かな伸び方で幸夫自身が手に入れたものだった。


　陽明高校は、甲子園で健闘した。

　倉内もよく投げたが、それ以上にバックがよく守った。打撃のチームではないので、多くの点はとれなかったが、それを倉内がたくみに逃げ、内外野とも固く守って勝ちをひろっていった。

　何度かエラーもあったが、幸夫と田島の二遊間コンビが守りきり、併殺を重ねていくつかのピンチをきり抜けた。

　ベスト8まで勝ち残ったが、倉内の力もつき、準々決勝では九点を献上して、陽明高校は甲子園を去った。

その試合では、主に相手チームの投打の中心である金森という選手にテレビ中継のアナウンサーと解説者の話題は集中したが、陽明の方でも、倉内のこれまでの力投と、三塁打とホームランをそれぞれ一本ずつ放っている鈴木の剛打、それに、幸夫のことが話に取り上げられた。

テレビを見ていた者の話だと、それまでほとんど誰も気付かなかった幸夫の俊敏なプレーと、打者のくせをのみ込んで、いち早く打球に追いつくカンのよさを誉めている元高校野球の監督がいたと、幸夫は聞かされた。

「地味ですけど、村中君の守備はピッチャーを助けていますよ。ピックオフプレーのときの動きといい、打球に追いつく早さといい、これまでに、何度もヒットをアウトにしています」

幸夫は、自分に与えられたセカンドという守備を守り通し、窮地に立ったときは、それを攻めに変える工夫をこらしてきた。ランナーが一、三塁のときは、盗塁するランナーを利用してキャッチャーからの返球をカットし、おびき出したサードランナーを二度刺した。

めったにひっかからないランナーも、セカンドベースに入った幸夫を見て、つい本塁を狙う体勢をとる。幸夫はすっとベースから前に進み、返した手首でサードに送球する。肩は、もうすっかり治っているのを、幸夫は感じていた。だが、肩を使うことのないセカンドの方が、動きやすい、と自覚していた。

　その治った肩が、一度だけ発揮された。三回戦のときであった。右中間に抜けたボールを追って、ライトとセンターが交錯した。ファーストランナーは本塁を狙って突入した。打ったランナーはセカンドベースを蹴った。

　ライトがボールに追いつき、ライト近くにまで走っていた幸夫の頭上を、ホームに向けて投げた。それを、幸夫はとびついてカットした。

　ホームは間に合わないと判断した。それに、ライトの肩ではホームまでツーバウンドになる。

　幸夫は、サードに送球した。目のさめるような速球だった。鈴木のグローブに収まったボールは、ヘッドスライディングを試みたランナーの頭を、ベースの手前で無情に叩いた。

　自分の守備が、たった一度だが、解説者から誉められたと聞いて、幸夫は、誰もない暗がりで、溢れ出る涙を、そっと拭った。

　甲子園から戻った幸夫は、野球部をやめ、中学時代と同じく、朝夕は新聞配達をした。代わりにセカンドを守った者も、目立たない男だった。やはり、大学に入ったら野球を続ける余裕のない家庭のようだった。

秋季大会が終りに近づくと、新聞ではドラフトが話題になりはじめていた。倉内の名はもちろんのこと、超高校級の強打者として、鈴木の名も上がっていた。二人は、秋が深まっても、練習に参加していた。

幸夫は目標を、商業科のいいある私立大学に絞って受験勉強をした。

十一月の第一週の終りに、幸夫は、灰色の猫を見つけた。冷たい雨に打たれた猫は、幸夫の住むアパートの階段の下にうずくまって震えていた。

幸夫は部屋に持って帰り、濡れた身体を拭いてやり、こたつで温め、ミルクを与えた。元気になると、猫は甘えた声で幸夫に向って鳴いた。

深夜戻ってきた母は、幸夫の傍で気持よさそうに寝ている猫を見て、大家さんに叱られないかしらと心配した。母の言葉から、それは捨て猫ではなく、ペルシャ猫で、とても高いものだと分った。幸夫は、何事にもとらわれず、悠々と過ごしている猫が、好きになりかけていた。

二日後、新聞のチラシ広告の中に、その猫の写真を見つけた。名前をロッシーと言い、迷い猫を見つけた方に十万円の謝礼を出すと書かれてあった。広告主の名は、倉内千代と記されていた。

　夫から譲り受けた不動産をもとに、いくつかのマンションを建て、優雅に暮している倉内健の祖母の顔が幸夫の脳裡に浮いた。

　眠っている猫を撫でながら、幸夫はじっと考えていた。誘拐犯として相手を脅迫する決意をするまで、たいした時間はかからなかった。

　幸夫は公衆電話に入って、ダイヤルを回した。若い女の声が出て、千代さんに変ってもらった。

「猫を預っています。でも五十万円いただきます。三十分後に西中学脇の公衆電話のところにあなたが持ってきて下さい。そこで次の場所を指定します。断わって下さっても、警察に連絡して下さっても結構です。ただし、猫は殺します」

　それだけを言って電話を切った。三十分後に、老婆の姿は西中学脇の公衆電話の中にあった。幸夫は中学校の校庭を横切ることを指定し、金をゴミバケツの上に置かせた。確かに五十枚の一万円札が入っていた。アパートに戻って、幸夫は猫を戸外に放った。猫は尾を立て、身震いをくり返しながら、住み慣れた家の方に戻っていった。

　卒業まで新聞配達を続ければ、三十万円は預金できそうだった。それに五十万円を合わせれば、母に負担をかけずにすむ。母には、預金があったといえばいい、幸夫の表情は変らなかった。

翌日、登校すると、クラス中は、その日昼前に行なわれるプロ野球のドラフト会議のことでもちきりだった。倉内の周囲には、人垣がたくさんできていた。隣のクラスでは、鈴木もまた落ちつかぬ思いで待っているはずだ。いくつかの球団から、すでに倉内と鈴木のところに打診が来ていた。二人とも、進学とも、プロとも決めかねているようだった。

隣のクラスの田島が、二時間目の休み時間にひょいと顔を出した。にやにやして近づいてきた。

「どうなるのかな、あの悪ガキ二人は。何千万とかいわれているが、鈴木の打力じゃプロじゃそう通用しないしよ、倉内ときた日にゃ、スピードはないし、スタミナはないし、やれっこないよ、おれたちでカバーしていたんだもんな。おれがスカウトなら、お前をとるよ」

青ざめた面持ちで時を待っている倉内を横目で窺って、田島はおどけたようにいった。幸夫は、ただ笑っていた。

四時間目の最中に、都内のホテルではドラフト会議が始められていた。余計な騒ぎを起さないため、授業は平常通り行なわれた。校長室には、新聞記者も詰めかけていた。

　授業が半ばをすぎた頃、あわただしい足音が廊下に響いた。みないっせいに倉内を見た。教師までが浮き足立っていた。倉内は顔面蒼白となっていた。

　荒々しく戸が開かれ、教頭のひきつった顔が覗いた。唇がけいれんしているようだった。教頭はクラス中を動転した目で眺めると、「村中君」ともどかし気に口を開いた。

「せ、西武が、き、君を、ドラフト二位で指名した」

　全員が、あっという表情で幸夫を見た。幸夫は思わず顔を伏せた。雨に打たれ、泥にまみれたセカンドベースが、静かに幸夫の胸に浮かび上がってきた。

パリの君へ

君のお父さんが君に伝えたことはみんな真実だ。興信所がどのような手段でうちのようなちっぽけな家の事情を調べたのか分からないが、ぼくが少年鑑別所に収容されたあと、保護観察処分を受けたことも、お袋が傷害罪で刑務所に入っていたことがあるのも事実だ。君が受けた衝撃の大きさが相当なものだったということは、ぼくに何も告げずにパリに旅立ってしまったことで想像がつく。君はそのまま留学することになるとお姉さんから聞いた。ぼくたちは別れることになるのだろう。

君のお父さんはぼくがシラをきっていたと怒っていたそうだが、まったくその通りだ。ぼくは家の事情も、お袋がしでかした事件のことも君には話すつもりはなかった。首尾よく君と結婚できたとしても、告白することはなかっただろう。ただぼくが私生児であることは、戸籍謄本を見れば分かることだから、いずれ話すつもりだった。

ぼくの父親がどういう人なのか、ぼくは今でも知らない。お袋に尋ねたこともなかったし、お袋もいわなかった。小学校に入学したときに、当時生きていた祖母が、おまえのお父さんは薄情な人だねといったことがあるだけだ。祖母はぼくが小学校三年のときに死んだ。それからはぼくとお袋はずっとふたりだけで暮らした。

少しお袋のことを書いておこう。お袋は病院の炊事番をしていたが、院長の不祥事で病院が閉鎖してしまってからは、あちこちの商店で働いた。早朝に行商に出ることもあった。高校すら卒業していなかったお袋にはどこかの会社に就職して月給を得るという才覚もなく、時間を切り売りしてわずかな報酬を得るしかなかった。ぼくたちは六畳間を間借りして住んでいた。

ぼくが五年生のとき、お袋は呉服屋で働いていた。大きな店ではなく、地方の商店街にはどこにでもあるような普通の店だった。あるとき店主が宝くじを店員に与えた。お袋のほかにもパートで働く従業員が何人かいたようで、店主はその人たちにも宝くじをあげた。そこではボーナスなど出さなかったから、その代償のつもりだったのかもしれない。ある晩お袋はぼくに二枚の宝くじをみせて、当たるといいね、もし当たったら東京にいって野球をみせてあげるねといった。そんな夢のようなことが実現するとは思えなかったが、もしそうなったらどんなにか嬉しいだろうとぼくは思った。

その宝くじが当たったった。四等だった。ぼくは跳び上がって喜んだ。でも賞金はたった千円だと聞かされてとたんに落胆した。それでは東京までいく汽車賃にもならないと分かっていた。喜ばせてごめんねとお袋はいった。いいよ、といったがぼくは泣きたい気分だった。

ぼくたちの住んでいた地方都市にも野球場があり、年に二回ほどプロ野球の試合が開催された。クラスの者は大抵何度かは観戦をしていたが、うちにはそんな余裕がなかったのでぼくはいったことがなかった。

ある晩新聞をとってくれといって勧誘員が洗剤をもって玄関に佇んだ。うちでは新聞をとっていなかった。大家さんがとっている新聞を一日か二日遅れで読んでいた。でもテレビ欄を見る程度だったので、ほとんど役に立つことはなかった。

ひと月でもいいからといって勧誘員は洗剤を床に置いた。うちは間借りしているだけで、ここの家の人はいま留守なのでとお袋はいって断っていた。すると勧誘員がこれもつけるからとってくれといって二枚の切符を差し出した。それはプロ野球の入場券だった。八月に町で試合が行われることになっていた。お袋はぼくを見た。ぼくはどんな顔をしたらいいのかわからず、どきどきして立っていた。お袋はひと月だけならといって洗剤と野球の入場券を受け取った。そして入場券をぼくに手渡した。

試合当日までぼくは興奮して過ごした。道で会う級友やプールで泳いでいる友人たちに野球を見に行くんだといい回った。呉服屋の息子にクラスは違うが同学年の子がいて、そいつと見に行く約束をした。ナイターの晩、お袋は二人分のおにぎりをつくってくれた。その日は呉服屋は休みで、ぼくは彼を迎えに店までいった。学習塾に通っていた彼が家に戻ってきたのは、試合が始まって三十分もたっていた。ぼくたちはバスに乗り、停留所で降りてからは走った。まだたくさんの人が野球場に向かっていた。

ぼくたちは外野席入り口に行って入場券を差し出した。すると係員がこの券ではもう入場できないといった。そのときは理由はよく分からなかったが、満員になったときは入場を断ることがあると券に記されていて、有料で券を買った人が優先されるようになっていたようだ。呉服屋の息子は怒り出し、お袋がつくった握り飯を叩きつぶしてひとりで帰っていった。ぼくは野球場の照明灯を見上げながらベンチに座っておにぎりを食べた。歓声が聞こえるたびに心臓を鷲掴《わしづか》みされたような痛みを覚えた。

家に帰るとお客がきていた。呉服屋の店主だった。もう野球は終わったのかと訊くので、うんとぼくは答えた。店主はそそくさと帰っていった。面白かった？　とお袋に訊かれてぼくはやはりうんと答えた。入れてもらえなかったとはいえなかった。お袋がかわいそうだった。おにぎりがおいしかったというとお袋はすごく喜んだ。その顔を見て、呉服屋の息子を憎んだ。お袋がつくった握り飯をつぶしたときどうして殴らなかったのだと自分の気の弱さを呪った。

翌日、店から帰ってきたお袋は、野球見れなかったんだってね、ごめんねといって俯いた。新聞代の分でチケットを買えたのに、おかあちゃんばかだから、頭が回らなかった、ごめんね、といった。ぼくはそれまで家が貧しいことも、親父がいないことも苦にはならなかったけど、そのときは悔しかった。なにか理不尽なものに立ち塞がれて息ができずにいる自分が悔しかった。

お袋が呉服屋の店主を刺したのはそれから、四年後のことだった。三ヶ所を刺し、背中から腎臓に到達した傷が重く、店主は二ヶ月入院した。お袋は刺した理由をいわず、裁判で被害者の家族には申し訳ないとあやまったが、被害者には一貫して当然の報いですという態度を崩さず、改悛の情なしと判断されて実刑の判決を受けた。

ぼくは養護施設にいれられた。あるとき中学からの帰り道で四人の者に囲まれた。呉服屋の息子が報復に出たのだ。ひとりが金属バットを振り回した。それをよけてぼくはバットを奪いそいつを殴り倒した。三人は逃げだし、ぼくは倒れたやつを背負って病院に行った。そこで医者から事情を訊かれ、起こったことをありのままに話した。しばらくして警官がふたりきてぼくを逮捕した。少年鑑別所に送られそこで四週間収容された。ぼくが殴ったやつは肋骨を二本折っていたが、重傷というほどではなかった。家裁で保護観察と処分が出されたのは正当のようだが、ぼくにしてみれば災難を避けるためにしたことで、不当な処分だと思った。だが少年鑑別所でコンピューターに出会ったのは幸運だった。ゲームがただでできるのは最高の喜びだった。そのためパソコン雑誌を読んで、ゲーム専用のプログラムをインストールする方法を学んだ。

養護施設でもパソコンを置いてくれた。古い型だったがゲームをやりたい一心で一生懸命プログラミングをしたからすぐに上達した。あるとき学習塾の先生から、プログラムを直してもらえないかと頼まれた。いわれた通りやってあげると三万円のお礼をくれた。それほどむずかしいことではないのに、こんなことでお金を稼げるのかと思った。そのうち仕事になった。初めはこの程度でお金をもらっていいのかと悪いような気がしたが、専門家に頼むと当時は五十万円くらいは請求されると知って堂々と値をつけるようになった。君はぼくをコンピューターの天才だとお父さんに吹聴したらしいが、もともとはゲームをやりたい一心で研究し、その後は小遣いを稼ぐためにさらに精進しただけなんだ。たまたま時代とうまくリンクしたのであって、プログラムをつくることは特別な能力がいるわけではないんだ。そのこともいつかいおうと思っていた。君はぼくを尊敬するようなことをいっていたが、全然すごいことじゃないんだ。

でもコンピューターが世間の注目を浴びるようになってぼくとお袋の生活は保障された。お袋が二年たって刑務所から出てきたときには、高校生のぼくの稼ぐお金で結構暮らせたほどだった。二十一歳で会社を起こしたときお袋はまるで異星人を見るように息子を眺めていた。

君はお袋のことを知りたがったがぼくは話さなかった。不幸な思い出を掘り起したくなかったし、君にぼくのする話を消化できるとは思えなかったからだ。でもこうして書いてしまった以上、お袋の最後の様子を伝えておくべきだろう。昨年初めにお袋は死んだんだが、最後までぼくの父のことは口にしなかった。もしかしたら呉服屋の店主が親父ではないかと思うこともあったが、ぼくも訊かなかった。意識が途切れる少し前にお袋はぼくを見て、ごめんね、と呟いた。お袋の胸に浮いている光景がどんなものなのか分からなかったが、ぼくはお袋の手をとって気にするなよといった。そしたらお袋の目尻から涙がこぼれだした。ぼくには野球場に入れなかった晩のことを謝っているように思えて仕方なかった。つまらないことを書きつらねてしまった。

君と会っていたときは幸せだった。ありがとう。

［初出］

雷魚　「群像」一九七六年一月号、『彼の初恋』講談社一九七七年、講談社文庫一九八〇年
木刀　「新潮」一九八〇年五月号
馬　「新潮」一九八二年一〇月号
兄の恋人　「オール讀物」一九八八年八月号
妹の感情　「群像」一九八九年九月号
逃亡ヶ崎　「小説宝石」二〇〇二年三月号、『あの人が来る夜』光文社二〇〇三年、光文社文庫二〇〇八年
落ちてきた男　「小説すばる」二〇一八年六月号
池のほとりで　「平成義塾」一九九二年二月号、『心の光景』角川書店一九九四年
祈り　「小説現代」一九九〇年五月、『オンザティ』講談社一九九一年、『涙』講談社文庫一九九四年、『フェアウェイの涙』双葉文庫二〇〇五年
セカンド　「平凡パンチ」一九八二年三月七日号、『カムバック』新潮社一九八五年、新潮文庫一九八九年
パリの君へ　「野性時代」二〇〇四年一一月号

後書き

ここに収められた短編は比較的初期に書かれたものです。「雷魚」は二十六歳のときに書いたものです。文芸誌『群像』に載ったこれを読んだ恩師から、「二十六歳の若い作家がこんな老成した小説を書いていいものだろうか」とハガキがきました。いいのです、と私は返信したものでした。恩師はいい脚本家でしたが不遇の人でした。

「武シリーズ」は『新潮』に引き継がれて発表の場を頂きましたが、単行本化はできずに終わりました。でも「木刀」が所載されたことで作者の思いは遂げられました。「馬」はそれとは別に、単独の短編として発表することができた幸運な作品です。ここで再び活字になって復活してきてくれたことは、今や老兵となった筆者として、望外の喜びです。

野球、ゴルフとスポーツに材をとった短編は、それぞれ作品集として単行本にされたものから選びました。「セカンド」は当時『平凡パンチ』の大島一洋氏との友情の中で生まれ、「祈り」はゴルフ小説に読者はつかない、と揶揄されながら、それでも

『小説現代』で連載を続け、その中でさり気なく生まれた素朴で簡明な文体の理想の作品です。

短編というより中編の「妹の感情」を所載できたのは、この短編集の担当編集者の太っ腹さがもたらしてくれたものです。この作品には、最初の七枚を書いたところで精根が尽き果ててしまい、最後まではとても書ききれないだろうと途中であきらめてしまった思い出があります。その頃、神楽坂の旅館で他の小説の締め切りを前に徹夜が続き、ようやく筆が進み出すと、二階から変な声が聞こえてきて集中力が削がれるという事態に悩まされていたものでした。

二階では松竹映画の山田洋次監督が若手と共に脚本を書いていて、この山田組は何人かの脚本家がそれぞれ脚本を執筆し、途中まで書いたところを本人たちが、寅さんやさくらの声色を使って読み合わせるというヘンな癖がありました。それを真夜中にやるものですから、階下にいる物書きはたまったものではありません。ある日、たまたま玄関で山田監督と顔を合わせたので、あれはないんじゃないですか、と文句をいうと、山田監督は泰然として「じゃあ、高橋さんも一緒に加わってくれない？」とのたまったものでした。私があきれながら「ぼくは大酒飲みですから無理でしょう」というと山田監督は納得して頷き、それからは幾分か二階は静かになりました。山田組ではやはりヘンなことに食事のときも一切禁酒なのでした。こうなで、私はある晩、鰻の蒲焼きを肴にひとりで一杯やりながら考えたのです。こうなったら、酒飲みの意地だ、どうあっても完成させてやる、と。で「妹の感情」は雑誌発売の九日前になって、奇跡的に脱稿することができました。

「落ちてきた男」は六九歳のときの作品です。思えば長い作家生活です。ただ、この短編集は、基本的に単行本に入っていないもの、もしくはすでに単行本化されたものなら、その中から一編だけ、という約束の中で作られることになったものでした。それで、私が作家になるきっかけとなった作品「怒れど 犬」(『群像』)を入れることはかないませんでした。これは八十枚ほどのものでしたが、このタイトルがそのまま本の題名となっていたため、約束事からはずれていたにもかかわらず、遠慮と配慮が編集部側にもあってはずした次第です。講談社の文庫はすでに絶版になっており、もう読者の目に届かせることは不可能になってしまいました。ですから、次にはお願いしますよ、岩波さん、ですね。

この短編集を出そうと言いだしたのは、その岩波書店で当時『図書』の編集者であった清水御狩さんでした。彼が東京、笹塚にあった小料理屋にやってきたのは、もう二十年以上前のことです。数年に一度会うくらいの関係だったのですが、三年程前に

『図書』で連載する企画を立ち上げ、それがいよいよ完結するという頃になって、「短編集だあ」とついに清水氏は発作を起こしたのです。

短編集なんて冗談でしょ、それにあなたは担当部署が違うでしょ、と私は腰が引ける思いでいたのですが、彼は本気だったんですね。二冊の予定でしたが、社内の事情もあり、まずは一冊となりましたが、いよいよ校正刷りが出てくると、読み進めながら筆者は感涙を押し留めることができませんでした。我儘ゆえに疎外されることが多かった私ですが、清水氏との出会いは天啓としか思えません。世の中には、酒を飲んでいるだけで思い掛けない幸運が寄り添ってくることがあるもんだ、と大袈裟ではなく、大宇宙の神秘を感じたほどでした。

その清水氏の発作ともいえる情熱の犠牲者になったのは、解説を書いてくれた唯川恵さんです。唯川さんにお願いしたいと清水氏が言いだしたとき、コネでもあるのですか、と尋ねたら、全然ありませんが、高橋さんのことを何でもいいから書いてくれと頼めば、唯川さんもいやとはいわないんじゃないんですか、と気楽に答えるのです。で、その結果、書いてくれることになりました。私には読ませてくれずに、清水氏は唯川さんの原稿を前に、とても愛情に溢れた、ちょっと諧謔も含んだ素晴しい解説をいただきました、ヒッヒと電話口で一人悦に入っておりました。

解説などというものはやっかいなだけで、書き手にとっては何の糧にもならないものです。それを承知で引き受けてくれた人気作家で多忙な唯川さんには感謝の言葉がありません。ですからそのうち怖いもの知らずの担当者と共に、青梅と秩父の美酒二本をお届けに参上致します。それから最後までお付き合いをして下さった読者の方に、ありがとう、ありがとう、ありがとう。

二〇一九年三月

高橋三千綱

解説

唯川　恵

高橋三千綱さんに初めてお目にかかったのは、今から三十年以上も前、一九八八年の春だった。

集英社が主催するコバルト・ノベル大賞受賞パーティの席である。高橋さんはその年から選考委員をされていた。

コバルトを知らない方もいるだろうから、少し説明させてもらうと、当時、中高生の少女たちに絶大な支持を得ていた文庫本である。ジャンルは学園ストーリー、恋愛ドラマ、スポーツ、歴史、時代、推理、ＳＦファンタジーと、多岐に渡る。売れっ子作家たちは驚くべき発行部数を誇り、大人たちの知らないところで、着実に少女たちの心を摑んでいた。余談だが、私もその四年前に賞を受け、それがきっかけでこの世界に足を踏み入れた。

それにしても、少女小説の選考になぜ芥川賞作家の高橋さんが？　と、思われる方もいらっしゃるだろう。たぶん、出版社は新人作家の将来を見据え、まずは型に囚われない作品を選ぼう、という姿勢があったのだと思う。実際、少し形態は変わったが、本賞は今も続いていて、新しい才能をぞくぞくと輩出している。その時の選考委員は他に池田理代子さん、北方謙三さん、夢枕獏さんがいらした。

当時、高橋さんは四十歳。七九年出版の『九月の空』で芥川賞受賞後、読者に大きな影響を与える作家となっていた。『天使を誘惑』では、当時大人気だった山口百恵・三浦友和主演で映画化され、八三年には高橋さん自身が原作、脚本、監督を手掛けて『真夜中のボクサー』を映画化した。八二年のエッセイ『こんな女と暮らしてみたい』はベストセラーになり、更に芝居やTVドラマの制作に関わり、自ら映画出演して俳優の顔も持つという、まさに小説家の枠を超えた活躍ぶりだった。

とはいえ、華やかさとは別の側面もあったようである。どれだけ依頼しても小説を書かない「編集者泣かせの作家」として名を馳せていたし、映画の興行に失敗して多額の借金を背負った、などという噂もまことしやかに流れていた。とにかく話題のつきない作家だった。

当然、その存在からは独特のオーラが放たれていて、どうにも近寄れない雰囲気があった。私も遠くから「あれが噂の高橋三千綱か……」と、素人丸出しの敬称略で眺めていた。

そんな高橋さんが、スピーチで何を語るのか、みな興味津々だったはずである。皮肉たっぷりに言葉を駆使し、受賞者を震え上がらせるのではないか。ところが意外にも、高橋さんは紳士的だった。

「将来、間違いなくよい書き手になる人だ」

言葉そのものに温かさが滲んでいた。聞いていた受賞者の彩河杏さんが、頬を紅潮させていたのを覚えている。今の角田光代さんである。高橋さんの目に狂いはなく、角田さんの活躍ぶりはみなさんご存知の通りである。

その頃、私は故郷の金沢に住んでいた。それを知った高橋さんが「仕事や遊びでちょくちょく行ってるから、今度、連絡するよ」と言った。その時は駆け出し小説家へのリップサービスだろうと思っていた。が、それからしばらくして電話が入った。

「昼飯を食おう」というのである。

私は緊張しつつ、指定された店に向かった。そこは和食店で、すでに高橋さんはテーブルに付いていた。そして、向かいには若くて綺麗な女性が座っていた。戸惑った。単なる友人か、それともファンか。奥さんでないことだけはわかる。もしかしたらガールフレンドかもしれない。それならそうと先に言ってくれればいいのに、と思いながら、私も席に付いた。私が来ることを、たぶん彼女は知らなかったのだろう。居心地の悪そうな顔をしていた。

食事が始まっても、話は弾まなかった。高橋さんは明らかに二日酔いの様子で、怒っているんだか照れているんだか、よくわからない渋面でビールばかり飲んでいる。女性は俯き加減に料理を箸でつついている。そんな状態が十分ほど続いて、高橋さんが不意に席を立った。

「じゃ、あとはよろしく」

えっ？

見上げた時にはもう、高橋さんは背を向けて店を出て行った。その後の気まずさといったら……。私は困惑し、彼女は明らかに落胆していた。

会話もなく、白けた雰囲気のまま中途半端に食事を終え、車で来ていた私は、結局彼女を家の近くまで送って行ったのである。

自分の客を押し付けるなんてあまりに理不尽ではないか、と、その時は呆れてしまったが、後々知ることになる。この程度など大した出来事ではないということを。

話は逸れるが、高橋さんの旅好きは有名だ。小学校六年生で伊豆七島の大島に一人旅をしたのをきっかけに、高校卒業までに全国一周を果たしたという。進学はサンフランシスコ、その後も国内外問わずしょっちゅう出掛けている。四十日間も馬でロッキー山脈を旅したり、取材で南極に向かったり、特に好きなゴルフや競馬、スポーツ観戦など、興味が惹かれればどこだろうと足を運ぶ。以前読んだインタビューで「さすらいが好きだ」と仰っていた。つまり基本が旅人なのだ。

さて、その後、私は上京し、高橋さんと会う機会が増えるようになった。高橋さん行き付けの笹塚の居酒屋でよく一緒に飲ませてもらった。店には作家や編集者、声優、俳優、劇団員、その他個性的なサラリーマンやＯＬがいて、みんなで一緒に笑いながら、時には議論を交わしながら、とにかくいつもとことん飲んだ。

ふと気が付くと高橋さんがいない。さっきまでそこで飲んでいたのに姿が消えている。しばらくすると電話が入った。

「今、ゴールデン街にいる」

「どうしたんですか」

「俺にもわからない」

そんなことが何度もあった。時には、呼び出されて店に行くと、すでに姿がないということもあった。たまに席に収まっていても、ひとり宙を見据えて、話し掛けても返事をしない。心はまったく別のところに行っているのだった。

そんな様子を見ているうちに、私はようやく認識した。そうか、高橋さんは今、旅に出ているのだ。金沢での一件もそれを思えば納得できる。旅人なんだから仕方ないのである。以来、突然消えようと不意に黙り込もうと、あまり気にならなくなった。高橋さんを語る時、誰もが「極度の照れ屋」という。それには私も首肯する。そういう高橋さんだからこそ慕う人は多いが、同じくらい敬遠する人もいた。

理由はわかっている。表現が実に厄介だからである。照れを隠そうとするあまり、言葉が過剰になって相手の気持ちを逆撫でしたり、逆に足りなさ過ぎて傷つけたりする。私ごときが失礼を承知で言わせてもらうが、大人なのだからもう少し上手く振る舞えないものかと、何度も歯痒く思った。それでも、高橋さんはそうしない。たぶん丸く収める自分に更に照れて、もっと厄介な状況にしてしまうとわかっていたのだろう。

だから何回会っても、どれだけ話しても、高橋さんの実体を摑むことはできなかった。むしろ、会えば会うほど捉えどころのない人になっていった。

そして気づいたのは、高橋さんを理解するには、高橋さんの小説を読むのがいちばんだということだ。

今回収録されている『雷魚』『木刀』『馬』の主人公・武は、自伝的要素が強いということもあって、まさに高橋さんそのものだ。武の哀しさと、何かしでかしてしまうのではないかというぎりぎり感。まったく高橋さん以外の何者でもない。『落ちてきた男』は、映像化になったら高橋さんが演じるべきだと思うくらいそのままだ。

『兄の恋人』に登場する、完璧な兄への憧れとコンプレックスに揺れる弟・真弘の在り方は、高橋さんの心の奥の葛藤を覗き見たような気がした。『妹の感情』で自殺未遂を起こした妹・小夜子のために、遮二無二に挑み、暴力に徹底的に打ちのめされる「ぼく」の姿には胸を打たれる。

『逃亡ヶ崎』の主人公・大江が最後に下す決断は、高橋さんらしい選択に思えたし、『セカンド』の、目立たず出しゃばらず、地道な努力を重ねる幸夫が行き着く先に動揺し、まるで高橋さんに試されているような気がした。そして同時に、そこがたまらない魅力にもなっている。

『祈り』には落涙した。極度の照れ屋の高橋さんの、深すぎるほどの情が繊細に伝わって来て、まさに極上の一篇となっている。

若い頃、高橋さんと出会い、一緒に呑んだ日々は貴重な思い出だ。幸運にも小説に関してさまざまなアドバイスもいただいた。その中でも、強烈に心に残っている言葉がある。

「文体は小説家の顔だ」
駆け出しの私にとって、目の覚めるようなひと言だった。今回、この短編集を読んで、改めてその意味の深さを噛み締めている。

（小説家）

本書は岩波現代文庫のために新たに編集されたものである。

自選短編集 パリの君へ

2019年5月16日　第1刷発行

著　者　高橋三千綱《たかはしみちつな》

発行者　岡本　厚

発行所　株式会社　岩波書店
〒101-8002 東京都千代田区一ツ橋 2-5-5

案内 03-5210-4000　営業部 03-5210-4111
現代文庫編集部 03-5210-4136
https://www.iwanami.co.jp/

印刷・精興社　製本・中永製本

ISBN 978-4-00-602306-5　　Printed in Japan

岩波現代文庫の発足に際して

新しい世紀が目前に迫っている。しかし二〇世紀は、戦争、貧困、差別と抑圧、民族間の憎悪等に対して本質的な解決策を見いだすことができなかったばかりか、文明の名による自然破壊は人類の存続を脅かすまでに拡大した。一方、第二次大戦後より半世紀余の間、ひたすら追い求めてきた物質的豊かさが必ずしも真の幸福に直結せず、むしろ社会のありかたを歪め、人間精神の荒廃をもたらすという逆説を、われわれは人類史上はじめて痛切に体験した。

それゆえ先人たちが第二次世界大戦後の諸問題といかに取り組み、思考し、解決を模索したかの軌跡を読みとくことは、今日の緊急の課題であるにとどまらず、将来にわたって必須の知的営為となるはずである。幸いわれわれの前には、この時代の様ざまな葛藤から生まれた、人文、社会、自然諸科学をはじめ、文学作品、ヒューマン・ドキュメントにいたる広範な分野のすぐれた成果の蓄積が存在する。

岩波現代文庫は、これらの学問的、文芸的な達成を、日本人の思索に切実な影響を与えた諸外国の著作とともに、厳選して収録し、次代に手渡していこうという目的をもって発刊される。いまや、次々に生起する大小の悲喜劇に対してわれわれは傍観者であることは許されない。一人ひとりが生活と思想を再構築すべき時である。

岩波現代文庫は、戦後日本人の知的自叙伝ともいうべき書物群であり、現状に甘んずることなく困難な事態に正対して、持続的に思考し、未来を拓こうとする同時代人の糧となるであろう。

（二〇〇〇年一月）